这次革命是一次纯真的即兴创作，
是宇宙中组织得最完美的一场混战。

——切·格瓦拉

这次革命是一次纯真的即兴创作，
是宇宙中组织得最完美的一场混战。

——切·格瓦拉

高4

Senior 4

直户山 著

湖北长江出版集团
长江文艺出版社

新出图证（鄂）字03号
图书在版编目（CIP）数据
高·4 / 直户山 著
武汉：长江文艺出版社，2012.12

ISBN 978—7—5354—6167—4

Ⅰ.高… Ⅱ.直… Ⅲ.长篇小说—中国—当代 Ⅳ.I247.5

中国版本图书馆CIP数据核字（2012）第239177号

责任编辑：夏 帆　　责任校对：陈 琪
封面设计：异一设计　　责任印制：左 怡 包秀洋

出版：长江出版传媒　长江文艺出版社
地址：武汉市雄楚大街268号　　邮编：430070
发行：长江文艺出版社
电话：027—87679360
http://www.cjlap.com
印刷：武汉市福成启铭彩色包装印刷有限公司

开本：720毫米×1000毫米 1/16　　印张：15.75　插页：1页
版次：2012年12月第1版　　2012年12月第1次印刷
字数：213千字

定价：26.80元

PART A

（1）

夏天总是浮躁，浮躁得让人产生很多幻觉。幻觉是美好的，泡沫般飞上天空。

“老板来瓶可乐。”

“喂，可乐杀精！”

外外坐在小卖部门口的自行车后架上。把视线从小卖部里转向了小游脸上，目不转睛，抉择了片刻说“那算了”。

距自行车两米处是一个马扎，上面是小游肥大的屁股。

小卖部老板攥着本言情小说满面笑容地从里面跑了出来“要几瓶？”他是新来的，和前任不同他更喜欢看言情小说，而他的前任则是武侠的。也许是受前任的影响才慕名来到这里，经营这家小卖部的。

“两瓶芬达。”

梧桐树下两人的影子被压缩成了两块黑色的斑点。

“郁木他们怎么还不来啊？”小游拿着汽水瓶子晃来晃去，不时还溅出一些泡沫。

“不知道。他说会来的，等会吧。”外外从自行车上迈下来，坐到了小游旁边。

“你这车不上档次啊，怎么不整辆二八的？”

“我可没那勇气。”两人对视着，笑着，无奈着。

“听说丹哥现在跟他爸开饭店呢。”

“我操，他不上学啦。”

“丹哥还用上学？就人家那派头，往那一站就是一大老板，咱以后还得跟人家混呢。”小游冲外外坏笑着，眼神中流露出最外在的神交。

“跟他混个屁啊，我他妈是艺术家！”

太阳不知不觉地在它的轨道上移动着，就像火车和卫星都有着自己的轨道一样，那人呢?

阳光很足，外外和小游被慢慢地移出了阴凉的区域，强烈的阳光和他们的瞳孔周旋着，交融着，使他们看不清马路更远处的事物，有的只是一片光洁。

远处走来了一个女孩的剪影，色彩渐渐清晰。波西米亚风格的棉布裙子，底下是一双低腰的白色匡威鞋。伴随着裙子的漂浮，球鞋缓缓地走到了他们面前。

“才来啊！我们都待半天了。”小游抬着头，眯着眼睛说。

“呵呵，不好意思。”说话的女孩叫夏漫。夏天的夏。三点水的漫。

外外喝完了最后一口芬达，把瓶子插进了塑料格子里，“郁木呢？”

“不知道，应该快来了吧。”夏漫的语气总是这样安静。

小卖部的对面是一个学校，它们之间只隔着一条很窄的马路。在非放假的时候小卖部永远是旺季，今天就是又一个旺季的开始。络绎不绝的学生和家长从夏漫、外外和小游身边穿过，走进和走出这个小卖部。带进他们的钱带出他们想要的矿泉水、圆珠笔、笔记本等乱七八糟的东西。不过从老板的动作来看，在这样一个下午，矿泉水的销量明显要更好些。在人最单纯生理和心理面前，圆珠笔和笔记本永远都达不到最高层次的需求和膜拜。

等待郁木的时间里三个人静静地呆在这里，观察着这里一切活跃的分子和理性的细胞。他们偶尔会听到一些对话：“从今天开始可就要进入战斗状态了，把这一年拼下来以后咱们就什么都不愁了。”……“小子我和你妈对你也没什么太大的要求，只要能上个大学就行，别管什么专科、本科，只要你别在家里给我添堵就行。”……“儿子你可得玩了命地学啊，要上咱就上个名牌的，本一里还得分个一二三呢，咱的目标就是清华、北大，再不济也得是个……”

外外点了根烟：“你说这帮家长怎么都跟打了激素似的。”

“一看就是亲的。”小游边晃悠汽水瓶子边甩出一句。

夏漫没有说话，只是呆呆地看着，好像是在预测着这里每个人的未来。

小卖部老板终于扔下了手里的言情小说，店里的人越来越多了。其实今天并不是学校正式开学的日子，8 月 15 号离 9 月 1 号还有半个月的时间呢。每当到了这个时候学校便又开始了新一轮紧张的气息。

这是一所在这个城市拥有着很高声誉的学校，升学率是他们值得炫耀和赖以生存的。学校大门口也荣耀地挂着“今年我校本科升学率百分之 XX，再创新高。某某同学考上了某某大学、某某同学考上了某某大学……”正因如此，才会有这么多学生和家长在今天来到这里。今天是这里的复读班报名的日子。

全城的人都知道，这个学校历来是以复读班来扬名立万，赚取吹嘘的资本的。因为本身的生源并不好，想用应届生取得什么好的成绩是根本不可能的。所以学校就把教学的重点放在了复读班的身上。因为他们知道至少来复读的学生起初都还是怀着对学习的美好憧憬和极度渴望的，都算是有点追求的人。所以学校也不遗余力地把最好的师资配备到了这些复读班上，并且作出了如对上一年高考取得很好成绩的学生减免学费等措施，来吸引更多能为这个学校做出业绩的学生。红布条子上的那几个哥们姐们都是他们倒贴钱请来复读的。

长此以往复读班便成了这个学校的金字招牌。每当到了 8 月 15 号这一天都会有很多高考失意的学生和家长聚集于此，他们带着各种复杂的心情和朝圣般的面容走进这个大门，留下他们的人民币。然后紧闭双眼，默许祷告，双手合十，呲牙咧嘴，一连串虔诚的行为过后，这时方才有了重获新生般的释然和升入天堂的快感。

夏漫撕开一片口香糖塞进了嘴里，看着这些即将升向天堂的孩子们，嘴里哼着听不清歌词的英文歌。外外的烟才抽了一半，小游不时催他抽快点，自己依然摇晃着那个满是泡沫的汽水瓶子。

幸运的几滴汽水在瓶内强大的挤压和冲击下，向着瓶口清新的空气一跃而起，飞向天空。它们终于获得了自由，在这段短暂的时间内它们充分地享受温暖的阳光，呼吸清新的空气，以超脱的神情审视着依旧在瓶子里挣扎和碰撞的同伴们。但它们的命运不会因此改变，短暂的欢愉终于在顷刻间结束了，它们狠狠地摔在了地上，粉身碎骨。血流成河。

“你看那人像向雯吗？”外外用食指和中指夹着烟，用烟头指向校门口的一个女孩。

“别扯淡了！她去英国了，你不会不知道吧！”小游甩了一眼外外。

外外没说什么只是冲着小游笑了笑。

炎热的气温也无法阻止勇敢的心。成群结队的蚂蚁首尾相接排着长队来到了小游脚下，它们是为了所谓的美好生活而来的，因为这里散落着几滴似乎香甜的汽水。蚂蚁洞在好几米外的地方，壮观程度可见一斑。它们欢呼着，奔跑着，并紧跟着前面的同伴，它们感到无比的强大和自信。小游也发现了这一点，他的食指慢慢移向了地上的那滴香甜。

悬空，静观。在他愿意的某个瞬间开始用指尖一次次碾死前来的蚂蚁。这些蚂蚁一只只地死在了它们的“美好生活”上，能够侥幸生还的便被同类奉为英雄，变成传奇。

另人振奋的不仅是传奇，后面的大部队依然首尾相接地朝这里涌来。不知道这种可以用一根筋来形容的执着信念，是它们从人类身上学到的还是人类从它们身上学到的。他们欢呼着，奔跑着，并紧跟着前面的同伴，他们依然感到无比的强大和自信。小游的手指还在一下一下地运行着，尸骨多了起来……

夏漫目不转睛地看着小游的游戏，面色平静。在小游碾死第N只蚂蚁的时候，她长叹了一口气。

“怎么了？”小游下意识的收回了食指。

“旁边不还有苹果核、冰糕棍呢吗，怎么都那么一根筋呢。如果它们当中能有一只不跟着前面的那个，那么后边的大部队也就不会都死在这了。”夏漫的语气比她的脸色更加平静，幽潭般清澈。

深情握手，动情会谈的喜人场面短暂地出现了。在热情洋溢的气氛中老激毫不吝啬地在教学楼前表现着他热情、正直、有责任感的一面。他是学校里专门主管复读班的主任，学生入校的分班和收费就是他主要的工作之一，每到这个时候就是他最忙的时候，而他也忙得不亦乐乎又不亦乐乎。

老激的手早就红了，可还是被那些明事理的家长紧紧握住不放。要不说人家是好干部呢！这要是换了别人，小肉手早就给揉烂了。可人家就那么泰然自若，临危不惧。这不禁使每一个看到这一幕的人们都不由触动到内心的英雄主义情怀，一个个英雄人物编好了号，排着队地浮现在眼前。雷锋、董存瑞、邱少云、许三多……个个使人激情澎湃、热泪盈眶。老激对家长们说得最多的话就是："孩子到了我这，你们就放心吧。"

老激也算是见过场面的人，像明星摆脱小报记者那样潇洒地搞定几个家长当然不在话下。在告别了那几个家长后，老激也向小卖部的方向走来。他边走边摘下眼镜擦拭着脸上的汗。小游想和夏漫打赌他是来买什么的，可夏漫说不知道，小游说她不思进取。

老激已经过来了，外外本不想看他。但下意识地抬起头，不料视线相撞。老激的那副黑边大眼镜和一贯不冷不热的微笑使外外顿时陷入了最清醒的混沌。

一切都是如此的清晰、自然。阳光灿烂、波涛汹涌。终于，时空错乱。

（2）

“高考多少分？”戴着黑边大眼镜的中年男老师面带着不冷不热的微笑问道。

“300多。”

“300多少？”

“320。”

计算器噼里啪啦地响着，“学费8000”声音酷似正气凛然。

“这么多。”他有点郁闷。

“学校就是这么规定的，根据高考成绩收学费。”

天气炎热得连苍蝇都在寻找阴凉，一只苍蝇盘旋着降落在办公室门把手底下的阴影区域。还没等它落了汗就又惊恐地飞离了这里。门开了，一个家长和一个学生走了进来，他们小声嘀咕着，看着前面正在报名的他。

“叫什么？”那个老师继续问着。

“郁木。姓郁的郁，金木水火土的木。”

大黑边眼镜的老师在一张条子上认真地划拉了几笔后说：“拿着这个去财务室交钱，然后再回来给你分班。”

拿起条，他转身向门外走去，在这个短暂的时间里，他瞥了一眼站在门口的那对母子，妈妈很瘦，儿子略胖，他们悻悻地微笑着看了他一眼，眼神中似乎带着一丝不安和忧虑。

“报个名也带家长，成绩应该很不错。”郁木沉思着走出门外。

教室里挤满了搬桌子、擦椅子的人，讲台前方有几个女生正在为争座位争吵着。郁木坐在了最后一排靠近后门的座位上，他之前的3年都是坐这个位置，这里能使他感到安全和舒适。

两个月的时间并不很长，桌子上已经积攒了一层灰。用抹布简单地擦去了桌子上的尘土后，几个用小刀刻在桌面上的字清晰可见"穿过这片地狱，我就能看到天堂"。这应该是某位前辈留下的篆刻。郁木呆呆的看了片刻后，用钥匙在句末加了一个深深的问号。

萍水相逢的一群人们在互相攀谈着，这是一群特殊的老兵，在纪念抗战胜利的伟大日子里开始了他们新一轮的战斗。角落里的郁木并没有参与其中的意思，只是傻傻地看着窗外。教室在一楼，窗户正冲着学校大门的方向，这和他原来高中时出奇的一致。他习惯性地望了一眼学校大门和传达室，这是他过去3 年在学校最常做的动作。在原来的高中有一个充要条件，如果校门开着，而且传达室里又没坐着某个变态的教导主任的话，那他们就可以出去上网或吃拉面去了。班主任是不会发现的，因为在没她课的时候，她只有在早上上学和晚上放学时才会出现，除此之外的时间是由他们"自由支配"的。因此这个习惯动作也跟着郁木来到了这里。传达室里值班的是一位中年妇女，这和原来学校的老大爷还是有一定区别的。"这回烟估计是不好使了！"郁木眨巴了几下眼睛。在原来一盒中南海就能管他好几天的"出入平安"。可现在他并不想胡思乱想，静静地整理着自己的书本，他决心要和过去的光辉岁月彻底说再见了。

一个貌似和蔼的男老师走了进来，在以后的日子里他被证实的确是和蔼的男老师，大家也在以后的日子里给他了一个和蔼的称呼"老头"。

"首先做一下自我介绍，我姓黄，是你们的语文老师也是你们的班主任……"说话的便是他。刚一开口，班里就有了第一次零星的议论和微微能听到的笑声："我靠，我花了那么多钱，怎么给分个姓黄的班主任啊，估计这一年又他妈得黄了……唉，你们女生可得注意点了，这老师可姓黄"……"什么，姓王？"

"现在我先简单说明一下我们这个班的情况和所要遵守的纪律，我们这个班是复读10班，学校一共有10个复读班，从分班的原则和理论上讲我们是成绩最差的班。但我不认为大家通过这一年的努力不会比那些暂时比我们成绩高一些的学生在明年的这个时候成绩要好，所以说……”不愧是教语文的老师，语言表达能力的确是强，想要短时间明白他的意思还必须要稍带上一些数学的逻辑思维。

在这种无法招架的持久战面前，能做的只有疲惫不堪地正面防御，不久战士们便一个个地倒下了，他们以小声地打呼噜、闭目流口水状做着最后的抵抗。由于前方的战士相继倒下，郁木的眼前豁然开朗，他第一次清楚地看到了老头的样子。个子不高，瘦瘦的，头上稀稀拉拉地盖着几片头发，梳理有型。脖子上用线挂着的花镜腿搭拉到白衬衣的第二个扣的位置，在一条老式西裤下面隐约是一双圆口的老头鞋。面容极清晰，严谨且慈祥。

太阳开始有了落山的迹象，天气依然闷热。

闷热的不仅是8月的天气，还有一群浮躁的心。毛主席曾说他们是早上8、9点钟的太阳，那么太阳落山时又该是几点呢？他们对伟大领袖的话半信半疑，因为他们并没有在那个光芒万丈的年代生活过，他们都是在90年代后出生的，伟大的光芒已经消逝20年了。这是愤怒的一代，他们都抱怨着没能赶上阳光普照。这是悲哀的一代，他们连精神领袖和膜拜的对象都找不到。有的只是自己。

闷热。郁木洗了把脸，用毛巾擦拭着脸上的水。他已经回到了家，说这里是家有些勉强，暂时姑且算吧。学校本来是寄宿制的，食宿餐饮设施齐全，但由于他们是计划外的复读生，所以学校也就没有多余的宿舍来圈养他们了。他们统统要走读。

由于复读班的鼎鼎大名，所来的学生也遍布了全城的各个角落。离家远的大多会选择在学校附近租房子住，而且大多是全家搬迁。现在不都提倡“高三”一年，家长陪着孩子一起苦吗？其实也不知道这是从哪个先烈那里兴起的口号，原来只折腾学生，现在连家长也一块折腾了。不过家长们也都满心欢喜地加入其中，他们觉得人家的家长都受了折腾了，咱要不受那就是落后，为了孩子咱也得受这份折腾。

郁木的父母就没有那么“可怜”了，由于工作的原因，加之郁木从小养成的独立性格，他们坚定并且放心地让郁木自己在学校附近租了间房子。其实他们根本也不用那么操心，郁木早就向他们保证这一年会刻苦的。吃饭的问题在学校食堂就已经解决了，在这里他所要干的无非就是学习和睡觉而已，这是他们帮不上忙的，所以他们只是偶尔过来监督一下郁木的学习，买一堆他们觉得这个阶段他应该补充的营养。只此而已。

打开台灯，郁木坐到了写字台前，他打算从今天起开始奋斗了。台灯是所谓的护眼灯，但郁木并没有感受到它对眼睛的保护。他并不习惯在昏暗的房间内面对这样明亮的光源，感觉自己好像已经很久没有这样地生活了。安静，沉思，认真回忆今天上课老师所讲的内容。脑子好是天生的，所想的答案很快就出来了，今天根本没上课。在老头说完“事”之后就宣布放学了，明天才是正式上课的第一天。

郁木还是有点不甘心，随便拽出了一本英语书，开始了一种叫做背的行为。笔尖在纸上飞快地划着，时间也在这一个个的字母间流逝。在夜深人静的某一秒钟，终于，台灯熄灭了。

睡觉是件享受的事，如果人能睡一辈子，那又是何等畅快。梦境中的宿命永远是没有痛苦的，即便是最悲壮的死去。我们在梦境中也是无法预知未来的，很少有人能够按照自己的意愿做梦，这和现实中的我们一样。但梦永远会有醒来的时候，那现实呢？

又是无梦的一夜。闹钟响到第 3 遍的时候，郁木还优雅地漂浮在他的床上。不过很快他便坐了起来，速度之敏捷不逊于任何武侠小说里的人物。一把抓起闹钟“我操”，飞奔开始。学校离他的住处并不远，狂奔只要 5 分钟的路程。疾风扫过了楼下的煎饼摊和学校门口的小卖部等建筑，终于刮进了教学楼。这股势如破竹的力量终于在上楼梯的时候被阻止了下来，在楼梯的拐弯处他没能及时刹住车，摧枯拉朽般地撞倒了一个背着画夹子的人。大画夹子生硬地拍到了他的脸上，顿时鼻头和眼圈都红了。“对不起啊”郁木都没来得及看看那人，甩下一句后继续朝教室的方向跑去。

从后门的窗户偷偷望进去，老头已经来了，他正站在讲台桌前擦汗，迹象表明他也刚到。郁木轻轻推开后门，不声不响地坐在了自己的座位上，把头埋在课桌底下大口地喘着粗气。老头擦毕汗后拿着一张推测是座位表的东西，环顾教室每个角落。“嗯，正式开课第一天，大家表现都不错，没有一个迟到的，希望大家在今后的日子里……”

郁木揉了揉发酸的鼻子，整理着第一节课要用的东西，其实他也不知道第一节课应该是什么课，只是一种无聊的等待罢了。正前方处隐约飘来了一阵阵刺激性的气味，一个一身西服的哥们正在进餐。西服，西裤加皮鞋，就差领带了，郁木上下打量着他。用手指轻轻地捅了一下坐在他前面的哥们。没料想他的反应很大，慌忙把手里的食物塞进了桌斗里，使劲地咽下了最后的一大口，把头扭了过来。郁木战战兢兢地看着他，他也战战兢兢地看着郁木。

“有，有事啊？”这哥们的嘴角上还挂着一抹面酱。

“哦，没，没事。就是想问问你第一节什么课。”

“我也不知道，等着吧。”他从桌斗里翻出已经咬得支离破碎的半套煎饼果子。“吓死我了，我还以为是老师呢！”

“哦，呵呵，不好意思啊。你继续。葱花放得够多的！”郁木用手挥散着面前的空气。

“恩，辛苦你了。”

他叫林丹，和某位体育明星同名。若不是上课时偶尔老师会叫到这个名字，恐怕大家早就忘了他的原名，在今后的一年里大家都叫他丹哥。这个丹并不是林丹的丹，而是皮尔卡丹的丹，因为大家始终认为他是假皮尔卡丹的代言人。而丹哥也不负众望，在这一年的时间里几乎每天都是这种打扮，以至于最热的伏天里也是用梦特娇的T恤来圆场的，为的是保持风格。

“你多大啊？”郁木随意又略带刻意的问。

“18，快19了，你呢？”

“19，快20了。”郁木怀疑地看着丹哥成熟的脸，但又从丹哥的言谈中反映出的心理年龄上勉强相信了他的话。

这节早课二人交谈甚欢，互相都忘了他们是来立志苦读并发誓不浪费一分一秒的有志青年。也许在这样一个陌生的时间，陌生的空间内，交流的冲动要远比那些摸不着边际的理想来得更加猛烈。

早课就这样意犹未尽地结束了，短暂休息 5 分钟之后是第一节课。大家利用这不长的时间干着自己想干的事，伸懒腰，吃早点，混杂地咆哮着聊天，丹哥邀请郁木同去厕所，郁木也爽快地站起了身子。但这个动作很快便被他收回了，一个戴着大黑边眼镜的男人一脸正气地走进了教室，他就是老激。这个名字在这个学校已经流传了很多年头了，原因很简单。不论任何时间，任何场合，任何讲话或谈话，老激总会用他那铿锵有力，热血沸腾的话语鼓励和激励着每一个学生，让他们都会感到自己的前途有多么的光明，自己的未来是多么的美好，总会不由地使每一个人联想起那些激情燃烧的岁月和岁月燃烧的激情，这也许就是能成为一个优秀教师所必须的吧！他就是老激。

“今天是我们正式上课的第一天，作为主管复读班的主任，我要利用这个短暂的时间，简单地说一下。虽然我们在今年的高考中成绩并不是很理想，但是我坚定地相信，大家在通过这一年拼命地努力、努力再努力之后，在来年的高考中，一定都会考入一个让自己满意的学校！对此我深信不疑，我希望大家也能坚信这一点。所以说，我们从今天开始就要……”老激面带微笑且激情澎湃霸占着这短暂的欢愉时刻。上课铃早就打了，可老激似乎并没有注意到这一点，还是意犹未尽地神聊着，战士们终于第一次感受到了老激“简单说一下”的威力，又一次地集体倒下了。

郁木隐约从后门的窗户看到一个人影在向教室里张望，但很快便消失了，一会又出现在了前门的窗户上。在短短的几分钟内她来回数趟穿梭于前后门的两个窗户间，周而复始，焦急而又无奈地向内张望着。很快全班的人都发现了她，唯有沉浸于滔滔不绝中的老激无所察觉。

“这是谁啊？”丹哥回头问郁木。

“可能是老师吧？”

坐在前排的一个胖子终于憋不住了，他穿着一件印着格瓦拉的 T 恤，貌似像个革命者。在老激把目光扫到他脸上的一刻，他用手指了指门外。老激顺着他所指的方向看了过去，又马上看了看手表，不好意思地过去开门。外面的女人终于被放了进来，她也尴尬地不知道该说点什么好“呵呵，没事，没事，您接着说。”老激搭着笑脸说“光顾着讲话了，都忘了看时间，您赶紧上课吧。”

边说边往门外走，两人微笑道别，好像一切都那么合乎情理。上课已经15分钟了。

这个女的是他们的英语老师，学生们后来习惯叫她“老鹰”括弧“老英”。老鹰有三十多岁的样子，总是习惯把自己打扮成大学教授似的知性女人，在日后被认定为是所有科任老师中最狠的一个，但至少她还是充满人性的。“首先作一下自我介绍，我姓……在我的课上唯一的要求就是每一秒钟都要跟着我的思路走，这样才能……好了，我们开始上课。”

没上成厕所，丹哥有点郁闷，满头大汗的他脱下了西服，面目狰狞地跟着老鹰的思路一点点地坚持着。郁木也努力地让自己投入进去，他感觉自己已经很久没有这样使劲地听课了，虽然他基本什么也听不懂。

由于太过投入地听课加上老激耽误的15分钟，第一节课很快地结束了。下课铃刚响丹哥便飞奔出了教室。课间的10分钟教室里终于恢复了活力，伸懒腰，吃早点，混杂的咆哮着聊天又陆续开始了，穿格瓦拉的胖子和前排的几个女生交谈甚欢，好像是因为他的勇敢、果决，才没有使这节课被老激统统霸占，毕竟大家掏钱是来听课的。由于丹哥的不辞而别，郁木打消了去厕所的念头。习惯性地趴在桌子上睡觉，10分钟的时间与其说是睡觉，倒不如说成闭目养神，这是他过去3年养成的习惯，每当他听不懂的时候都会犯困，但又不忍心在老师眼皮底下堂而皇之地睡去，所以只能硬扛，当下课铃响起的时候，他便如释重负地摊死在课桌上。时间长了，这便成了一种习惯。不管他上课时困或不困，下课时是一定会困的。

第二节课是数学，第三节是政治，第四节是老头的语文，郁木中午没回家，第五节是历史，第六节……高中生的时间就是这样计算的，很快一天的课程便结束了。

早就有前辈总结出来了，在学校里什么老师啊、主任啊，做什么也没有做饭赚钱。这人山人海场面，端着碗的，拿着馒头的，喊的，跑的，要是不知道的还以为是旧社会赈粥的呢！又不是白给，你说你挤什么呢？还有你，你说你端着个碗跑那么快干吗啊！还别说碰着别人，就是真踩着别人洒的汤摔一跤，这一碗馄饨还不都得扣你脸上啊？就算你心态好拿它当面膜用了，那一脸燎泡看着不也怪恶心的吗！

由于学校拥有着很高的声誉，所以厨师们也都装模作样地戴着帽子和口罩，乍一看还真像是受过培训似的。他们最擅长的好像不是炒菜，而是用筷子夹钱和用围裙哄苍蝇。

“炒饼怎么卖？”

“学生三块，老师两块五。”

“来两份。”

“好嘞！”

郁木在较远处已经坐下了，丹哥说第一天他请客。炒饼是需要时间的，郁木环顾着四周，目光停留在了旁边两个吃拉面的人身上，这是一种熟悉的感觉，温暖，亲切。过去的三年里，拉面对郁木和他以前的一帮哥们来讲已经成为了一种自由的象征，每当他们三五成群逃课去吃拉面，并兴致勃勃地谈论着某个老师的洋相和某个姑娘的大腿时，他们仿佛才真正体会到了上学的快乐。他们也不清楚当时是否真的需要一碗拉面来充饥，或许他们根本不饿。能够带来快感的也许只是坐在瘸腿的马扎上，手里捧着一碗刚出锅的拉面，互相感受着这自由的空气罢了。

饼炒出来了，丹哥给了他 10 块，他找了丹哥 5 块，丹哥莫名其妙的看了看他，他也莫名其妙的看了看丹哥。端着两盘炒饼，丹哥自言自语着走过来坐到了郁木旁边。

“你自己瞎嘟囔什么呢？”郁木接过一盘炒饼。

“你看我像老师吗？”丹哥看上去很认真的样子。

“不像！”郁木的回答也很认真。

“嗯”丹哥的表情略微松弛了一点。

“像家长。”郁木严肃的说。

丹哥被炒饼烫了一下。“滚！放过我吧，我还是个孩子。”

节省了一块钱的幸运，并没有使丹哥获得喜悦，反而平添了几分郁闷，不过他似乎已经习惯了。晚饭之后的时间是晚自习，他们吃过饭便回到了教室。

教室里出奇的安静，郁木还不能一下子适应没有人聊天的晚自习，即便是偷偷地聊。

老头在几条桌子之间的过道里来回转悠着，散发着和蔼的威慑力。郁木抽出了一本今天上过课的书，做起了老师白天留的作业。他做得很认真，认真到已经无法相信这就是原来的自己。这种认真持续了很长时间，放学回家后，专注仍在继续。直到夜深的某个时刻台灯熄灭为止。

对于高三的学生来说，就已经没有双休日这个概念了，更何况是高四。今天是周日，上午上半天课，下午休息半天。这也是一周里唯一的休息时间，也是可以心安理得地不去学校的半天。

在这样一个上午，战士们积攒了一周的情绪也终于浮躁到了顶点，整个教室好像要被这种浮躁连根拔起，虽然有少部分同学仍然意犹未尽地汲取着自己所需要的知识，但除他们之外的磁场仍旧强大。郁木竟然意外的连课间觉都没有睡，迷迷瞪瞪地看着这群心不在焉的人们。教室前排，丹哥和那个穿格瓦拉的胖子聊得不可开交，他们连比带划地说，看上去分外妖娆。

最后一节是老鹰的课。老鹰一直强调她上课唯一的要求就是每一秒钟都要跟着她的思路走，不过每到这节课的时候，能跟上的人似乎出奇的不多。大家好像都有着自己的思路。收拾东西的，从别人本上抄歌词的，互相交换各种小说的，约定下午哪个网吧见面的，暗流涌动且波涛汹涌。这些活动都有条不紊地在老鹰不会发现的时间和空间内，通过纸条，短信，手势，口形等形式顺利的进行着。在这种友好、融洽的气氛中，战士们和老鹰都“体面”地度过了这最艰难的一节课。就此放学。

郁木在学校门口的小卖部买了一瓶可乐。“嘿，我先走啦。”丹哥坐在一个自行车后架上跟郁木打着招呼，车子骑得飞快，骑车的是那个穿格瓦拉的胖子。一眨眼的功夫二人便消失在了这条很窄的马路上。郁木把喝空的瓶子塞进了塑料格子里，呆愣愣地站在小卖部门口，似乎是在考虑自己下午要干点什么，这是一个有难度的问题。

“你叫郁木吧？”好像有人和他说话，郁木不知所措地看着这个似乎面熟的人。

“咱们是一个班的。”他的表情很友善，和老头一脉相承，身材像竹竿一样又高又瘦，眼睛不大但也有神，身上套着一件肥大的文化衫，一条大裤衩的底下是一双破凉鞋。

郁木突然想起来了，他是这个班的班长。由于郁木本人坐落在班里最偏僻的角落，加之每天的课间觉，所以到现在他连班里的人还都没认全呢。

“你会修车子吗？”那人虔诚地看着郁木。

“怎么了？”郁木问。

“不知道！可能是链子，也可能是挡泥板，要不就是辐条……”班长仔细地分析着各种情况。

“我靠，这三样是挨得上吗！真要成了一个毛病，那我就有毛病了。”郁木心想。但表情上还是认真地聆听着。

“反正就是一骑上总咯拉咯拉响，你能帮我弄弄吗？”他问得很诚恳，眼珠直溜溜地盯着郁木。

“这个……不过……其实……我试试吧。”

炎热的太阳下，两个人鼓捣着一辆自行车。这是一辆黑色的“二八”飞鸽，从多处斑驳的锈迹和车座上绑的尼龙绳子来看，这驴有年头了。这辆车和他的主人从报到那天开始就已经注定将成为传奇，由于他洒脱的穿着和车子复古的模样，使人们每当看到车总会想到人，每当看到人也总会想到车。所以学校里的人给了他一个四个字的昵称“二八铁驴”。

二八铁驴乍一看也不像是一个怪人，不过别人都说他挺怪。这在日后确实得到了一些印证。不过郁木现在倒也没看出来什么特别的，没准在别人眼里他自己还挺怪呢。车子根本没什么大毛病，很快就被郁木几脚踹好了。二八铁驴倒是无比开心，连声感谢，这样他又可以人驴合一了，在简单寒暄了几句之后，他便风驰电掣地走了。

9 月 1 日，对学校们来说无论如何都不算是平常的一天。新生入学，老生报到，一切都热热闹闹地进行着，学校又拉起了那个饱经沧桑的红布条子，只不过上面的字换成了“欢迎新生”。一群新的生命给学校注入了新的血液，与那群老兵不同的是，他们每个人的眼中流露出的都是兴奋和期待，十几天前的那一群迷茫和悲壮被一扫而空，阴霾不在。

“有美女吗？”丹哥抽搐着眉毛问郁木。

“你出去看看呗。”郁木在睡他的课间觉，语速很慢，闭着眼迷迷糊糊地说。

“靠，你怎么一天到晚的睡啊，那我可出去看美女了。”丹哥边说边快速地套上了西服。

“也帮我留意留意啊。”郁木的语速似乎更慢了。

“放屁吧你！想得美。”整理了一下头发，丹哥迫不及待地奔出了教室。

这是阳光灿烂的一个下午，在一片光洁中，他走进了新学校的大门，努力拽住了曾经渴望的新生活。他很年轻，也就十五六岁的样子。今天是9月1日，新生报到的日子。这一切都仿佛那么熟悉，或者根本经历过。大厅内张贴着入学分班的情况，根据指示他坐到了他所在的教室里。以极端博爱且目空一切的神情观察着这里一张张崭新的面孔。不经意地扭头，一个眼神吸引住了他的视线，温柔，安静。眼神的主人小心翼翼地坐到了他的旁边，她来晚了。他尝试着偷看了她几眼，其中一次视线相撞，二人都随即收回了目光。这样的情形似曾相识，这不是自己的初恋吗？老师在讲台上按学校规定无聊地讲着《中学生日常行为规范》，底下的人们在集体地违反着其中的规定，睡觉是必然的……“醒醒，醒醒。”老师似乎发飙了。“起来，靠，别他妈睡了。”不过老师说脏话就不太文雅了吧，不是说这毕竟是课堂嘛！这个声音越来越大，不绝于耳。

郁木终于被强大的噪音叫醒了。

“靠！课间也能睡这么死啊。别睡了，起来，跟你说事。”丹哥郁闷地声嘶力竭着。

郁木眨了眨眼睛，又打了个哈欠，尝试着恢复语速。“瞎叫唤什么啊。”

“你真牛逼，课间也能睡那么死。”

“刚才做了个梦。”

“梦见什么了。”

“你管得着吗？”郁木露出了天真的笑。

丹哥反坐到座位上，面冲着郁木。“哎，我刚才看见美女了。”

“放过高一的吧，你都高四了。”郁木揉着眼睛，一副还没醒彻底的样子。

“不过看那样倒不像高一的。”丹哥似乎挺认真。

“有多美啊？”郁木无奈地问着。

“其实也就那样。”丹哥仿佛在判断着自己对美的标准，一时间还扭捏了起来。

他们的班是复读 10 班，通常简称为“−10 班”。这个学校总共有 10 个复读班，所以他们班被认为是普遍意义上最差的班。而最好的那个在他们对面，以走廊为对称轴相邻着。这是−1 班。这个班里的很多高材生都是减免学费来的，兴师动众的压抑和紧张气氛比其它任何一个教室都要浓重，只从课间的 10 分钟就可见一斑。郁木的班里总是车水马龙，吹拉弹唱的，而对面的教室除了偶尔会有人实在憋不住了要去厕所外，剩下的就全是正在奋战之中了。他们个个面带坚毅的目光，挥舞着手中的利刃冲进那如麻的荆棘之中。闷热的夏天，每个教室的门都不可避免的开着，仿佛教室也需要呼吸清爽的空气。郁木经常能够从对面后门看到他们奋战的场面，虽然有些惨烈，但也不由地激励自己要成为他们那样无坚不摧的英雄。英雄都是只有理想而没有私欲的人，在这样一个芬芳的日子里，−1 班毅然没有一个人像丹哥那样兴致勃勃地去采蜜。英雄果真如此。

这节是语文课，老头迟迟没有进来，郁木他们能够隐约听到他正在外面和人说话。不过时间并没有持续多久，老头便和蔼地从前门出现了。同学们也抖擞精神准备上课。郁木用余光看到一个人安静的从后门走进，扭头看去，是一个女生。长发，齐刘海，清秀的面容中透出几分独特的个性。

丹哥使劲扭着脖子，眼神中透出不可思议的表情。他冲郁木悄悄地使着眼色：“靠！就是这个。”女生坐到了郁木旁边的位子，这也是教室里唯一的一张空位。迅速有序地整理着自己的书桌，并从书包里掏出一摞摞能压死人的复习资料，整齐地码放到课桌上，动作熟练，面色平静。郁木直到下课也没有多看她一眼，不知是不敢还是其他，因为她安静的磁场实在太强烈了，郁木也无意去打搅她。

-1 班的课间依然那么安静，丹哥又去和那个穿格瓦拉的胖子神聊了，不知道是那个胖子真的有那么大的吸引力，还是他周围的女生们更让丹哥感兴趣。

烟是欲望与郁闷的产物，郁木在时隔半个月后对自己先前的认知进行了认真的反思和批判。他开始觉得努力蜕变成为一名合格的战士，并奋发图强迎接炼狱般的生活，并非要从戒烟开始。

在厕所的深处，郁木点燃了一根烟。

（3）

人很多，络绎不绝，是些家长和学生。他们都挺踌躇满志地，不知真伪。形形色色的面孔夹杂着形形色色的心情，像天上的那朵云一样随着风的方向盲目地漂浮着，并被烈日灼烧。谁也不知道他们之后会怎么样，反正已经来了，谁也跑不掉了。

烟头扔在了地上，一只黄色的大头皮鞋用力地在上面碾了几下。小卖部门口参差着庇荫和买东西的人，老板手里攥着一本武侠小说左右忙活着。其实他早就来了，只是爸爸交代过要等没人的时候再进去。他要了一瓶可乐，躲在角落里消磨着。感受着气泡从舌尖到喉咙再到胃里的过程。他仿佛能够清楚地听见那些气泡在自己体内沙沙作响，并不断扩张和繁衍着。这是一种让人膨胀的力量，膨胀得使人过度兴奋和麻木。他感觉这里的每一个人都像是可乐瓶中的气泡一样，不断地爆炸又不断地升腾，而他所了解的社会就是这支可乐瓶。瓶子在很长的一段时期内是不会更换的，除非它已破烂不堪，重复交替的只有里面的液体。

瓶子里的可乐已被他消磨殆尽，来往的人群也稀落得所剩无几了。他把瓶子塞进了塑料格子里，向学校大门内走去。楼道里比他想象的要安静，一对母子正往外走着，他们和他相向而行，并在擦肩而过的时候，彼此注视了一眼对方。他们的眼神中带着一种卑微的崇高，这也许是他们这一群人普遍所持有的态度吧，包括他自己。

推开门，他走进了办公室，里面只有一个老师，这使他的心态更加释然了。老师看了他一眼便又很快地低下了头继续着手头上的事。他边走边打量着眼前的这个老师，微胖，圆脸，戴眼镜，男。他的办公桌上很繁杂，纸笔书报、文件资料，桌角处还摆放着一些包装精美的烟酒水果。能够看得出他是个日理万机的人。

“老师，报名。”

老师抬头看了他一眼。“高考多少分？”

“298。”

中年胖老师噼里啪啦地敲打着计算器，样子的确认真。他把一张纸条慢慢地放在了桌子上老师余光可以看见的区域。老师抬头看了看他，拿起桌上的纸条认真地看了看。

“你叫什么？”老师拿出纸和笔。

“于岩。”

教室里面是些各自打扫的人们，他们之间互相交流很少，并没有其它班里一帮一伙相见恨晚的景象。帮忙抬桌子，互相借抹布已经属于较高级的沟通了。座位是根据高考成绩排的，讲台上的一个同学在老师的授意下，在黑板上抄写着排座位的结果。

于岩被放在了最后一排，他对此没有感觉到什么意外，在主观上好像也没有什么意见。内心也并没感到自尊受到了什么伤害，因为他乐于以百毒不侵来提携自己。但他却对这种做法感到由衷的恶心，报到的第一天就体会到了些恶心的感觉，的确不能算幸运。不过心平气和的想想也就没什么了，反正自己已经是百毒不侵了，又何必为别人而多愁善感呢！这种恶心在中国的很多重点学校都以“合理化”和“有效化”的名义发生着。于岩安静地坐在自己的位子上，显然他已不再恶心什么了，只有这么想他才能进步。这样一个年代，在标榜“对学习有帮助”的面前自尊又算得了什么呢？也许那些被鞭子抽大的教育家还把这卑微的自尊等同于虚荣而嗤之以鼻。

班主任是个女的，说话带点江浙口音，端庄地走向讲台开始了一番自我介绍。说她送过多少届毕业班，经验如何丰富，她的学生考进重点大学的有多少多少，每年教师节都能收到各式各样乱七八糟以前学生送的礼物，在各大学术刊物上发表过多少文章，连续参加过多少年高考判卷……

于岩倒也没什么强烈的反感，只是有点思维混乱“你连续参加了一百年高考判卷，到时候估计也不会给我多加几分吧？说这些有必要吗？”带着强烈的疑问于岩趴在了桌子上。

热烈鼓掌仅仅代表自我介绍这个环节的结束。班主任紧接着开始了下一环节。“下面我要说一下我们这个班的情况和大家在这一年内的奋斗目标。众所周知，我们学校是一个极其重视复读班的学校，而我们班作为复读一班更是重中之重，可以说是皇冠上的那颗宝石，我们班有很多同学在刚刚过去的高考中，其实就已经取得了很好的分数，由于他们自己的种种原因，所以决定再继续复读一年。对于这种对自己高标准、严要求的同学，我是很欣慰的，希望大家……”每一位战士都聚精会神着，认真地聆听着首长的讲话，他们一动不动，场面空前死寂。

于岩是唯一掉队的，孤零零地趴在桌子上。在最后一排的角落里，想引起别人的注意是一件很难的事，况且只是卧倒而已。他进来之前在门口的小卖部买了一个本子，时尚，精良，里面没有格，纯白的手绘本。他并没有打算用它来记笔记，因为他觉得那是对它的浪费。值得记录的只有心情。这样的本子于岩已经积攒了很多了，他一直都有这样的习惯，在本子上画下他的心情。下巴顶着桌子，视线搭拉在刚买的本子上，手中的笔在本皮上认真地写着“YY”。

班主任终于讲到了最后一个环节。这使于岩抖擞了精神，重新归队。“最后我们每一个同学都来做一下自我介绍，并说一下自己的理想和目标……”端庄地将手指向了第一排第一个同学。

“我叫李千千，很高兴认识大家，我的理想是考上本一，最好能去上海……”

“大家好，我叫赵磊，我的目标是考上港大……”

“那个……我姓刘，叫刘凯，那个……大家可以叫我凯子，那个……我的目标，那个……就是能考上个好大学就行了，那个……呵呵……”

……

“我叫于岩。原来的同学都叫我‘外外’，因为我名字的前两个字母都是Y。我没什么太大的理想，对得起自己就行。”

终于宣布放学了，每个人都脚步匆匆地朝教室外冲着，可能是他们认为互相没有道别的必要，这种气氛异常汹涌。外外也起身朝门外走去。一下午的消耗让他感觉有点渴了，他打算去校门口喝瓶可乐。一只手拍了拍他的肩膀，是班主任。

“你是美术生吧？”她问他。

“嗯，是。”

“是这样的，本来学校的画室是只给应届班用的，不对我们复读班开放。不过，今天主任跟我说了你的情况，所以以后你要是想练画也可以去学校的画室。呵呵，你爸可真有面子。”班主任语气阴冷地推了一下眼镜腿。

“哦，谢谢老师。”礼貌地微笑后他转身要走。

“还有，你的成绩目前来看要比班上其它同学差很多，所以我还是希望你能够努力赶上，不要给班里拉后腿，我也没有别的意思，你能明白就好了。”说完便端庄地离开了。

外外没有去喝可乐，他似乎觉得自己已经不渴了，但体内却奇怪地有了气泡膨胀的感觉，他感到了些微的惊恐。

电视里 CCTV−5 播着足球比赛，外外在翻腾着冰箱。他有点沮丧，冰箱里并没有什么可吃的东西。家里就他自己，根据经验断定爸爸妈妈这个时间一定又是应酬饭局去了。他的爸爸为党工作，党让他爸当了个局长，他的妈妈为他爸工作，他爸让他妈当了个家庭主妇。虽说是家庭主妇，但在家的时间也总是有限的，每次只要有应酬妈妈都会“出家”。

捧着个碗装的方便面看球是外外多年来养成的习惯，以至于每当他看球的时候都会想泡碗方便面，而每次吃方便面的时候手里又拿着遥控器满世界找球赛。没足球，篮球也行。没篮球，排球也上。什么乒乓球，羽毛球，网球，台球，只要是 CCTV−5 播的他倒都能将就。最崩溃的一次是有一天中午，CCTV−5 还真什么球都没有，外外竟然捧着一碗方便面，跟了一局围棋。要说对一个电视台的忠诚程度，也就到头了吧！

零比零，一场乏味的比赛结束了。剩下的一点汤连同包装碗被外外扔进了垃圾箱。擦擦手，他钻进了自己的卧室。与其说是卧室倒不如说是半个工作室，墙上贴着大小不一的画。有的简单地就几笔，有的看上去脏乎乎像各种颜色粪便的堆积，还有的分明就是半成品，支离破碎地放在那里。其中不乏让他很满意的作品，一张女孩的屁股就画得惟妙惟肖，生机盎然，外外给她命名为《怒放的青春》。

一张床，一个衣橱，一个写字台，一个画架，仅此而已。收拾着杂乱的写字台，把一张张画废了的纸揉成团扔进垃圾桶，把散落在房间各个角落的圆珠笔重新收拢起来，拍打着那些积了一层土的复习资料。明天高四就要正式开始了，他打算换个心情。

趴在写字台上，他掏出了那个本子，安详地描绘着他第一页的心情“一只黑色的猫在一个昏暗的角落里啃食着一条鱼刺，一道强光笔直的掠过它的耳朵。”

外外画东西时总保持着若即若离的气质，“气质”也许并不合适，确切得说应该是一种态度。而这种态度是他本身拥有却又望尘莫及的。

那只猫还在吃鱼刺……

8 月 16 日，星期二，多云间晴。外外提着书包背着画夹子，开始了又一年的高中生活。从他的装束上看，他已经是一个时刻准备着的战士了。是战士就要饱经历练，他从第一天就深刻地认识到了这一点，整整一个早上他都被莫名其妙的倒霉事纠缠着。先是在路边吃早点的时候，发现盛豆浆的碗里有一只瓢虫在和他共同分享着乳白色的液体，这使他和不讲理的早点摊老板舌战了将近半个小时，最后将一个烟头弹进了他盛满豆浆的桶里，面带胜利的笑容扬长而去。随后又在校门口为了躲一辆超速行驶的二八自行车而撞倒了一个老师，使他尴尬地连忙道歉，老头倒挺和蔼，拍了拍身上慈祥地走了。而那辆二八车似乎也为了躲他撞到了马路牙子上熄火了。带着事不过三的信念他终于走进了教学楼，楼道很安静，这让他的紧张感得到了一些平静。教室很近了，距离他只有一层之隔，他现在才真正意识到了，趴在教室里是件多么安全的事，这和他以往的世界观截然相反。此时仿佛已经能够嗅到桌椅的芳香了。一阵急促的奔跑声打乱了他的幻觉，他还没来得及回头看，就已经被迫地体验到了刚才那个老头的感受。从物理学动力加速度的原理来讲，他这次似乎更加刺激，他被疯狂地撞倒在地。撞他的人甚至都没有看他一眼，丢下一句对不起，转身跑了。

外外自己也搞不清楚他现在的感觉是写实的还是抽象的，反正郁闷是必然的。带着这种倒霉感觉，他终于坐到了教室里。班主任的高跟鞋声由远即近走到了他的座位前“第一天上课怎么就迟到？”外外看了她一眼，没有辩解什么。“事情倒是也不大，不过这说明了一个态度问题，第一天就这样，那以后呢？你的成绩本来就比别的同学差很多，要是再没有一个端正的态度，以后会越落越远的，你晓得吗……”。外外连忙点头“晓得，晓得，老师我去趟厕所。”起身迈出教室。他能够清晰的想象出背后班主任那副愤怒与无奈之间的表情，不过那副高贵的脸在他的脑海中转瞬即逝，他随手摸出了口袋里的烟。

对面有人正朝他们班的方向走来，是那天报名时在办公室见到的那个老师，以后的日子里他们都他叫老激。他下意识地把烟背在身后，而老激在看到烟的一瞬间也不知所措地迅速将视线转移。“老师好。”“你好。”老激进了教室，他进了厕所。

烟圈在阳光的照射下也能呈现出七彩的效果，至少外外是这样认为的。老师讲过烟是固体，如果固体都能如此飘逸、柔软，那么肉体岂不就可以肆意地羽化登天了？但人终究是没有翅膀的，唯一能够寄希望的只有那些可怜的理想。其实那些也许都是妄想。固体已然是那么凝聚那么团结，那肉体该有些什么想法呢？其实肉体本身也是固体，只是比较柔软、脆弱……上课的时间厕所里多数是安静的，外外混沌地呼吸着固体，昨晚那种气泡膨胀的感觉又在他体内出现了。

走出厕所的时候他又看到了老激，不过这次老激没有看到他，朝对面的教室走去，那是-10班。课间的短暂休息，外外不知道应该干点什么，楼道里有了喧哗的声音，这是别的班的学生们营造出来的，与他的教室并无瓜葛，他们班的战士们还在浴血奋战着。外外盯着昨晚的那只小黑猫，在它仅有的鱼刺旁边又多加了一条。

已经上课了，-10 班的后门有人在张望，并不停地在走廊里徘徊。外外感觉挺有意思，用四格漫画的方式记录下了前三格就不知道怎么结尾了，直到老激带着奇怪的微笑出来的时候，第四格才圆满完成。外外后来才知道那个她是-10 班的英语老师，叫老鹰。她刚才的行为着实有些可笑。

不光是老师，半个月后外外才深切地感觉到，-10 班怪人还真不少。那个骑二八车撞过他的人就是一个，他经常会干一些被别人认为是神经病的事，不过他学习貌似很好，是-10 班里鹤立鸡群的学习标兵。还有一个更让外外钦佩的战士，无论酷暑严寒终日一身正装，西服是最常见到的，极炎热时偶尔也穿娇衫。刚来的几天外外曾经几次误以为他是老师，在厕所遇到他时每次都会赶忙掐掉手里的烟。后来想起还时常为那些惨死在厕所里的烟感到可惜。外外的座位靠着后门，隔一条走廊正对着-10 班的后门。课间的门都是开着的，他经常会看到一个趴在桌子上酣睡的人，每课间如此，持之以恒。他似乎有点像个小混混，但又察觉不到任何品质恶劣的迹象。沉闷，清澈，仿佛带有一些欧洲中世纪骑士或游侠的气质。这个人总是在睡，不过他们班却很活跃，比其它的教室看上去都要愉快。他们真是一群没有前途的人，难道他们来这里还能给自己欢娱？端庄的班主任说过“只有与世隔绝的闷头学习你们才能有出路”。

他们全完了！

接到妈妈的电话，她和爸爸晚上又会在外面吃饭。外外收拾着书包，他不打算上晚自习了。今天不是周末，电视里没球赛。走出教学楼他朝食堂的方向走去。里面的人很多，因为应届生们已经开学了，他们占去了食堂绝大部分的空间，远远望去一片白色。白色的半袖衬衣看上去清爽、阳光，这是学校选中做校服的主要原因。但是一个很大的缺点就是承受不起一点的污染。外外从人群中很清楚的看到有一件白色顿时被染上了一大片红色，肇事的是一个胖子，由于人多拥挤他手里的一碗汤一点没糟践地全扣在了那个倒霉的应届生身上，还没等胖子道歉，那个应届生就一把抓住了胖子的衣领，打骂声顿时起来了。食堂里的人全都围了过去，外外却没有，他通常对看热闹是不感兴趣的。吃完一碗凉拌面，他就撤了。

烟圈在纸上升腾，摇曳出婀娜的身形，它们现在已经实实在在地成为了七彩的。外外正在纸上还原他所看见的东西，并给他们注入生命，因为他总是相信任何肉眼能够看到的东西都是有生命的。电话响了，是原来的同学。他们通知他 10 · 1 聚会，之后又天南海北地聊了很久，他们似乎都不愿意放下电话，只是找了一个双方都没有说话的瞬间默契地相互道别。

外外又拿起了画笔，在他准备继续记录心情的时候，心情告诉他应该看看书了。这种念头在他翻开课本的那一刻戛然而止，因为他分明不知道自己应该从哪看起。台灯依然开着，屋子里铺满了暖黄色。墙上是外外的影子，静止，拉长。强烈的逆光把迷茫的分子努力地放大到肉眼可以看见的程度，充斥着整个房间。外外能够看见他们的存在，只是不知道该如何将它们驱散。

人很多，小广场。

学生们从不同的楼梯口蜂拥而至，聚集于此。这是个神圣、庄严的活动，且历史悠久，从外外上育红班的时候就伴随他至今。复读班排列在高 3 的后面，也是所有大部队的最后。能够明显看出与其它年级的区别，他们的队伍色彩斑斓，花团锦簇，头发长度也比应届班的平均标准高出数个百分点。在一片片洁白面前，他们感觉自己好像只是杂牌军。外外能深切地感到了这一点，就连升国旗奏国歌的时候，都没能感到丝毫的骄傲和振奋，反而有一种伤感和悲壮的气息在他体内翻滚，他自己也说不清这是为什么，不过似乎能够感觉到周围的战友们都与他有着同样的心境，个个低头肃穆，像是在缅怀他们逝去的青春。其实一年的时间并没有多久，但在这个特殊的环境下，却被无休止地拉长。

在宣布了对几个严重违反校纪的学生的处罚决定之后，校长开始了下一话题：“作为毕业班的同学，你们现在就要全身心地进去备战状态了，留给你们的时间已经不多了，明年 6 月份转眼就到了，你们可以自己算算还有多少天，决定你们前途的……” 这样的话外外已经不知道听了多少次，他完全不能从中得到任何振奋的力量。他现在所怀疑的并不是校长的话还有无用处，而是这些话针对的对象里是否包括他们这群人。这让他有点失落。转头扫了一眼高三的队伍，他们每个人都严肃而紧张，面向主席台的方向认真汲取着所需的压力。额头上的汗珠径直地砸在他们洁白的肩膀上，洇出一圈灰色的烙印，这也许就是他们肩上本来就应该有的东西。沉重，神圣。

（4）

“你看你那汗，滴滴嗒嗒的。给，喝点水。”一瓶矿泉水递到了他手里。

“哎呀！你别老唠叨了。我不渴。”一手擦汗，一手把矿泉水瓶子放到了嘴边。

人少多了，高峰已经基本过去。在小卖部门前稍做歇息后，他们朝大门内走去。

“这一年你可要努力啊，咱的目标就是本科，别像去年似的跟我们保证了半天，最后弄个破专科。”

“怎么破了？那学校也不错啊。”

“以后你就知道我们是为你好了。”

妈妈还在不停唠叨着，他有些烦了，眼神漂移在新校园的每一个角落，楼比以前的学校高，树没有以前的学校多，操场是人工草皮的，原来的是土的。几只蜻蜓从他身边划过，滑翔到前方的一小片快被蒸发殆尽的积水上空嬉戏，它们的表情兴奋而惶恐。

“你听我说话了吗？”妈妈拍了一下他的肩膀，“在学校要跟老师搞好关系，多跟学习好的同学交往。说句不好听的，复读班里都是没考上大学的，所以肯定有那些不学习的坏学生，少跟他们接触，咱复读就是为了上大学的。”妈妈从他手中拿过水，喝了几口。

“来复读的应该都是想学习的吧？”他并无意反驳妈妈对“坏学生”的理解，只是随口说了一句。

“以后你就知道我们是为你好了。”

教学楼外聚集了一些刚从里面出来的学生和家长，三三两两，为数不多。

妈妈的眼神扫视着每一个即将和他儿子共同奋斗、相互竞争的战士们，像是在检阅着一支丢盔卸甲但又渴望披荆斩棘的部队。“看什么呢？”他也拍了一下妈妈的肩。“没什么，挺好，挺好。”

“是这吗？”

“是。”

轻轻转动门把手，并以同样的力量把门推开到可以侧身进入的角度，他们来到了办公室。这里是报名的地方，里面有一个男孩正在报名。他们没有过去，只是在门口的地方静静地等待。在等待的过程中妈妈用刚才的眼神检阅着前面正在报名的男孩，并很快对这个战士作出了评价“这样的学生以后就少接触，看着一点活力都没有，对老师都爱搭不理的，一定不是什么好学生。”妈妈把头凑到他耳朵旁边小声教导着。男孩的手续办完了，转身朝门口的方向走来。他们也朝老师的方向走去，在这个短暂的时间里，他们瞥了一眼那个男孩，他的脸上没有什么表情，微微转动的眼珠里带着一丝被黑暗所笼罩的光亮。妈妈坚定地保持着她刚才的判断，并在视线交汇的时刻，礼貌性地送上了一个微笑。

老师熟练地为他们办理着手续，他们也高度地配合着老师的工作，很快单子就开出来了，拿着单子他们去了一趟财务室，在那里他们完成了让学校最满意的举动。

他所分到的班级令妈妈感到不满“为什么把我们分到最后一个班？”

“其实按照成绩来说，你们不会分到最后一个班的，只是你们来的太晚了，别的班都没有位置了，所以……不过其实每个班都差不多的，没有你想象的那么严重，每个班都有成绩好的同学，都一样。”老师堆着微笑向他们解释着。

妈妈还在理论着“近朱者赤，近墨着黑”的道理。那个老师也一再解释他的无能为力，这令旁边的他有点烦了，他没有征求他们的意见，凭空插了一句“就这样吧。”

楼道里充满了妈妈的抱怨，原因很明显。他没有解释什么，只是敷衍地说了一句“金子在哪都会发光的。”其实他是不是金子连他自己都不能确定，只是他主观的想让自己成为金子罢了。但是他却不乐于只把自己定义为是一个盲目厮杀的战士，而始终认为自己天生就是一个革命家，他希望带领最弱小、最底层的人民冲破黑暗、触摸光明。也许就是带着这样的伟大理想，他才毅然决然地加入到了这个最贫瘠、最落后的地方去。

楼道里顿时充满了神圣的光芒，照亮了前面的路。前面一个穿黄皮鞋的男生正朝他们走来，似乎也是来报名的。妈妈还在抱怨着他刚才的冲动，眼睛不由自主地又开始检阅开这个迎面走来的男生，还没等妈妈作出评价，他已经加快步伐迅速地撤离了现场。

早自习的设置也许就是为了一整天激烈搏杀的热身，更何况今天又是正式上课的第一天。每一位战士们都在用自己的方式缓慢地进入着状态，有的嘴唇疯狂翻滚强迫自己默背古文，有的双目呆滞对着黑板熟练地旋转着手里的笔，还有的力拔山兮地撕咬着刚从早点摊上带来的食物，在大家的努力中早自习终于结束了。

他有点饿，想去食堂买两个烧饼。身子刚站起一半，就又一屁股坐到了椅子上，来首长了。是昨天报名时候的那个老师，后来才知道他是主管复读班的主任老激。老激果然名不虚传，疯狂地吞噬着短暂的课间，就连上课铃都丝毫不能撼动他的权威。科任老师已经在门口来回来去转悠了 N 个往返了，同学们都发现了这一点，可老激却丝毫没有觉察到群众们注意力的转移。本来就被耽搁了两个烧饼，现在又要被迫忍受这种没完没了、毫无意义的思想动员，他心里感到无比愤慨。战友们好像和他怀有着一样的情绪，甚至那位依然在门口转悠的女老师似乎也是如此。崇高的使命感不断升腾，他来到这里就是为了带领这里的人民冲破黑暗，触摸光明的。他把坚毅的目光聚拢，统一投掷在了老激的脸上，在和老激视线相对的一刻抬起了他那只仿佛可以指引全人类的手，从容地指了指门外。

那一次之后，他仿佛一战成名，周围的战友们也都主动地与他攀谈起来，这些人中以女生为主，日后这些女生们解释道只是因为他的长相和体型充满了安全感和可蹂躏性。在他的印象中是他的同桌先和他说第一句话的，然而他的同桌日后并不这样回忆的。她是个女生，个子不高，乖巧的短发，两只大眼睛显得神采飞扬，开朗的性格中透出天真可爱的气息。

“刚才多亏你了！”同桌笑嘻嘻的看着他。

“没什么，我只是看他太烦了，大家都等着上课呢！”他摆出一副淡定的姿态，眼神只是瞟了一眼她，便很快收回。手里没抓没挠地摸起了一根笔，没转两下就飞到了地上，他急忙俯下身子去捡，并用桌子当掩体尽量避开女孩的视线，以免过于丢人，

看到这一幕女孩的笑容更加深入了“哎，你叫什么？”

他直起了身子说“苑小游。”

星期天上课是小游已经习惯了的，自从他上初中以后他就没有再享受过一个完整的双休日了，妈妈总会在法定的节假日给他报上各种各样的辅导班。为的就是要把自己的孩子培养为一个拥有凌波微步的强人，能够在独木桥上轻盈地躲闪开厮杀中的千军万马，而顺利地抵达光明的彼岸。小游对此也曾经抱怨过几次，但本着一颗勇敢的心，还是义无反顾的修炼着神功。

今天下午没有课，课间的时候丹哥过来和他商议下午一起去网吧的事。丹哥是他在这个班里最早结识的男生。刚来的时候，小游竟把他误认成了家长，从此印象愈加深刻。他和丹哥同玩一款叫做“圣痕”的游戏，彼此熟识后聊天的话题也多是围绕它展开的。他们通常会谈论自己在游戏中的人物是如何骁勇善战，如何同心协力或单枪匹马的去为帮派和自己完成任务，又如何为了得到一件稀世装备而运筹于帷幄之中，决胜于千里之外。在这里他们淋漓尽致地施展着各自资本家和革命家的所有才能。

挤出拥挤的车棚，丹哥一屁股坐在了自行车后架上，小游按了一下车铃，悠的一声驶了出去。在学校门口丹哥跟他们班的一个男生打了个招呼，小游与他并不熟识，只是觉得他不太爱说话，有事没事总是趴在桌子上睡觉。

“他叫什么？”小游问坐在后面的丹哥。

“郁木。”

“哦。”

没骑多远小游也打了个招呼，被打的人是二八铁驴，他正推着他的驴东张

西望地前行着，看上去他的驴似乎出现了问题。二八铁驴看见他们后也做出了亲切的响应，猛拽车把，用腾空的前轮向他们招了招手。

他们的目的地离学校不远，是在丹哥的引领下到达的。这是一家新开的网吧，门口挺长地摆放着两列花篮，大红条幅上写着“开业前三天半价优惠”的字样。里面热闹的场面比正午时的食堂有过之而无不及，一眼望去此起彼伏着大片洁白的校服，与新网吧的一尘不染交相辉映。

两人迅速地在游戏中会合了，并一起做起了先前探讨了许久的任务，在虚拟的世界中他们不断地证明着“自身”的人生价值，从容不迫地铲除着来自各方的妖魔，他们此时无疑是伟大的，伟大到连自己都有些茫然。周围的白色校服渐渐减少了，因为他们都是住宿的应届生，周日晚上是有晚自习的。

两人的位置被隔开了几米的距离。小游用他在游戏里的人物问丹哥现在几点了，丹哥的人物告诉他 7 点。他的人物说他想回家了，丹哥的人物说再玩会吧，他的人物说他还要回去学习呢。就这样，两个虚拟的人物在一个虚拟的世界中理性地讨论着现实世界中的问题，思维清晰，有条不紊。这使现实中的人很容易地在精神意志上产生错乱，把自己迷失于虚拟和现实之中，从而怀疑自己对于这个世界的归属感。

“那我先走了。”拍了拍丹哥的肩，小游离开了网吧，也暂时告别了“圣痕”。

写字台上摆放着妈妈刚端进来的水果，小游在认真地书写着各科的练习。钻研和刻苦这样的词现在用在他身上是那叫一个恰当，如果这一时刻的他都配不上这些词语的话，那这些词语也只有等待苍老和腐烂了。

妈妈就站在旁边，面带着欣慰的笑容观摩着他的孩子正在干的事情，她知道自己是帮不上什么忙的，只是想从精神上给他的孩子以支持罢了。小游在某个迟疑的瞬间发现了身旁的妈妈，他本以为妈妈早就离开了他的房间。他抬头看了看妈妈，妈妈立刻微笑着转身离开，此刻的妈妈不知道自己是否已经影响到了儿子的学习，匆匆地出门，从外面轻轻地把门带上。

笔和纸的摩擦交织出奋斗的旋律，在这种雄壮激昂的乐曲声中，小游在努力地接近着父母和自己最单纯的愿望。水果依然静静的耸立在写字台上，直到妈妈从漆黑的房间里把它们端走。

已经来到这里一个多月了，他已经能够基本适应了这个学校的气候。和他有同样感觉的是他的广大战友们，他们开始彼此熟识了，至少过了知道对方的名字这样的程度。

“哎哟，最近发现你瘦了啊。”同桌闪着明亮的大眼睛冲他笑着。

“是吗，呵呵，我其实一直都不是很胖。”小游下意识的低头看了看自己脑袋以下的部位。发现自己似乎真的瘦了，胸前的格瓦拉都不像以前那么丰满、立体了。他能清楚的认识到，这是他这一个多月来每天的夜以继日才意外地获得了瘦身的成果。不过话又说回来了，倘若一只河马瘦了十几斤，谁又能把它归入海马的行列呢？

“怎么减的啊，教教我吧，我最近也想减肥呢。”同桌用手攥了攥自己的胳膊。

“你还减，刺激谁呢？”

“那你怎么瘦的啊？不会是天天学习学的吧？”她的话语中始终带着奶油蛋糕一样的味道，何时，何地，都是如此。

“你想知道吗？”

“想。”

“真想知道？”

“真想。”

小游用手比划着让她靠近的手势，她也满怀期待小心翼翼地把耳朵凑到了小游嘴边。

“少吃，多拉。”

小游在前面走着，女孩在后面跟着，在挤开了一层层的白色之后，他们终于来到了食堂的窗口前。因为女孩说要验证一下他的话，所以下午上完课后，他们就来到了这个野兽出没的地方。

占个座位在这个时间是一件奢侈的事情，苦苦寻觅之后女孩才好不容易坐到了一个刚抬起屁股的椅子上，恰好抬起的是两个屁股。她旁边的四只饿狼正在血腥的分食着三套熏肉大饼，嘴角上还挂着血浆，这令她有些作呕，不过仍坚强的等待着自己食物的到来。

小游端着两碗油泼面，小心翼翼地在人群中挪动着自己的脚步。碗太烫，加上食堂地上通常的湿滑，使他更加步履维艰。不知道是人群中的谁不小心碰到了他，还是他不小心碰到了人群中的谁，左手上的碗掉到了地上。在他惊慌失措的同时右手上的碗则不偏不倚的扣到了旁边的一个应届生的肩膀上，洁白顿时变得污浊了。

还没等小游从慌张中回过神来，那人的手已经揪住了他的衣领，问候随之而来“你他妈没长眼啊”。这倒使小游振奋了起来，始终认为自己天生就是革命家的他怎能忍受这样的修辞，马上用更低俗的话还击了他。回合不断增加，激烈程度也随之上涨，食堂里的人迅速地哄围了上来，其中也包括他的同桌。

两人迅速地进展到了肢体上的接触，不断互相推搡，嘴里还在继续。女孩挤到了人群中央拉着小游的胳膊劝他离开，这反倒更助长了小游的英雄主义情怀，带着“数英雄人物还看今朝”的信念，他三下五除二的把对方摁倒在了地上。其实这个结果是必然的，在小游伟岸的腰身面前，那个皮包骨头的应届生确实没有任何胜算，只是他之前的勇气可嘉。也许在他躺在地上的瞬间，方才领悟那种勇气无非叫做冲动罢了。女孩拉着小游快步的挤出那片洁白之中。

坐到座位上，小游拍了拍裤子上的鞋印，眼神中流露出意犹未尽的神态。

“刚才是为什么啊？”女孩问他。

“我不小心把汤洒他身上了，还没等我说话呢，他就骂上了，那还能不教育教育他。”小游一脸释然。“现在的小孩太冲了，一个个都牛逼哄哄的，不知道自己算老几。”

由于“革命家”这个崇高的信条，小游总是会把自己所干的事盲目地深刻化、传奇化，今天的事又将是一个很好的素材，此刻他又开始陷入了沉思：我凭借着自己的拳头打败了一个穿白衣的人，而周围围观的也尽是些穿白衣的人，他们议论者、拥挤着、谈笑着，他们是些所谓的高中生。我拳下的这位也是，所以我并没忍心过激地摧残他，因为他还是祖国未来的栋梁。在我眼中我放倒的只是一件白色的衬衣，和周围的白色一样，因为那象征的是一种体制，一种我想摧残到土崩瓦解并待以优化的体制……

嘴里含着同桌给的棒棒糖，小游在写字台前努力地奋斗着。妈妈轻轻地推开门，把一杯牛奶放到了桌子上。他找妈妈要一杯咖啡，妈妈没有答应，“快1点了，再学一会就睡觉吧。”妈妈微笑着出去了。

手机里来了一条短信，是丹哥发来的，他也在奋斗着，只不过地点是在网吧而已，“圣痕”已经慢慢地烙刻在了他的血液里。他向小游询问从哪里才能买到那把宝剑，小游问他干什么，他说斩妖除魔。拿起牛奶，小游边喝边给丹哥指点迷津，又顺便奉上了一句“不到一定级别是不能使用的”。

阳光普照的下午总是令人向往的。一根线上的两个耳机分道扬镳，分别塞进了同桌和小游的耳朵，这个课间所有人都很惬意，二八铁驴站在窗台上背着英语单词，底下的一片也在各行其是，每个人脸上都洋溢着轻松的表情。原因倒并不是什么大不了的，老鹰病了，后面的两节英语课改自习了。丹哥过来拔掉了小游的耳机，看着他的眼睛并持续了两秒钟后说：“走，练级去。”

“现在？”小游惊讶的看着他。

“恩，没事，反正老鹰也不在，晚自习再回来。”

“那怎么出去啊，校门关着呢，出校门得找老头开条。”

“用不着，你跟我走吧。”

“你有条？”

“真麻烦，你到底去不去？”

猫着腰，迅速地从主任办公室的窗户根下溜过，他们来到了学校大门。传达室里的中年妇女正在织毛线，她姓王，学生们习惯叫他王姨。据说王姨最爱做的事情就是织毛线，什么毛衣、毛裤、围脖、帽子、毛坎肩、毛手套，王姨拿来就能织，针法之熟练、做工之精细让人不由的赞叹“此等才女，天下无双”。估计连什么毛袜子，毛内裤什么的王姨都生产过。在算上什么，椅子垫，杯子套等等等等，据不完全统计出王姨手的各类品种至少也得有70多种，人才啊。估计这种水平到大学里开个公选课都能堂堂爆满，坐传达室真是屈才了。

“怎么出去啊？”小游小声问丹哥。

“你就跟着我走吧。”丹哥整了整西服领子，拍了拍裤子，镇定地走到了传达室的窗口前，小游一脸茫然的跟在后面。王姨抬头看了一眼丹哥，丹哥从容地微笑着跟她点了个头，王姨迟疑了几秒钟后犹豫不定地把大门打开了，二人匆匆地走出了校门。

“你认识她啊？”

“不认识啊！”

“那她为什么给你开门？”

“因为有一次我迟到了，校门关了，我正愁怎么进校门呢，她马上给我把门打开了，还笑着问我是新调来的吧，说今天发工资，弄得我怪郁闷的……”

电脑屏幕上丹哥的人物正在手持宝剑奋力厮杀着，闪转腾挪、高接低挡，丹哥则优雅地坐在椅子上注视着这一切,时不时地拿起鼠标旁的可乐喝上一口，居高临下，泰然自若。

“多少级了？”他扭头问旁边的小游。

“36”小游神情专注，略带紧张，神情与丹哥不属。

“那么慢，我都52了。”

“废话，我要像你似的天天通宵现在都5百2了。”

丹哥没说什么，又喝了一口可乐。前面几排传来了刺耳的争吵声，声音逐渐激烈，是几个十六七岁的男孩，其中有几个穿校服的，那种白色在人群中格外显眼。从他们的对话和骂声中小游很明显地知道他们是一群玩魔兽的，似乎是为了一些做任务和分装备的事争吵着。

“现在的小孩素质怎么那么低啊！不就是玩吗。”握着可乐瓶，丹哥的语气中充满了不屑。

“哎，祖国的花朵啊，你看他们一个个呲牙咧嘴那样，都不用玩游戏了，本人长的就跟魔兽似的。”

“穿个校服他就以为自己是个人了。”

“显着正规呗，至少是个有组织的魔兽。”

“这话有道理，受过教育的魔兽。”

“嗯，同意。”

“嗯……我靠！王八蛋！我喝口可乐的功夫。谁他妈抢我装备了！”

小游清楚的知道“圣痕”并没有深深地刻在自己心里，因为自己还有更重要的使命，这是命运和国家赐予的。他依然每天刻苦地奋战着，就像他在游戏中的人物一样勇往直前。已经是秋天了，妈妈偶尔会在夜深的时候，给他披件厚衣服。带着这种被关怀的力量，他继续顽强拼搏，每日如此。

同桌和他已经成了无话不说的朋友，他们每天都会分享着彼此的开心与不开心、理想和小秘密。这使小游渐渐地找到了一些在这个学校的乐趣，这个学校也渐渐地在他心中并不像炼狱般黑暗了。这种感觉美妙极了。

不过就在最近，他发现同桌好像并不是他的“私有财产”了，即便过去也不是，但他仍然主观这样认为。现在她好像多了一个新的好朋友，是一个女生。她时常会去找她聊天，并肩出入学校的每个角落。小游也时常偷偷地注视着她们，从她们的眼神中，他似乎在这个风起落叶的季节中得到了些许万物复苏的感觉。

（5）

她的眼神如此安静，这和她的脸保持着高度的一致。这种安静缓缓地从她的体内散发，直至弥漫了整个房间。

这里有一张床，柔软、洁白。她躺在床中央，把脚架在墙上，胳膊抬起，手指在空中舞动，嘴里默默哼唱着什么。这是他喜欢的状态，她通常会独自享受这种感觉。这个夏天很快就要过去了，这使她有些迷茫，夏天在她的感觉里总是绚烂的，不同于阳光灿烂的那种，更像是湛蓝的夜空中漫天的烟花。当烟花散去，她和夏天又将何去何从呢?

朋友约她晚上去某个酒吧看演出，那是她朋友的朋友的乐队。爸爸中午回来了一趟，给她留了800块钱，这是她这周的零用钱，其实通常没有这么多的，这是爸爸让她买学习用品和复习资料的。她也说不清自己现在的心情朝向，是应当振奋还是继续失落。

旋转的彩灯把五颜六色的光投向漆黑中的每个角落，这里是亢奋的聚集地。血脉膨胀，群情激昂。台上的几个人就是这种气氛的制造者，在台下的尖叫声中他们汗流浃背、声嘶力竭地引领着这种疯狂。昏暗的台下，她和她的朋友也在随着人群摇晃着。

“他们叫什么来着？”她问她的朋友。

“卡拉乐队。”朋友回答。

“他们是哪的？”

“43中的。”

“那我原来怎么没见过？”

“退学了。”

不大的酒吧内气氛仍就火爆，朋友的朋友的乐队似乎很受欢迎。直到他们唱完了最后一首原创歌曲，才意犹未尽连蹦带跳地下了台，接替他们的又是一支学生乐队，今晚是几个学生乐队的专场。卡拉们从台上下来，一人从吧台拿了一支啤酒，边庆祝他们的演出成功，边和一个个来给他们捧场的朋友们寒暄着。她的朋友跟他们挥了挥手，他们中的一个穿朋克皮坎肩的男孩从不远处走了过来，他是“卡拉”的吉他手，看上去她的朋友跟他更为熟识。他们带劲地聊着刚才的演出，中间也穿插着一些他们周围朋友的事。而她只是在一旁默默地听着。

“哦，介绍一下，这是我的朋友夏漫。”她的朋友好像突然想到了站在一旁的她，赶忙向那个男孩介绍起来。

“你好！”男孩的笑容好像已经从刚才的亢奋中收敛了很多。

“这是我的朋友大卡。”她的朋友从男孩的手里拿过啤酒喝了一口。

“你好！”夏漫的语气和他的笑容一样安静、礼貌。

电话响了，是爸爸打来的。震耳欲聋的环境内她努力地听着，爸爸问她在哪，她没吭声，只是在嘈杂声中隐约听见爸爸叫她回家。

“学校我已经给你找好了，你自己考虑一下吧。”爸爸坐在她写字台前的椅子上，手里夹着烟，语气很家长。

夏漫没有做出什么反映，静静地躺在床上。房间内的空气毫无疑问地寂静着，只有空调时不时地喷出凉气成为屈指可数的声响。

“那我要是还没考上呢？”床上的夏漫发出了声音。

“努力学就能考上。”

“你怎么知道！我可以不上吗？”

“你说呢？”烟头被掐灭了。

闺蜜考到了外地的大学，那是她原来高中时最好的朋友，明天她就要走了，去一个新的城市，新的学校。今天她和夏漫约好一起去逛街，算是道别。她们漫无目的地走在城市的闹市区,时不时的钻进那些挂着琳琅满目小玩意的商店；看见那些甜蜜的情侣时也会兴致勃勃地拉起对方的手，像是在宣泄和示威；在麦当劳的外卖窗口前争抢着为两个甜筒买单，这些感觉使她们仿佛又回到了这个夏天之前的时光。

推开门，她们坐到了一个角落里，那是她们的老地方。这里是一间甜点店，她们以前经常会在放学或逃学的时候来到这里。两个人都习惯性地要了杯西瓜冰，她们对这种清爽的滋味情有独钟，过去的 3 年她们一直要的都是这种滋味。

两人对视无语，这是以前不曾有的，似乎时间停顿找不到了话题。吃了一口西瓜冰，是夏漫首先说话的“你那学校怎么样，应该还不错吧。”

“一般吧，不过那个城市我挺喜欢的。”

“那你毕业了还回来吗？”

“不知道，还早着呢吧。”对面的女孩挂着笑吃了一口西瓜冰。

“挺好的，那你在那边照顾好自己，放假回来记得找我玩。”夏漫转头看着窗外。

两人又陷入了短暂的无语，但僵局很快便被打破了。好朋友问她有什么打算，她说不知道。好朋友说那怎么行，她没有说话。

天边的云被染成了成片的红色，太阳开始落山了。两人在来往如梭的人群中并没有说太多感伤的话，简单的道别后，朝着两个不同的方向各自回家了。

冰箱门砰的一声关上了，两个不同温度的世界就此隔绝。夏漫简单地吃了点自己炒的菜，把留给爸爸的部分放进了冰箱。爸爸现在还没有回来，一定是又到那个女人那去了。夏漫克制着自己不去想这些与自己无关的事，躺在自己屋的床上，把耳机塞进了耳朵。

音乐环绕在汽车内有限的空间里，伴随车轮摩擦地面的声音迅速前行。今天不算是个好天气，夏漫是这样认为的。

阳光过于灿烂，像是被刻意营造出来的一片祥和，充足的紫外线炙热无比，使那些温柔的情绪瞬间蒸发。夏漫始终保持着平静，因为过去的一个晚上她已经作出了决定，她要在 9 月 1 号这一天服从爸爸的命令去上学了。这是她习惯的开学的时间，小学、初中、高中都是如此，每到这一天她都会带着排斥和期待的心情来到学校，开始新的一个周期。而每到这个时候，她的感觉都会有些不太习惯且自然而然地发生着变化，她又升高了一个年级。但现在她有些不知所措，她不知道这个 9 月 1 号到底应该怎样定位，算是升级或是留级，也许这更像是在降级。

车在学校门口的一个树荫下停住了，爸爸转动钥匙，音乐戛然而止。迈出车门，夏漫的腿首先感觉到的便是炙热，这好像是以往经历过的最为炎热的 9 月 1 日了。身体缓缓地挪出了车门，这里就是那个在这个城市里家喻户晓的“复读学校”。看上去环境优美，设施齐全，貌似是个闭关修炼的好地方。

校门外有很多家长，这些人和她的爸爸处于不同的集团，他们是来送他们刚入学的孩子的，他们眼神中都带着期望，嘴角上挂着微笑，这和此时的爸爸不同。强光使夏漫眼前的景象变为白茫茫的一片，又很快恢复了清晰。她在人群中看到了 3 年前的自己，她觉得自己当时是那么单纯，和其它孩子一样脸庞上洋溢着温暖。那时来送她的是妈妈，母女俩在学校门口的人群中说着、笑着。她挎着妈妈的胳膊，妈妈不时地给她擦着脑门上的汗，妈妈的脸依旧那么清晰，这种清晰保持了多久连她也不清楚，直到那白茫茫湿漉漉的一片再次出现。

眼前的老头是她未来一年的班主任，在教室门口给她讲着这个班的纪律，和这一年她需要作的努力。在她看来这些都是废话，也许老头本身也并不认为自己的话有什么值得女孩感到新鲜的，他们要做的只是默契地完成说和听的工作罢了。老头比想象中更加温和，这和她原来的班主任有着本质上的区别，夏漫倒也出奇地对他没有什么抵触情绪，在这种气氛中任务很快结束了。里面的同学们仿佛都在等待着老头进去上课，他匆匆地走进了前门。

硕大的教室里人满为患，最后一排的一个空座位成为了她的，这是班里唯一的空座位。“这所学校生意真好。”她心里想。老头已经站上了讲台，用眼神示意让她快点进来。走到属于自己的位子前，她安静地坐下。

擦了擦桌面上的尘土，清理干净了桌斗里遗留的果皮纸屑，被撑得鼓鼓囊囊的大书包"咚"的一声放到了桌子上。一本一本的复习资料被她从书包里拽了出来，整齐地码放在了课桌上，不一会眼前便呈现出了一个纸质的堡垒，看上去戒备森严。这种堡垒在她高三的时候就已习以为常，并广泛地流行在这个国家的每一个毕业班里。这里的战士们也习惯性的人守一座，可见其在战争中的作用之大。

前排的一个穿西服的人总是偷偷回头看她，这使她有点别扭，但也没有过多地感到不快，毕竟对一个新来的同学的关注，在每个学校里都再正常不过了。她右边的男生看上去不那么精神，像是刚睡醒的样子，从衣着和外貌的轮廓上感觉应该是个自由散漫的人，这些是夏漫从他身边经过时嗅到的。她对一切都是如此敏感。

作出一个决定并不是件困难的事，但实现它的过程是需要勇气的。夏漫此刻就是这样的心境，她甚至认为在某种时刻，即便是作出一个决定都是需要莫大的勇气的。躺在床上，她把耳机里的音量调到了耳膜所能承受的最大限度，尽可能的隔离开音乐之外的一切噪音，摇滚的力量是无穷的，它能使人瞬间颓废或者振奋，夏漫此时就受困于二者之间。写字台上的灯开着，把房间内映出一片亮银色。本子上是她还没有做完的数学题，字迹上湿润的光泽显示旁边的笔是刚被放下的。

手机的震动使她拔掉了耳机，是那个带她去看演出的朋友打来的。

"你最近干吗呢？"她的朋友问她。

"上课啊。"她的回答有些有气无力。

"上课？你不说你没录取吗？在哪啊？"朋友的口气有点惊讶。

"复读。"

她问她的朋友上哪了，她告诉她是本市的一个破学校。夏漫说了点客套话鼓励她好好上，其实在她心中这种学校上不上根本没有什么意义，所以在报志愿的时候她根本就没有考虑这样的学校，在她看来进入这样的学校无非等于进入了一个集体狂欢的公墓，在那里能干的只是以消磨生命为代价换来那日夜盼望的一纸公文。但她此刻还是要以光明语气来"羡慕"着她的朋友能够顺利地进入大学，期许她的前途一片光明并为她感到高兴。

这个世界上每个人都不是盲目乐观的傻子，她的朋友好像也并没有对自己的前途抱有什么非常光明的憧憬。在一句“就是拿个文凭，好找工作。瞎上吧！”之后话题便转移开了这个看似沉重的主题。其实她给她打电话的目的，根本也不是这些让人头疼的事，只不过这样的话题是现阶段身边每一个人打电话都要提起的。

“星期六有事吗？”朋友终于开始了她想说的。

“上课啊。”

“那晚上呢？”

“有晚自习。”

“靠，高中就是麻烦。”

“什么事啊？”

“大卡他们乐队星期六晚上有演出，他让我叫你一起去。”

“可我有课。”

“逃呗。别告诉我你现在不逃课了。”

“我不想像以前那样了。”

“哦，那好，下次吧。”朋友的声音中带有些迟疑和失望。

直起身子坐在床头，夏漫关掉了一直开着的随身听。没有了摇滚的庇护那些空气中繁杂的声音又重新回到了她的耳旁，并在她的主观幻听中被无限放大。她用力地堵住双耳，但这些声音仍能从他的指缝和手掌的毛孔间穿过，粘着些微的汗水和血液刺进她的耳朵。她被击倒在了床上。

课间的气氛多少还是轻松的，她翻着刚上过课的数学书，目光随意地投放在教室的每个局部。这是第二节课的大课间，已经下课好几分钟了老师还没走，依然在黑板上演算着公式。是旁边站着的一个戴着眼镜身材像竹竿一样的同学拉住他的，人们叫他二八铁驴。二八铁驴用粉笔在老师刚才演算的公式旁边打了一个大大的叉，自己又在旁边歪七扭八的写着自己的算法，老师又写了一遍，他又写了一遍，没过多久整个黑板便布满了他们的真迹。直到老师摇着头走出教室，二八铁驴才面带微笑、满心欢喜的卖力擦起黑板来。

旁边的男生又在睡觉，这仿佛是他来这个学校的必修课。她觉得他话不多，少数可以自由说话的时间又以这样一种方式利用着。一时间夏漫还真觉得他有点神秘了，但却并没有什么窥探和发掘的欲望，只是一种本能的敏感罢了。教室前方一个大眼睛短头发的女孩正在和她的胖同桌相互打闹着，她笑的很灿烂，笑容中流露出一种夏漫感觉自己已经失掉的阳光般的神采。

也许是因为她来的比别人晚缘故，或者是因为她本身安静的性格，她在这个班里的朋友并不多。从普遍的意义来讲能成为朋友的人，要么是志趣相投，要么是性格互补，所以夏漫不知不觉的和那个短发大眼的女孩成为了朋友。她清楚的记得她们初次相识是在学校门口的小卖部里。那天是这样的……

货架上堆放着各种五颜六色、大小不一的本子。夏漫的目光在它们之间来回打量着，她想挑一个作为她的歌词本，抄歌词是她从初中就开始有的习惯了。在她心中，抄写那些或欢乐或伤感的歌词，要远比写些干巴巴的日记来得舒服。想起某首欢乐或伤感歌曲，就很容易想起那时的她和那段过往的时光，这些总会让她莫名惆怅，但又常常痴迷于这种摇曳的美好追忆之中。

小卖部老板靠在躺椅上看着一本武侠小说，聚精会神的程度不亚于任何一个教室内奋战的战士。他丝毫没有觉察到夏漫已经站在了他的身边，依然津津有味地研读着。"老板，收钱。"夏漫不太忍心地打断了他。"哦，5块5。"老板面带微笑地放下了那本小说。翻遍全身，夏漫发现自己周身只有5块钱，这使她有些郁闷。

"5块行吗？"

"我们就这5毛钱的利。"

"那算了。"夏漫拿起本子打算放回原来的位置，却被一只柔嫩的胳膊拉了回来。

"给，再算上这支笔。"一张5块的递到了老板手里。

夏漫有些莫名奇妙的站在一旁，她并不能确定她是谁，只是觉得有些面熟。

"我刚才就看见你了。"那个女孩边说边和她往小卖部外面走。

"嗯。你是……？"

“你是新过来的吧，咱们是一个班的。怎么，没见过我吗？”那个女孩说话时总是带着笑。

“见过，见过。”夏漫心里有些尴尬，她不确定自己之前是否认真地注意过眼前的这个女孩，只是在心里对这个开朗的女孩有了可能是朋友似的好感。

“我叫向雯，你叫什么？”

“夏漫。”

老鹰的课总是让人身心俱疲，下课铃刚打，旁边的男生便又一头扎在了桌子上。夏漫把耳机塞到了耳朵里，打算清洁一下大脑，不料随身听没电了，她有点沮丧。

“mp3 不错啊，什么牌子的？”是那个穿西服的男生，在前排半扭着身子对她说。

“不怎么样，呵呵。杂牌子。”她礼貌的回应。

“能借我听听吗？”男生笑模笑样的，好像比她还要礼貌。

“没电了，不好意思。”

那个男生有点措手不及“哦，那算了，你叫什么啊？”

“夏漫。”她把耳机塞进了包里。

“我叫林丹。”他边说边在纸上写着他的名字。丹字还没有点“点儿”，夏漫的注意力就被那边的叫声吸引走了，向雯招呼她说请她吃冰棍。

学校里面也有一个小卖部，和校门口那个不同，这里的“地标性”是远不及那个的。所卖的东西也不如外面的琳琅满目。这个小卖部在食堂门口，主要卖的是零食、冰棍之类。因为上课期间学生们是不能出校门的，所以这里在课间的时候通常也生意兴隆。

向雯对着冰柜的玻璃门扫视着，一时间好像还拿不定主意。

“你要哪个？”她转头问旁边的夏漫。

“随便喽。”她好像也没什么很明确目的。

“拿三个老冰棒。”

“怎么要三个？”夏漫接过一根问向雯。

“其实是苑小游请客。”向雯笑着说。

“谁？”夏漫有点弄不清。

“我同桌。”

操场上，男生们在踢球，这是些应届班的孩子们。白色的衬衣在微风中奔跑着，飘扬出青春的气息。在自习课的时候操场上总会被一些这样的颜色占据，他们快乐的侵蚀着所谓宝贵的学习时间。他们以后会后悔的！这是老师说过的。

靠着双杠，她们俩注视着远处的那片白色，地上扔着3个冰糕棍。

“你喜欢看他们踢球？”夏漫问向雯。

“一般吧，我喜欢看打篮球。”撑着双杠，向雯跃起坐到了杠上。

“那你还看？”

“无聊呗，不想去上自习。”

夕阳把她们的脸映出一片金黄，微风吹来发丝贴着嘴角舞动着。两个女孩聊着她们的理想与现实，自然而然的吐露着想和别人分享事情，但又把那些藏在自己内心阴暗角落的过往绝口不提。油画般的两个剪影就这样保持着她们优雅的姿势，直到铃声响起。

拔下钥匙，推开门。夏漫看到鞋架上爸爸的鞋，她知道他回来了，却不知为何今天竟那么早。下一秒种她仿佛察觉到了什么，旁边的一双高跟鞋是她不曾见过的。穿过客厅，她走进了自己的房间，狠狠地甩上了门。她知道是那个女人，虽然她们并没有正式地见过面。

爸爸好像听到了巨大的摔门声，步伐缓慢地走到了她的门外。轻轻地推开了门，爸爸走进了她的房间。他没有多说什么，只是问了一句“回来啦。”她没说话，爸爸局促地在她的房间里坐了一会后说“我有点事，要出去一下，晚点回来。冰箱里有饭，你自己热一下吧。”轻轻地关上门，爸爸出去了。

她能够清楚的听到爸爸的脚步声和那个女人小心翼翼地滑着地面经过她卧室门口走到客厅，迅速地换好鞋，关上家门。夏漫猛地起身，推开卧室的门。楼道里传来打火机的声音和高跟鞋快速的嗒嗒嗒嗒。

冰箱里有饭，但她却没有任何吃的欲望，其实她回家之前已经和向雯在食堂里吃过饭了。即便没有，现在的她也不会认为自己真的感到饥饿。短信来了，是那个考到外地大学的好朋友，她告诉她她换手机号了，她告诉她她复读了。拇指的力量在这一刻无穷的，似乎可以无须千言万语，穿越万水千山。她们用手机键盘聊了很多各自最近的生活，好朋友告诉她好好复习，明年考一个好大学。她点了点头。

秋天的感觉越来越重了，她从柜子里找了一件厚衣服穿上。没有吃早饭便兴匆匆地跑出了家门。向雯在路口的电线杆底下等着她，她们约好一起去一个她们都很喜欢的歌手的签售会。今天是周六，法定的节假日。她们互相以对方家长的身份伪造了假条，让向雯的同桌带给老头。

那个明星还没有到，距开始还有一个小时，人已经很多了，盘旋了几个弯的长队在一家著名的音像店门口前十分壮观。拿着刚买的 CD 和海报，两人站到了队伍的尾端。向雯小声跟唱着大音箱里放出的歌，是这个歌手的新专辑。周围的人们也兴奋地或哼唱着或摇晃着，好像是为了迎接那个明星而进行的预热。人群中的夏漫有点与众不同，她是这个磁场中屈指可数安静的个体，她并不像是来感受激动的。静静地，默默地，置身于这喧闹与激动的气场之中。这是夏漫很喜欢的歌手，带着校园气息的摇滚风格，夏漫的家里有很多他的 CD。安静在更多的时候只是一种外在状态，她的内心里其实也满怀激动地等待着她所崇拜的人的出现，只是并不习惯让自己融入那种过分癫狂的群体罢了。

身后不知不觉已经有很多人了，向雯嘴里默背着要和那个明星说的话，时断时续。她拉住夏漫的手说她有点紧张，夏漫微微地笑了出来，带着她做深呼吸。人群中忽然迸发出了尖叫，着实吓了两人一跳，是那个明星来了。这里的气氛顿时达到了顶点，在工作人员的护拥下那个明星坐到了签售的位置上，并向歌迷们打着招呼，在欢呼雀跃声中，批量制造兴奋的场面开始了。激动的心情随着队伍位置的前移成递进式的增长，壮观的人龙中有哭的，有笑的，有打着各种手势的，在音乐的衬托下显得分外和谐。向雯还在背着那几句话，拉着她的手夏漫陷入了沉思，她现在该做点什么呢？

（6）

草稿纸被狠狠地扔到纸篓里，郁木疲惫地趴到了写字台上。数学总是让他头疼的，面对着那些强大的公式和符号，他有时真的觉得无法战胜。手中的利刃上沾满了鲜血，他自己也搞不清那鲜血到底是自己的还是敌人的。

振作了一下精神，重新坐了起来，他始终坚信自己是勇敢的。也许是英雄电影看的太多了，一连串使人热血沸腾的经典台词在他耳边缠绕。他眼前能清楚地看到《勇敢的心》里威廉·华莱士骑着的战马，高举长剑，血脉沸腾地喊出那句“为了自由而战”。这使他想到了老激和那个穿格瓦拉的胖子，老激也曾一次次地使他们热血沸腾，但他从未指明是在为自由而战。

本子翻开新的一页，他重新拿起了笔开始战斗。门响了，是爸爸妈妈。这没令郁木感到什么意外，他们已经有一个星期没来过了。爸爸把几大袋子吃的用的放到了床上，妈妈狠狠地亲了他脑门一下，问着他这些日子的情况。爸妈的突然到来使他从刚才紧绷的神经中缓慢地解脱出来，突如其来的温暖使之前的伤痕累累仿佛瞬间康复。

“最近复习的怎么样了？”这是爸爸问的。

“嗯，还行。”

“可要努力啊，这一年可不能白费了啊，在学校不懂的就问老师，老师就喜欢这样的学生。对了，学校饭怎么样？干净吗？同学们……”妈妈总是有操不完的心。

“嗯，我挺努力的，学校里都挺好，放心吧。”他没有看着妈妈，低头大口咬着手里的苹果。

温情在这个晚上一直持续着。

时针指向了 1 的位置，一家三口挤在一个小号的双人床上相拥着入睡了。

丹哥今天没有来，郁木感觉前面的视野开阔了很多。历史老师在讲台上照着课本念着清朝那点事，他有些听不动了。和他有同样感觉的人好像为数不少，趴在桌子上的占了很大比例。二八铁驴把眼镜反戴在后脑勺上，嘴里嘀里咕噜地背着英语单词。旁边的女生认真地在本子上记着笔记，不过她始终也没有抬头看黑板，好像又不是在记笔记。郁木想问她干什么呢，却又找不到打扰她的理由，她仿佛总是被一种说不清的磁场保护着似的。-1 班的最后一排有人在画画，这是他从对面后门里看到的。画的什么他看不清楚，只能看到那个人游离的表情，和笔在纸上不停地摩擦着。郁木对此感到意外，在他的意识里-1 班的人是不可能在上课的时候干与上课无关的事情的，即便是课间休息的时候他们也难得能有这样的雅兴。在他们光荣的集体里，不奋勇当先的人是会被斩首的，难道他想死吗？郁木的目光若有所思的望着对面的人，直到那人在某个瞬间无意的转头。两人对视了两秒钟后各自继续着自己的事情。

历史课的结束总是给人清新的感觉，趴在桌子上闭上眼睛，在喧闹中享受这种清新是郁木此刻在做的。对于声音的传播，固体要远胜过于空气，他很清楚地听到桌面上“咚咚”的声音。抬起头，站在旁边的是那个穿格瓦拉的胖子，虽然没有说过话，但在一个教室里那么长时间他们早已知道了对方的名字。他叫苑小游。

“又睡啦。”小游的声音比他想像的要更加亲和，并没有威廉·华莱士那样高亢豪迈。

“呵呵，一下课就困。”郁木笑了笑，直起了身子。

“丹哥让你晚上放学去‘绝地’找他。”

“哦，我说怎么没来上课呢。”

“那小子没救了。”说完小游便被人叫出了门口。

丹哥没来，午饭是郁木自己吃的，食堂依旧人满为患，他要了一碗拉面，在角落的一个空位坐了下来。吃了几口他便没有食欲了，他感觉食堂的拉面永远也没有原来高中时候他们经常逃课去的那家好吃。坐在角落，他观察着这里吃得津津有味的人们，他不知道他们为何能吃得如此畅快，这也许与心情有关。

在他观察的人群中，出现了一个熟悉的身影，是那个坐在他旁边的女生。她和另一个同班的女生在不远处的地方，她们在每一个窗口前走走停停，看似犹豫不定。

擦了擦手，郁木起身离开。

午饭的这段时间教室里很安静，大多数人都回家了，只有少数的战士还在坚持着。郁木也没有回去，因为有课间的缘故他通常没有午觉的必要。翻开数学书，他决定继续死磕。在草稿纸一张张的由白到黑的过程中，他隐约的看到了些希望。他兴奋地发现通过这些高考模拟题的历练，高一、高二的题已经渐渐地可应付了，这是他上高一、高二时从来不曾有过的对做题的快感。但难题依旧一个个的耸立在他面前，努力地挣扎之后，他还是倒在了那些强悍的装甲面前。

趴在桌子上的他，得到了一丝喘息的机会。用力的按了按太阳穴，他想让自己放松一下。眼神漂移的时候，他看到旁边的桌子上放着一个 MP3，那是她的。他想她现在应该还在食堂吧。MP3 旁边有一个本子，他随手翻了几页，全是些歌词，外国字占据了客观的比例。把耳机塞进耳朵，他打开了音乐。

音乐总是能让人自然而然地感到松弛，达到愉悦，这是任何药物都无法比拟的功效。

秋天正午的阳光总是给人温暖中伴着清爽的感觉，窗外的梧桐树上叶子已经黄了，随风飘下的落叶使他有些惆怅。远远望去，王姨还在打着她的毛线。表情专注，一丝不苟。她并没注意到黑色的毛线一点点地伸出了线球，顺着她的胳膊和腿落到地面，沿着门缝爬出了传达室，缓缓地爬上了学校紧闭的大门，之后如藤蔓般迅速蔓延。校门一点点地由金属的光泽变为乌黑的一片。黑色的密度还在扩大，并很快通过小广场来到了教学楼，先是爬上了他们所在的那面墙，之后迅速扩张到每一个墙面，每一个楼体。钟楼、操场，在很短的时间内，统统被黑色覆盖。身披乌甲的敌人从黑色的地面上一个个的冒了出来，面目凶残，手持长矛包围了整个学校。学校里的战士们此刻一个个都措手不及、毫无准备，顿时感到紧张和惶恐。大大小小的尖叫声和哭泣声布满了学校每个角落。黑色的毛线还在蔓延着，顺着窗户爬进了教室。战士们慌忙的披上了战衣，随手拿起身边任何可以称之为武器的东西，尽力抵抗着。一团团的黑色继续向教室内涌着，其中的一条朝郁木的方向袭来，没等他发现，便触碰到了他的肩膀。

郁木顿时直起了身子，急促地呼吸着，满头的汗珠有一颗滴到了桌子上。环顾四周，教室里坐满了人，地理老师正在黑板上画着气流图。耳朵里的耳机已经不响了，但他丝毫没有发觉。转头望向窗外，王姨还在传达室里织着毛线，校门依旧闪耀着银亮的光泽。

“怎么了？吓着你了？”旁边的那个女孩似乎有点慌张，这样的表情是郁木以前没有见过的。

“没，没有，做了个梦。”郁木擦了擦头上的汗。

“还听吗？”她指了指他桌子上的MP3。

他这才想起来，耳朵里还有东西呢，赶忙拽了出来。“哦，不听了，谢谢！”

虽然他们在这么多天里基本已经知道了对方的名字。但他们还是在一个多月里第一次正式地告诉了对方自己的名字，郁木和夏漫。

他们随便地聊了几句，他问夏漫是不是喜欢摇滚，夏漫点了点头。夏漫问他呢，他说一般。夏漫问他喜欢什么，他说他也不知道，什么都喜欢点，但又没有特别喜欢的。两人又说了几句什么之后，便进入了沉默阶段。夏漫戴上耳机，他翻开笔记本，两人又开始各干各的了。

“绝地”是一个叫“绝地风暴”的网吧，学生们习惯只叫它“绝地”。刚开业不久，离学校很近，学生们放学或放假的时候大多会选择到这里消遣。

门口有几个穿白衬衣的小孩在抽烟，郁木找他们借了个火，之后便进去了。网吧里人总是很多，郁木在上初中的时候曾经梦想以后能开个网吧，又能赚钱，又能自己玩。但现在这种想法早已不知丢到哪去了。有人喊他，那必然是丹哥，他在不远处向他挥手。郁木走过去的时候，丹哥正在游戏里和别人 PK。没用多少功夫，对手就暴倒在地了。

“怎么样，强吧！”丹哥扭头冲郁木得意地笑着，眼睛里大片的血丝证明了他的意志。

“几点来的？”郁木问。

“我昨天晚上就没走，一直拼到现在。”

“强！”郁木挑了个拇指。“叫我过来干嘛？”

“马上就冲到60级了，我今天晚上还想再连个通宵，现在都有点扛不住了。”丹哥揉了揉眼睛。

“别废话了，快说，干嘛？”

“明天帮我签个假条给老头，我明天不上课去了，回家补觉。”

郁木也开了一台机子。“那你随便找个人不就行了吗，小游不就行吗！干吗非得找我？”

“前几次就是你给我签的，现在老头就认你的字了，估计以后我爸写的他都不认了。”

旁边郁木的机子里传来了Windows的开机声音。“你怎么也玩啊？”丹哥随意的问着。

“最近心里老憋得慌，崩两把CS，找找杀人的感觉。”郁木戴上了耳机，进入了战斗状态。

“跟我玩圣痕吧，我带你。”

“那我要是死了呢？”

爸爸妈妈拿来的那些东西到现在还没有吃完，香蕉有点烂了，郁木想迅速把它解决掉。边吃香蕉边背政治，让他感觉到了一股榴莲的味道，这的确有点奇怪，但学习仍要继续。在这些每晚苦读的日子里，他总会隐约地听到火车的声音，今天又是如此。打开窗户，寻找着声音的方向，并努力地向那个方向望去。天太黑了，他什么也没有看到，只是依然能隐约地听到火车行驶的声音。

记得小的时候，他家住在火车站的附近，经常会有火车从家门口的地道桥上经过。每当看到长长的火车一节一节地从眼前划过，发出轰隆轰隆的响声时，他总是格外兴奋。他问爸爸火车为什么那么长，爸爸说因为上面装的人很多。他又问爸爸上面的人都是要去哪？爸爸说他也不知道，只有车上的人自己才清楚。

现在他已经很少问爸爸这样的问题了，两人之间的交流也少了很多，也许是因为爸爸的工作比较忙，他的学习也比较忙吧。火车的声音停止了，他知道这辆车已经过去了，他不知道下一辆什么时候才会来。

关上窗户，他又坐回到写字台前。高中毕业照是他特意带过来的，照片上的那些面孔让他感到温暖，脸上微微的笑容能够说明这一切。他错乱地认为自己每天仍然和这些人朝夕相处，那些曾经的点点滴滴悬浮在半空中的各个角落，他并没有觉得大家已经各奔东西，只是意犹未尽地回味着那些过去的日子。从上课到逃课，从大扫除到打群架……这种状态直到丹哥的电话打来方才停止。

“没睡呢吧。”

“还没呢。”

“别忘了给我写假条。”

“知道了。”

每个月都要占用自习课进行一次考试是老鹰的习惯，今天也不例外。

快速地浏览了一遍卷子上的题，郁木根本无法判断自己到底能写多少，似乎都能填上点，但似乎又什么也填不上。这种感觉已经是经过刻苦后的结果了，在以前他能做的只有蒙。

那些狂背单词的夜晚仿佛还是有些收获的，对错暂且不说，光看这卷面就比以前专业了不少，上面能看见一行行的黑色了，以前这些地方通常都是白的。考试时偷偷地扭头是考生必备的素质，虽然郁木这一次迫切的想证明自身的价值，但他还是迫于多年来养成的习惯，不自觉地扭头看了一眼夏漫的卷子。她正在答题卡上写着作文，一行行乌黑的字迹清晰整齐，她好像都不用思考，手里的笔仍在一个个字母地继续着。郁木有些惊讶，感叹她的英语竟那么好，但时间却没留给他多少感叹的余地。

考试很快结束了，各种各样遗憾、兴奋、嬉笑、叹息的声音出现在教室里。郁木明显不像个有上进心的人，他好像根本没把刚才的考试当回事，交完卷子后便趴到了桌子上。手机响了，有一条短信。是她发来的，这让郁木有点措手不及，他没想到会是她。

打开淋浴，水从喷头里一涌而出，分成一道道水柱热腾腾地砸在他的身上，狭小的空间内弥漫着的尽是温暖。墙上的水蒸气被郁木的手指画出各种各样的图案，每一个图案上都似乎洋溢着可爱的笑容，此时的他也是。这是他进入高四后为数不多感到愉快的一天，即使是这种主观感受大过客观本质的精神愉悦。外面下雨了，他坐在写字台前，不自觉地翻看着她发来的短信。

“最近还好吗？”

……

“我也是。一般吧，师大。你呢？”

……

“哦，那可要努力啊！我给你加油。嘻嘻。”

……

“你怎么要问这个，没，没有，你呢？”

……

“嗯，好啊。我们好像好久没有见过面了，不过你们应该很忙吧。”

……

“嗯，好。”

……

前几天英语考试的成绩出来，满分100分，郁木得了57分。这在班里并不算什么好成绩，但郁木自己已经挺满意了。他至少觉得自己的努力还是有所回报的，因为在几个月前的高考中，150分的卷子他也仅仅得了54分。班里又出现了各种各样遗憾、兴奋、嬉笑、叹息的声音，郁木也努力着融入这种气氛中，认真地分析着每一道自己做对和做错的题。为了不影响大家的情绪，老鹰只公布了这次考试的前5名。第一名毫无悬念的又是二八铁驴，老师念他名字的时候他正在背着政治。在郁木眼中二八铁驴就像一个考试机器，班里每次考试的第一名几乎都会被他收入囊中，但他又不像那些一般的机器一样死板、生硬。他总是会给人带来一些不一样的做法和想法，这也许就是大家说他有点怪的地方吧！老鹰念出了最后一个名字，第 5 名是夏漫。郁木一点没感觉到意外，那天考试的时候他就已经领教过她的实力了。但夏漫却仿佛有点意外，从她的脸上郁木看到了一种淡淡的惊喜。这种惊喜超越了她以往的安静，但又始终浸泡在安静之中，散发出似乎能够触摸到的清香。这使他产生了一种无法解释的想继续看着的欲望。这种欲望被迫停止在夏漫转过头的一瞬间，他也慌忙地把头转过来了。

这种考试郁木根本没有把它放在心上，把卷子从 8 开叠成 32 开塞进了桌斗里。教室外有人在说话，郁木下意识的朝门外看去，是-1 班那个画画的小子和他的班主任。那小子情绪好像有点激动，嘴里说着“别拿我爸说事……”，这让郁木有点不好意思继续看下去了，随即收回了目光。习惯性地趴到了桌子上。

他能感觉到有脚步声在他桌前停下来了，还没等抬头看，就被丹哥一掌拍起来了。“走，请你喝汽水。”他似乎心情很好，站在旁边的还有小游。

应届生们已经换上了长袖的校服，在学校门口三三两两的聚着堆，学校门口的小吃摊和水果店被那些住宿的学生们穿梭着，推着车子从校门口出来的是些走读的，他们已经放学了。小卖部门口，三个人攥着汽水瓶坐在马扎上感受着阵阵的寒意，却又畅谈甚欢。

“丹哥今天怎么这么阔绰，请我们喝汽水？”郁木冲丹哥坏笑着。

“心情好呗，怎么着。请你喝汽水你还不乐意啊！”

“不敢不敢。”

“你猜我现在是什么身份？”丹哥把头转向小游严肃的问。

小游凝望着他摇了摇头。

丹哥整了整西服“我现在已经是我们帮派的老大了。”这让郁木和小游都把头迅速地转了过来。

“我现在是我们帮派里级别最高的，也是装备最好的。平时人缘也不错，经常行侠仗义。昨天帮派里开大会……我能有今天的地位完全是靠一个字——坚持不懈……”丹哥绘声绘色地描述着他在游戏中是如何从一介平民拼杀为英雄人物的经历。小游似乎还流露出了一些羡慕的神情，毕竟他们曾经一起打拼过。丹哥关切的问小游现在几级了，他说还不到 40 呢，最近都没怎么玩，他让丹哥以后给他点钱和装备，丹哥也痛快地答应了。喧闹的校门口，丹哥和小游兴致勃勃地讨论着江湖上的事。

郁木在一旁听的兴致不高，他多数时候都不太清楚他们具体讨论的内容，只是大致知道是那些游戏中的级别、装备和任务。喝着汽水看着来往的人群，他时不时地为他俩的对话附上了笑声。

不远处老激正在教育着两个没穿校服的学生，显然他们应该是复读班的。老激在他的职权范围内依然具有很大的威慑力，这一点是毋庸置疑的。在解决完这两个人的问题之后，老激朝他们的方向走来。郁木没有看他，但却感到了些老激隐怒的磁场，丹哥和小游还在钻研中，完全没有看到老激的存在。很快老激便走到了他们身边，看了看这三个同样没有穿校服的人。停顿片刻，拐进了小卖部。

“来瓶小二锅头。”老激的声音还是这么澎湃。

丹哥和小游去继续修炼圣痕了，又是一个看似惬意的星期天下午。学校所在的路上有一个地道桥，过了桥没多远就是郁木现在的住处了。这是他每天来往学校都要经过的地方，今天也不例外。因为每天都要从这里经过，他似乎已经忘记了这是一座地道桥，对于他来说好像只是一段有上坡有下坡还有一截黑乎乎地道的路。但今天他却对自己的这个印象作出了修正。

如往常一样他走进那截黑乎乎且不长的地道，一种混浊但又清晰的声音迅猛地灌进了他的耳朵。轰隆轰隆，轰隆轰隆……那声音是从上面传来的，仿佛一声比一声更加强烈，更加震撼。这使他瞬间产生了毛孔扩张的兴奋，火车就在上面！

跑出地道，顺着旁边的楼梯，他上到了铁道边。站在警戒线边上看着这庞大的金属力量带着咆哮的风从身边掠过。他一时间也不清楚自己为什么那么想看火车，但对于我们自身某种莫名的冲动，又有谁能说清楚呢？

每 15 分钟就会经过一列火车，这是他在这里坐了两个小时后总结出来的。深秋的阳光总是能在寒意中给人温暖，坐在火车道旁边发黄的草丛上，他感觉自己像是在某种柔软上漂浮了起来。偶尔看到的坐在不远处的情侣、提着篮子路过的老人、飞得很低的小鸟、从他身边飘过的一朵蒲公英，他都会偷偷地注视半天。像是在预测着他们的未来，又像是在思考他们之间似乎存在着怎样的联系，或者根本只是在等待下一列经过的火车罢了。

又一列15分钟之后的火车过来了，他静静的听着汽笛的声音由远及近。随手捡起了一块地上的石头，使劲地攥着。火车终于开过来了，他努力地试图看清窗户里的人，但却始终没有实现。那些面孔像风一样划过他的视线，不留一丝痕迹。他不知道这些人要去哪里，也许真的只有车上的人自己才清楚。他明白自己终究也会踏上这飞驰的列车，或者自己其实一直都在车上。因为，他能真实地感觉到这习以为常的震荡和轰鸣。

在最后一节车厢即将驶过的时候，一块石头狠狠地砸在了车皮上，发出铿锵有力的回音。火车并没有因此受到什么影响，依旧高速地行驶着。在它庞大的身躯面前这样小小的激荡算得了什么？似乎是它根本感觉不到的，在轰隆轰隆的响声中继续前行。

球场上，战士们似乎比在教室里平添了许多对战斗的热情。这种热情从丹哥的衣着上就能看出。丹哥少见的穿着一身运动装气喘吁吁地坐在篮架后面，狂侃他刚才的勇猛表现，一旁坐着的还有郁木和纳纳他们几个。躺在几人旁边的是一堆喝空了的矿泉水瓶。大家每个人都是汗流浃背，手里拿着各种能够弄出风来的物体呼扇着。在这样的心境和环境下也许没有人会认真在听丹哥所说的内容。

“咱们班好像新转来一个。”纳纳呼扇着自己的衣服对郁木说。

“男的女的？”

“男的。”

“那你激动什么啊。”

“你说都上课那么长时间了，怎么还有来的啊。”丹哥无奈地也加入了这个话题。

“谁知道呢？没准是从清华转过来的吧！可能感觉那不好，回来复读考哈佛。”

篮球场旁一小堆人散发着强大的热量，与周围的气温严重不符，不知是谁提议去喝汽水，立马得到了全票通过，这团热量随之迅速地朝小卖部的方向开始转移。

（7）

AC 米兰和尤文图斯之间的较量向来激烈无比，2 比 2 的比分已经保持到了第 85 分钟。外外脸上专注的表情不亚于场上任何一个面红耳赤的球员，此时他的神经更加紧张。尤文图斯沿边路进攻，边前卫利用速度突破了米兰后卫的防守，将球带到底线。面对前来补防的对方球员，巧妙地和队友做了一个撞墙配合，突入禁区。在对方守门员出击之前，闪开角度一记势大力沉的射门直挂球门死角，球进了。比分变为 3 比 2。

电视机里，米兰主教练愤怒地把围脖扔到了地上，而电视机旁外外的心情似乎有过之而无不及，差点把手里的方便面整碗砸到电视上。幸好他及时地控制住了情绪，“不挑战了。”

门响了，他对自己的判断失误有些懊恼。今天是星期天他习惯性地认为爸妈又去应酬饭局了，但事实却没有这样。草草几口吞干净了方便面，他心里默默地排练着应对妈妈的话。

“又看电视呢，作业写了吗？”妈妈果真奔他来了。

“快写完了，看会电视休息一下，一会接着学。”他逼真地点着头，心里努力地回忆着老师留的作业。

“怎么又吃方便面啊，不是跟你说了以后别吃方便面了吗，这些都是垃圾食品，没营养。老吃这个能学习好吗？我和你爸虽然忙，但是……”妈妈的语速越来越快。

“刚才饿了。”他插了一句。

“饿了可以让妈妈给你买饭回来，老吃这个哪行啊。”纸碗被妈妈扔进了垃圾桶。

客厅里传来了打火机的声音。“他学习个屁，一看方便面我就知道他这一晚上干什么了。”这是爸爸。“照你这样，能考好才怪呢。跟你说了多少遍了，我不要求你考多高的分，但也得差不多啊！今年要是再考成这样，你让我的脸往哪放啊！朋友的孩子不是重点大学就是出国留学，人家问我，我都不好意思跟人家说。你也给你爸争点气。”爸爸显然是怒了，但语气中似乎夹杂了些许无奈。

房门紧闭，伴随着翻书的声音台灯频闪着。今天他没有画画，好几个月以来第一次认真地坐到了写字台前。爸爸刚才的话并没有让他产生任何的抵触情绪，他甚至认为爸爸应该更加暴烈一些，这样他心里才能得到些安稳。他抵触的只是自己。

扯下墙上的画，片刻后又将它们贴回原位，再扯下，再贴回，这样的行为整个晚上他做了很多次。思维在他的脑海里错乱着，眼前出现了另一个自己。

“当什么狗屁艺术家，都他妈扯淡。”……“为什么不行？谁说我不行？高考说的？”……“那种垃圾学校我还看不上呢。”……“你说那话叫无知，社会就是这么个社会，现实就是这么个现实。买根笔还就想当画家了。”……“梵高参加过高考吗？”……

自己和自己的战斗永远是最艰苦的，很快他便疲惫不堪。坐在写字台前他尽量地使自己放松，面对着那些熟悉又不熟悉的课本，他感觉自己是那么一无是处。“我其实就是个失败者，不用其实，我本来就是个失败者。不论对于自己或者社会如何，首先对于家庭已经是这样的了。”

台灯的光在外外肩膀上显得格外清晰，身后全是黑暗。这些光使得外外肩膀上的空气混浊不堪，无数的灰尘在他的肩膀上空徘徊，落下又升起。这是他所驱赶不散的。他冲他的肩膀猛击，在光线中激起无数尘埃，灰尘在空中飘浮了片刻后又悉数降落到了他的肩上。

他开始学习了。

一个留着胡子的中年光头在画室里四处转悠着，穿梭于各个画架之间，并不时作出一些指点。他姓尹，叫尹什么桑。是这个学校特意从外面请来辅导美术生的老师，大家都叫他桑爷。桑爷的岁数远达不到“爷”的地步，看上去也就三四十岁，只是大家习惯这样叫罢了。据知情人透露他是师大美术系毕业的，学生时代一直想当职业画家，还办过几次小规模的个人画展。但毕业后愿望却始终无法实现，无奈便开始进学校当老师。起初只是教小学，后来因为感到无法体现自身价值，而黯然辞职。在社会上混了几年后，开始自己办起了高考美术生专业辅导班。从这之后的几年，他的经济条件突飞猛进，有了质的变化。也因此买上了汽车，住进了洋房。因为有了经济保证，所以半年前又开始了自己的半职业画家身份。由于他所带的学生在以往几年艺考中的优异成绩，所以这个学校才把他请来给这里的美术生们“加持”。

外外认真描摹着那块丑陋的石膏，石膏的主体内容是一个外国老头的头。他画的很仔细，每一个细小的地方都试图精益求精，在他的笔下苍老的脸栩栩如生。桑爷已经巡视到了他跟前，他并没发现，依然凝神于那个外国老头。

“你是哪个班的？”桑爷站了足有两分钟后问他。

“啊？1班的。”桑爷的突然说话让他有点慌神。

“我怎么没见过你？”桑爷整了一下衣领。

“复读1班的。”

“哦！”桑爷看着他的画沉默了一会“专业还可以！”

“文化课不行。”外外并没有找什么理由，因为他觉得不需要什么理由来奖励所谓的虚荣心，况且也没什么理由。

“好好弄弄文化课。”桑爷随口说了一句，转身朝别的画架去了。

站在这些白色的衬衣中间，他有点与众不同。他感觉自己像是被孤立出来的一个异类，以一种死而后已的姿态面对着这些后来人和他们偶尔窃窃私语并向他张望的眼神。

孤独沉默，蓄势待发。“也许艺术家都要这样吧！”

画室里，众人依然集体瞪着外国老头，并不时地挥舞着手中的利器。老头则摆出了一副爱咋咋地的姿态，仍面不改色心不跳地面对众人。对峙仍在继续。

十几双筷子一起夹红焖羊肉的场面甚是壮观。觥筹交错、把酒言欢是今天的主要内容。十月一就聚会似乎显得他们太欠缺稳重了，算上放假他们也只分开了 3 个多月的时间，到底还是谁也憋不住了。说是同学聚会其实也不是真正意义上的同学聚会，只是原来高中时每天成群结队的那帮哥们儿的一次团聚。外外原来的高中是这个城市里有名的“贵族学校”，这所学校里的学生基本上都是有“背景”的。不是厅长家的孩子，就是局长家的孩子，传说副市长的女儿也隐藏在这个学校。这在当时可没少让外外他们一帮男生忙活，为了能认识她并和她拉上关系，他们在学校的每一个班级都安插了线人，打探她的“下落”。每到放学的时候都会一帮一伙地蹲在学校门口，观察着有没有车牌上一大串“0”的车来接人。不过，最终也没有真正确定她到底是谁。那时候他们说的最多的话就是“这妹妹藏得够深的。”

一帮“纨绔子弟”们天南海北地聊着他们的光辉燃烧的岁月，话题终于聊到了副市长的千金。

“这事到底是谁传出来的？”问话的是坐在外外旁边的锅巴。

大家一齐将手指向了大牛，大牛慌忙辩解着，大家迅速一哄而上对他实施“审问”，大牛最终在集体的淫威下屈打成招了，也因一开始的“狡辩”被罚了三杯。

话题不断扩展，没人愿意沉默。

“我估计根本就没这个人，咱们还傻逼乎乎的想认识人家呢！”

“那时候咱们想了好多点子吧，我高中这 3 年所有的灵感估计都在那些日子被榨干了。”

“咱们天天一大帮人蹲学校门口等那辆破车，多虔诚啊，最后都把警车等来了。”

“呵呵，看你那眼神，那架势，一看就不像好人。”

“我操，你像啊？”

“我记得是谁为了认识人家，还冒充老师打市长热线呢？”

“我！”外外举手之坚决惹得哄堂大笑。

男孩们在一起时话题永远离不开女孩，方方此时成了大家重点表扬的对象，刚入大学一个月他便交了新的女朋友。大家分别用“禽兽”“畜生”“没人性”

等词语对他表示了高度的赞扬和羡慕之情。他也故作羞涩地说了一句“缘份呗。”必然引来大家的一顿暴殴，这次大牛殴得最为卖力。

“外外你没在学校勾搭一个。”方方实在扛不住了，迅速把话题抛给了外外。

“你这都是什么语言啊？大学生怎么都这么不文明啊！”

“少转移话题，问你呢。”

“我没有，我得好好学习。”外外努力着让自己假装深沉下来。

“得了吧，谁信啊！”老北喝了口酒，冲外外笑着。“你们画画的不是挺好搞对象的吗？你看人家《泰坦尼克号》里，画张素描两人就定了终身了，你们不是天天画吗？”

“别扯淡了，我们天天画老头！”

一桌“二代”中除了外外剩下的无一例外的都是大学生。大家的话题开始转移到各自初入大学的生活。军训，选修，学分，点名，这样的词汇无形地将外外拒之千里，他只有选择沉默。桌上的菜渐渐凉了，温暖的热气已经消失。在欢笑声中，外外并不想参与其中，他开始不停地喝酒。眼前的哥们儿们渐渐变得模糊，耳旁的声音也仿佛全被抽空了、混浊了。他感到了一丝畅快，连他自己也说不清楚那到底是什么。

杯子不停地被喝空，倒满，倒满，喝空，直至眼前一片漆黑。

来到这里已经两个多月了，班里的气氛永远都是这样。死寂、沉闷。每个人的面孔都是如此紧张和焦虑，偶尔营造出来的笑声也尴尬地保持不了多久。这里的每个人都在自己的世界里拼搏着，“战士”这个词对于他们来说，好像已经不那么恰如其分了，他们每个人好像都是将军，像是早已签订了生死状一样，背负着更大的使命。这样的一群人组成了这样一个集体，这样的一个集体才会受到学校这样的重视。他们是传说中的-1 班。

除了“喳喳”的写字声和不均匀的呼吸音，他似乎听不到还有其他声响。这使他感到了一种前所未有的压抑。他也曾努力地融入这种环境之中，但每次都是以失败告终。

翻开本子，他拿起了手里的笔。新的一页上不久出现了一条纤瘦的狗，它是跃起于地面的，上方的架子上摆放着一支黑色的花瓶，精美至极。狗的身上长着一对翅膀，如同天使的一样洁白。但从它的动作上看，它似乎并不会使用它，奋力地跃起依然是依靠两条无力的后腿。它的翅膀有些萎缩，好像已经无力担负起飞翔的重任……

他似乎想在狗的身后加上点什么，但又始终没有加上点什么。他有点力不从心了，看着前方一大片匍匐前进的战友们，产生压抑的腺体又开始分泌了。烦躁使他不由自主地左顾右盼，这是一种小幅度的行为，只限于他眼神的漂移和脖子的微微扭动。

在这个短暂的过程中，他发现-10班的后门里有人在看着他，是那个一下课就睡觉的小子。从他的眼神里，他仿佛看到了些希望，是那种战士里少有的释然。那人的神情是如此轻松，好像没有多少坚毅的成分，但却又能从中感受到劈荆斩棘、勇往直前的勇气。这是他的班里从来不曾看到的。

在对视了两秒钟之后，他好像找到了灵感，拿起笔，在那只狗的身后画了起来。

星期日上午最后两节是数学课，数学老师总是喜欢在这个时候进行一次测验，战士们叫它"周测"。周测是他们班所特有的节目，每到星期一的时候便会按照排名公布成绩，而发卷子的方式则是依照名次自己到讲台上去领。数学老师把这种做法美其名曰"心理激励法"，这个老师就是他们端庄的班主任。

今天又是星期一，每到这个时候外外都感觉度秒如年。

从科学的角度来讲，那些高考专家们还是非常推崇外外这种状态的——因为他的成绩很稳定。

虽然每次都是最后一个上去的，但这对他心理的磨练是不可估量的。要是真能碰巧被"激励"了，那岂不也是一件幸事。不过他始终还没有尝试到心理被激励的舒畅，脸皮倒是越来越厚了。似乎可以在这个寒冷的季节提高他的御寒能力。这就是进步。

外外坐在座位上，用笔在卷子的背面胡乱画着。班里的气氛比平时要混乱很多，各种各样的情绪使沉闷暂时消失，这是分数的魔力。高跟鞋声由远即近，外外赶紧销毁了被他蹂躏得不堪入目的试卷。

“于岩，你出来一下。”声音刚直有力。

他知道她来了，缓缓地起身，走出门外。

“这次考试你的成绩又是最后一名，你说怎么办？”端庄的班主任表情永远这样严肃高雅。

外外没说话，默契地等着她的继续。

“其实你考最后一名也是在我意料之中的，但是你和前面的同学差距未免也太大了吧！你晓得因为你一个人给班里拉下多少平均分？我们班可是重点班唉。”

外外依旧没说什么，把头转向了45度的位置，继续忍受着“端庄”的喋喋不休。

“我们复读班的分班规定你也是了解的。当初主任要把你分过来，我可以毫不隐瞒地说是很不情愿的。”端庄的班主任依然努力地保持着自己的端庄。“但是主任也跟我说了你爸爸的关系，所以我才勉强收下你的。”

“别拿我爸说事！我又不是求着你进这个班的。你可以不要我啊！又不是我自己想来的……”外外终于憋不住了，连珠炮似的展开了反击。

这让端庄的班主任有点猝不及防，她没有对外外情绪的爆发做出任何准备。在她看来学生在老师面前只能充当听从者和顺从者的角色，任何异议和情绪化的言行都要被视为不尊师重道的表现。她努力地用端庄掩饰着内心的愤怒。把一缕挂在额头前的头发拢回了原位，她的视线移开了外外的脸。“反正高考是你自己的事情，我只希望你能不给整个班拉后腿就阿弥陀佛了，你好自为之吧。”说完转身端庄地离开了。

厕所的角落里外外吞吐着烟圈，班主任的那些话始终在他脑海里激荡，撞击着他每一根脆弱的神经。他对自己几个月前的选择产生了怀疑，这种怀疑一秒一秒地变成了沉痛的批判。为什么自己那时没有像高中的那帮哥们一样上个大学呢？这是爸爸可以做到的。大学的生活一定是无比美好的，即便那可能并不是自己向往的学校。那又如何？快乐地活着可能永远都要比为了那些虚无缥缈的梦想而奋斗更加来得痛快吧。

伴随着冲水声，一个隔断的门打开了，外外赶忙踩灭了只抽了一半的烟。出来的是桑爷，这让他有点意外。除了在画室，他们平时是很少见面。桑爷看了看他脚下的带着零星火光的烟头，并很快地认出了他。

“你是那个复读班的吧？”

“嗯，是。尹老师好。”外外控制着自己烦乱的心情，礼貌地打着招呼。

“你不常去画室吧？”

“嗯，去的不算很多，里面都是应届生，感觉有点对不上路子。”外外并没有刻意的委婉。

桑爷从烟盒里抽出两根烟，一根叼在嘴里，一根递向了外外。这让他有点慌，他看了看桑爷的脸，又看了看他手上的烟。伸手接过，放到了嘴边，掏出打火机给桑爷点上，顺便也给自己点上。

“我注意过你，感觉你基础不错，比其他同学的水平要高一些。”桑爷吐了一口烟，又很快吸了一口。

“您过奖了，画得也就一般，没有什么值得肯定的，和别人的也都差不多。”外外回答得倒很谦虚，心里却对桑爷的话表示着同感。

“现在离专业考试没多长时间了，多努努力吧。我觉得你还有提高的空间。”桑爷的语气出奇的认真。

“嗯。我会抓紧的。”

“你现在在哪学画？”桑爷的眼神似乎挺关切。

“原来高中的时候跟一个美院的老师，不过他后来身体不好，就不教了。现在就自己画，没在哪学。”外外如实地说着。

“我带你怎么样？”桑爷低头抽了口烟。

外外没有说话，愣愣地站在那里。

门口传来了脚步声。

“来人了。”桑爷迅速的扔掉了手里的烟，外外也慌忙地跟着扔掉了。两人步伐一致地在上面踩了几脚。

下课铃刚打，那个胖子便又来了。他是对面班的，从上个月起，他便经常来找他借书，原因是他总说自己的忘了带。他们之前并不认识，他也不清楚为什么自己会成为这个胖子选择的对象，也许根本就没有什么原因。两个班的课并不重叠，反正自己既然不用，给他就是了。一来二去两人便熟识了，偶尔在厕所碰面也会小叙片刻。外外很喜欢听他讲他们班里的事迹，因为那些活跃的元素是自己的班里不曾有的。仿佛每个平时只局限在面孔上的人，都更加真实、鲜活了。班主任老头给他留下了很好的印象，虽然平时经常见到，但始终没有想到他实际上竟然比看上去更加和蔼。

有时他也会去找那个胖子借书，他应该是一个努力学习的人，书的每一页都有密密麻麻的笔记，这使外外对他肃然起敬。胖子偶尔不在时，外外便会让胖子的同桌帮忙拿，这已经跨越了起初几次的不好意思，感觉已然成了书的半个主人。而胖子的同桌每次也都乐此不疲地为他翻找。外外忽然感到了某种被关怀的感觉，这原本司空见惯的事情在他心里却产生了一团微弱的温暖，这是超越所有沉默冰冷的热量，他开始对这个班和这个班里的人产生了极大的好感。

不知不觉中，他开始关注起对面班的“风吹草动”，时常向那边张望也渐渐地成了一种习惯。这是他自己都不曾意识到的。

睡眼蒙眬的外外刚拿起牙刷的时候，电话便来了。是他原来一起学画的同学佳佳，他叫毕佳，和毕加索差一个字。佳佳约他中午出来，他问他有什么事，他没告诉他。

“你装什么神秘，到底什么事啊？不说拉倒，我下午还上课呢。”外外的声音混浊、厚重，牙刷在他的嘴里翻滚着。

“你噜噜什么呢，怎么变大舌头了。反正我是跟你说了，你要是不来那就算了。”佳佳的语气故作严肃，有佯装挂掉电话的趋势。

“你还拿上我了！下午见面修理你，时间地点？”

电话那头传来了狡猾的笑声，一口牙膏沫吐在了瓷盆里。

中午放学铃声刚打，外外就箭步离开了教室。跳下人满为患的公共汽车，步行几分钟，他来到了他们约定的地方。佳佳已经等在那里了，远远地看着他一步一步走来。

“才来啊，等你半天了。”佳佳眯着眼笑着。

“德性。我放了学就奔过来了，还没吃饭呢。”

“走吧。”

“哪？”

穿过喧嚣的闹市区又左拐右拐过几个弯后，他们来到后面的一条街。这里有很多酒吧和店铺，由于时间的原因，现在这条街上出奇的安静。

“带我来酒吧街干什么？现在才几点。”

“给你个意外。”佳佳故作深沉。

“什么？”外外有点摸不清了。

“这是我开的。”佳佳把手指向其中的一个。

“我靠！不是吧，你开酒吧了？”他着实被吓了一跳。

“想他妈什么呢！我是说旁边那个。”

那是一家不大的画廊，和两旁的一家酒吧还有一个古董店相邻。从门外看进去里面色彩斑斓、装修精致。

“这么牛，都开画廊了。”外外惊叹着。

“呵呵，和朋友一起开的。”佳佳边说边把外外往里面带。

里面的画大多是原创，也有个别是仿名画的，错落有致地挂在墙上。外外一张张认真地看着，不时走走停停。靠着墙角的地方还罗放着很多，佳佳向他示意那里还有。

“你哪来的钱？”外外拿起其中一幅。

“我爸给我赞助了一部分，我自己还有点，朋友那再凑点。反正都算入股，赚了钱大家分。”

“画都是从哪进的？”

“都是我们自己的画，有我的，还是我们美院同学的，也有老师的，谁的都有吧。”佳佳边说边用手指向墙上的一幅“这是我画的。”

“嗯，像！我刚才看了半天了。”他的话让佳佳流露出得意的笑容。“太懂行了，晚上我请你吃饭。”

“你们这要高中生的画吗？”外外半开玩笑地说。

“只要是靠谱，小学生的都要。”佳佳说着接了个电话。

电话里好像在说着画的事，不一会佳佳便急忙地挂了电话。他跟外外说他临时有点事，得赶紧走了，一顿抱歉之后，让外外有时间来找他玩，外外点头答应，两人匆忙告别。

桑爷好像是个单身，这从进入他家门的那一刻便可以感觉到。穿过杂乱的客厅，外外被带到了他的画室。这个画室和其他所谓画家的画室并无大异，只是墙上贴满了各个艺术院校的招生简章和考试时间。

自从那天和桑爷在厕所里的偶遇后，他便更加认定了自己已经不适合和那些应届生们继续“粪斗”下去了。所以从今天开始他决定要在这里接受桑爷的单独训练。桑爷在给他分析完时间的紧迫性后，便真正开始了对他的打磨。

日历上清楚的显示着，离专业考试只有 2 个月的时间了。

今天的阳光显得并不那么慈祥，穿过枯叶上的那个虫洞射进了教室。

“你前天下午为什么没有上课？”端庄的班主任是不会放过他的。

“病了。”外外的回答并没什么力度。

“那你为什么不请假？不请假就是旷课，这个你不知道吗？”

“知道。”他始终下垂着眼皮。

“你这是故意要搞坏班里的气氛，是要把这个班端正的作风拉下来。”她有点气急败坏。

“我还没那么大本事吧。”他抬头看了她一眼。

端庄的班主任狠狠地看着他，但又说不出什么话了，像是那种兴奋的小歌手激动地煽动着台下的情绪，但却无人响应的感觉。无奈地踱了几步后，甩下了最后一句“明天叫你家长给我打电话。”

一天后的饭桌上，谁都没有说话，一场激烈的争吵已经渐渐平息了。外外把头埋在碗里，筷子匀速地拨动着，很快一只空碗便放在了桌子上。妈妈扫视着饭桌上的父子，小心地收拾起碗筷进了厨房。

爸爸点了支烟。“你怎么就那么不让我省心啊。”他的语气已经平静了下来，没有了刚才的暴怒。

外外看着桌角没有说话。

“你能保证换了之后比现在要好吗？”烟灰掉到了地上。

“能。”

办公室里老激正在和端庄的班主任还有-10班老头埋头讨论着什么，外外坐在远端的椅子上，无心关注他们的谈话。

隐约能听到老激在说，班里的人已经满了，你们互相协调一下吧。端庄的班主任好像在和老头争论着什么，从神情上看，老头很快便败下阵来，而端庄的班主任则露出了满意的笑容，这种满意都使她不太端庄了。

那个曾经骑二八车撞过他的哥们扛着书本迅速地坐到了他的位置上，表情有点复杂。同样复杂的还有外外，带着自己的装备他走进了-10班的教室。这个教室对他来说既那么陌生，又那么熟悉。

下一节是体育，课间的教室里人并不多，他们很快便完成了换班的交接。

（8）

格瓦拉被一件厚厚的外套罩在了里面，英雄其实也怕冷。

小游总喜欢在历史课上和他的同桌窃窃私语，今天也是。在给同桌讲述完英雄传记后，兴致勃勃地听着同桌给他讲八卦新闻。这已经是这个月里那位歌星的第3次自杀未遂了，但是他仍然听得津津有味，他已然不是在听故事，而是在听她说话。小游不知不觉对这种感觉产生了某种迷恋，常常幸福地栖身于此。

电话在这种时候打来，对小游来说似乎有点破坏气氛。蹲到桌子底下，他没好气地接通了丹哥的电话。在说了一连串的“好，好，好，好，好”之后，结束了通话。

“你接着讲，他跳下去之后呢？”他好像很认真地想从同桌那知道后来的结果。

“送医院了呗。”

死不了的不只有那位歌星，在历史老师的火力面前战士们也接连倒下了，只有前面的二八铁驴在认真地背着英语单词。

“这课真没劲。”同桌无精打采地说着。

“哪个课有劲啊？小游问得同样无精打采。

“那我看你每天学得还那么带劲。”

“没劲也得学啊！”小游语气坚定得要命。“你这些个不靠谱的新闻都是从哪看的？”

“杂志上啊，一会陪我再去买一本吧。”同桌笑嘻嘻地看着他。

他似乎根本没有不去的理由。

下课铃终于打了，小游看了一眼最后一排的那个男生，他知道他叫郁木，此时他又在睡觉。走到他的座位前，小游敲了敲他的桌子。郁木迷迷糊糊地抬起头看着小游，似乎不知道他为什么会来找他，表情茫然地等着他说话。

同桌已经在外面等着他了，小游告诉郁木丹哥让他晚上放学去“绝地”找他，之后便应约和同桌去购物了。

书报亭前聚集着很多学生，其中也包括他和他的同桌。“向雯”有人在叫同桌的名字，两人都把头转了过去。是那个叫夏漫的女生，小游是从他同桌那里知道她名字的，她是向雯在班里的好朋友。

“你也买书？”向雯对谁都是笑嘻嘻的。

“嗯，随便看看。”夏漫总是那么安静，至少现在的小游是这么认为的。小游和夏漫没有说话，只是互相友好地笑了一下。

有人在后面拍了小游一下，他急忙转头，是纳纳。纳纳是他们班上的体育生，专攻篮球。头发不长，但很精神，1 米 87 的身高在他们这群人中也显得高大挺拔。

“干什么呢？”纳纳边问边擦着脸上的汗。

“没干什么，买本书。”

“你太禽兽了吧，连同桌都不放过。”纳纳搂着小游的肩膀，在他耳朵旁小声说着笑着。

这话让小游有点不自然，一把推开了纳纳。“离我远点，你看你这一身臭汗，干什么去了。”

“跑步去了，历史老师没发现吧？”纳纳喘着粗气蹲在了地上。

“没有，你没事干，跑什么步啊。”

“快专业测试了，这段时间光顾着玩，体能都不行了，得赶紧把体能恢复过来。”

“靠，你还说我，你小子更禽兽，玩得体能都不行了。”小游低头冲纳纳坏笑着。

“你这素质就考不上大学。”

两人对视着，笑着。

台灯下的小游始终是如此地认真，他以视学习如归的的态度面对着一篇篇的卷子。直到把它们彻底消灭，他才得到一丝喘息。桌子上放着向雯前几天买的那本娱乐周刊，和他的那些英雄传记一起躺在杂乱的写字台上。他也不清楚为什么自己会有兴趣想看这种以前被他视为垃圾的东西，可能是他悟出了些与时俱进的精髓。向雯在看这样的书时总是那么全情投入，随着里面的内容叹息着、惊喜着，而此刻的小游也在用心地感受着向雯的感受。

“……周董为创作爱国歌曲，携女友来到正定国家乒乓球训练基地参观国手训练，并和新女友大秀恩爱……国内某著名女主持，节目现场晚礼服意外滑落，不幸露点。后成为某丰胸产品新一任代言人……台湾著名主持人宪哥近日赴美做缩头手术，各大门户网站对手术的成功率做了网上调查，结果有些遗憾，网友认为成功率为0……”

在书山的包围中，小游不亦乐乎地观看着那本娱乐周刊。那种认真的态度不亚于对付任何一张卷子，但那种愉悦的神情却是任何与学习沾边的事都无法做到的。

妈妈又送水果进来了，这无疑打断了他继续陶冶的兴致，他又要摆出一副专注的架势了。边吃苹果边翻找着什么，书包里，写字台上，都没有。他的语文书找不着了。他有些郁闷，努力回忆着它的最后一次出现。昨天放学的时候好像只带回一本语文书，本来打算晚上背古文的，但后来却因为转天的地理考试，稀里糊涂地背起了地理……革命家的思维就是敏捷，结果很快就出来了。时间，昨天。地点，绝地。靠！昨天去网吧找丹哥的时候，把书忘在那了。他很快地拨通了丹哥的电话，并祈祷着丹哥依然坚守在那里。

“……就不告诉你，就不告诉你，就不告诉你……”服了，丹哥的彩铃居然是《小龙人》，这与他那身假皮尔卡丹实在太不配套了。

“喂。”丹哥的声音终于出现了，迟钝、缓慢。

“你在哪呢？”小游的声音有些急促。

“睡觉呢，什么事啊？”

小游看了看表已经 12 点半了。“你没通宵啊？”

“我也是人啊，你拿我当神了吧。我这个礼拜已经通了三宿了。你到底有什么事啊？没事我可挂了，困死我了。”

“我昨天把语文书落‘绝地’了，你看见了吗？”

“没有”丹哥的声音更加缓慢了。

“我靠，那怎么办啊！”

“……61 级……62 级……63 级……”丹哥似乎已经进入了另外一个境界。

“靠！”

课间，教室里总是那么热闹。二八铁驴终于把数学老师放走了，下一节是语文课。小游在为没有语文书而发愁着，他已经和同桌一起看了好几天了。虽然他很喜欢那种感觉，但由于班主任是语文老师的原故，他还是觉得不是长久之计。

“你买一本呗。”向雯随口说道。

“我感觉没必要，语文书上除了那几篇古文外，别的根本没用。”

“也是啊，那就别买了。”

“不买吧，老头天天盯着我，看得我心里发毛。”

对面的教室是−1 班，他们班的课间总是如此安静，像是一个幽灵聚汇的神圣之地。小游站在后门向内探望着，从这一张张凝神焦虑的脸上，他感觉有一种强烈的气场把这个班和外界无形的隔离开来。这种强大的气场使他有点不敢轻易靠近，他第一次感到原来借一书也需要莫大的勇气和力量。

眼神无意间停留的一个地方，使他稍微放松了紧张的神经。那是坐在最后一排靠门的一个男生，座位离小游很近，是在他打算放弃的时候发现的。与这个班其他战士不同的是，他并没有在课间继续奋战着，而是在一个小本子上悠闲地画着什么。在小游的印象中似乎还曾看到过他在厕所里抽烟。“原来他也是−1 班的，确实有点另类。”小游仿佛看到了些希望，在上课前 1 分钟打断了那个男生专注的神情。

“我是-10班的，能借我用一下语文书吗？”小游的声音并不那么坚决，但话语中又很急切。

那个男生被小游的声音从画中拉了出来，看了看小游，又看了看桌子上的语文书，不加思索地将书递给了他。

“谢了。”上课铃打响的同时，小游也跑进了教室。

又降温了，去锅炉房打水的人渐渐多了起来，冒着热气的水杯遍布了教室里的各个角落。这一节是晚自习，战士们多数都在刻意放松着神经，因为上一节是老鹰的英语课。明天就要英语测验了，是老鹰安排的，每月一次。她说只有在不断实战的基础上，才能增加经验，取得最后的胜利。小游对此也深信不疑，因为那些英雄传记里也是这样说的。但他不能深信的是自己的实力，他感觉自己已经有一段时间没有刻苦复习英语了。面对又一次的测验，他告诉自己只能突击了。

短暂的缓解之后，战士们不约而同地拿英语开练，每个人都热情洋溢地为明天的测验而全力地备战着，教室里顿时一片“鸟语花香”的景象。二八铁驴认真地背着政治题，那股聚精会神的劲使小游都不忍心打断他，但他还是这么做了。

“诶，别背了。”小游用手拍了一下二八铁驴的后脑勺。

“干什么？”二八铁驴好像被吓了一跳。

“帮我复习一下英语，我有好多语法什么的都不怎么会呢。”小游显得倒很诚恳。

“等我背完政治吧。”

“别总政治政治的了，你是不是老拿自己当国家领导人啊？那就更得为人民服务了。”说着便搬了一把椅子，坐到了他旁边。

“你就一土匪。说吧，哪不会？”二八铁驴始终是那么随和，即使他有些不情愿。

嘈杂的教室内，二八铁驴为小游讲解着每一个他不懂的语法、单词和句式，很快所有难题便都一一化解了。

“太强了！”小游不禁地被二八铁驴的实力所折服，敬慕之情油然而生。

“就这么回事吧，碰巧都是我会的，太难的我也就不行了。”二八铁驴说的倒很轻松。

“你说你怎么就来了-10班呢？你应该去-1班啊？”小游好像是为他感到遗憾。

“在哪都一样，关键是自己学。”二八铁驴又拿起了政治书。

“你是不是一看见课本就兴奋的那种啊？”

“不是。”

“那你怎么还学得那么好？”

“上个好大学呗。”

“然后呢。”

“找个好归宿呗。”

“你要嫁人啊？”

“你才要嫁人呢！”

“什么算好归宿啊？”

“不知道，还没找着呢。”

“那你找得着吗？”

“必然。”

语文书像是刚买来的一样崭新，上面只有两个字“于岩”。

语文课下课后，小游第一件事就是习惯性地到对面的教室还书，这种习惯已经将近一个月了。书的主人无一例外的都是画画的那个男生，他们已经彼此熟识了，他叫他外外。

外外没在教室，满脸通红的小游把他的书扔在了桌子上，向想往了一节课的厕所奔去。如释重负的感觉自然快活无比，小游此时便充分地享受着这种快活。一只手从后面拍了他一下，使他经历了短暂的截流。迅速回头，外外手里夹着烟站在他的身后。

“书给你放桌子上了。”小游继续着之前的事。

“你怎么不买一本啊？我倒没别的意思，就想听听。”

“以你上高中的经验，你觉得最后一年还有必要用语文书吗？”

“你怎么知道这是最后一年？”外外抽了口烟，嘴角向上咧着。“要万一你明年再来一年呢？”

“去死吧你。”

“呵呵，那你还借个什么劲啊？反正又不怎么看。”

“是班主任的课啊，老头人挺不错的，得给他点面子吧。”

“是吗？他怎么个不错法啊？”

“比如说吧，那次我们逃课去网吧，后来……我们班有个叫郁木的上课和政治老师吵起来了，老头知道之后……二八铁驴知道吗？就是我们班学习最好的那个，上语文课的时候当着老头面和旁边的人讨论数学题……还有，我们班一个体育生叫纳纳，经常逃课到操场上跑步去，课任老师反映好几次了，但是……还有好多呢，反正他真挺不错的。”

小游从外外的眼神中看到了一种能够穿越一切物体的光，他好像有些心神不定、若有所思。

“怎么了？”他试图打断外外的这种状态。

“哦……没怎么。”那种光渐渐的消失了。

小游还是会经常找外外借书，这已然成了一种定式。不过最近外外也开始偶尔找他借书了，两人的关系变成了一种互动，似乎更加紧密了。

“你和-1班的那个男生很熟吗？”向雯瞪着大眼睛问他。

“还行吧，怎么了？”小游对向雯问他和外外的事感到有些纳闷。

“哦，不怎么。”

“你为什么这么问？”

“没什么，有时候你不在，他就让我帮他拿你的书。那男生倒挺有意思的，还挺不拿自己当外人的。”向雯抿着嘴笑着。

“哦，没事，都是哥们。”小游的语气中愈发多了几分绿林豪情。

老鹰在刚才的课上发放了前几天英语考试的成绩，二八铁驴又一次成为第一名。小游得了73分，自己暗暗排算了一下，这个成绩已经是在20名开外了。他并没有过分郁闷，对于一次突击行动来说，这已经是个不错的结果了。但对于一个有着崇高目标的人来说，这显然还远远不够。

浏览了一遍那些做错的题，小游拿起卷子打算继续去向二八铁驴讨教。二八铁驴的座位在西面靠窗的地方，与他相隔3排，目测要有10米的路程。抱着西天取经的虔诚，小游动身了。知识并不是那么轻易就能够得来的，他也深知“此去西天，必多艰险”的道理，一路谨慎小心。不过，还是被劫了。

“哪去？”

“取经。”

“取个屁经啊。走，请你喝汽水去。”丹哥满面春光的站在小游面前。

“怎么了这是？捡着钱啦？”小游望着丹哥灿烂的脸。

“有那么俗吗？”

“那是怎么了？”

“你哪那么多话啊。走吧，一会跟你说。”丹哥拽着小游向郁木的方向走去。

校门口的小卖部前，三个人坐在马扎上嘬着吸管。

天气确实冷了，小游蜷缩着肥硕的身体，听丹哥讲述着使他满面春光的理由：“我现在是我们帮派里级别最高的，也是装备最好的。平时人缘也不错，经常行侠仗义。昨天帮派里开大会……我能有今天的地位完全是靠一个字——坚持不懈……”丹哥在“圣痕”里成为了他们帮派的老大，这让小游或多或少地对这位大人物产生了些许敬意。由于身负崇高的使命，他感觉自己已经好久没有触碰圣痕了。一时间想起了自己的这一身份，自己也曾是“痕族”的。

“你多少级了？”丹哥问他。

“还不到40呢，最近事太多，都没怎么玩。”小游的语气中似乎有点羞于启齿。

“没事，回头我带你。一切平趟。”丹哥始终显示着大哥的风度。

“我那装备什么都不行，你回来给我点好的吧。钱也特少，再给我点钱。”

小游的表情像是个刚傍上大款的半老徐娘。

“没问题，我的就是你的。”丹哥笑得更灿烂了，仿佛一时间找到了人生的价值。

寒风中，穿着校服的孩子们在校门口三五成群地游荡着，嬉戏着。小卖部前的三人也混在这群活跃的生命中，展示着自己尚未老去的细胞。

天渐渐黑了，随着晚自习铃声的响起，小卖部老板也收起了三个空荡荡的马扎。

扔下了手中的笔，安静的房间内小游完成了最后一个题。一摞书本卷子和复习资料被他推到了桌子一边，有些烦躁地趴到了写字台上。牙疼，已经好几天了。

妈妈说这是上火了，给他买了去火药。有一搭没一搭地吃了两三天，感觉好像并没有什么效果，也就不吃了。从写字台上转移到了床上，又从床上转移回写字台上，来回折腾，反复辗转。他烦躁的情绪愈发强烈起来。

闭上双眼，他开始胡思乱想了，各种关联或不关联的事推搡着闯进他的脑海。

漫天飞舞的油印卷子，密封了整个房间，刀片般锋利地向他袭来，又以液体的状态灌进了他的体内……“圣痕”中的战士们奋力地劈砍着永远也都消灭不完的怪物，每当他们身体上闪耀起金色的火焰时，他们就又向更高级别迈进了一步。他们将会拥有更好的装备和更大的力量，在众多闪耀着光辉的战士脚下，他隐约看到了尸横遍野之中有“自己”的那一具……向雯不再理他了，他也不知道这到底是为什么，感觉有些失落。他困惑地看着向雯的眼睛，突然间，她消失在了他的眼前，和班里的所有人一起消失了……向雯，丹哥，老头，郁木，外外，夏漫，老鹰，二八铁驴，还有所有他认识和不认识的脸在他的眼前高速旋转着，他们都面无表情，僵尸般地注视着他……他的身体开始发烫，汗珠从身体的每一个毛孔涌出，很快便浸透了全身，蒸发着他的神经。

惶恐，错乱。

惶恐，错乱。

睁开眼的时候，他已经躺在了被窝里。床头柜上放着一瓶退烧药和一支体温表，他摸了摸自己的脑门，看了看手表，离他放下笔已经过去三个多小时了。

“怎么突然发烧了呢？”妈妈就坐在写字台前的椅子上，略带紧张地看着他。

“不知道，刚才就只觉得牙疼得厉害。”小游的声音有些发干，喝了一口放在旁边的水。

“你可吓死我了，刚才给你吃药，你还往外吐，我和你爸硬给你灌进去的。”

“我没什么印象了。”

“好点了吗？”妈妈过来摸了摸他的脑门。

小游使劲地咬了咬牙。“牙不怎么疼了。”

“还有点烧，不过没刚才那么烫了。怎么回事啊！又牙疼又发烧的，这段时间可是关键，千万别有什么灾啊病啊的，一会咱们去医院看看。”说着妈妈便去外屋招呼爸爸了。

今天晚上小游意外地没有看任何和学习有关的东西。妈妈照常端进来了水果，冲他笑了笑，他也僵硬地冲妈妈笑了笑，这种僵硬直到妈妈走出他的房间才得以松弛。

他最近也对那些所谓乱七八糟的杂志感兴趣了，在一个叫“星运开开开”的版块他定住了目光，仔细阅读着射手座的本月运势。

本月整体运势：工作、学习压力颇大的一个月，甚至身体也跟着作乱，有种力不从心的感觉。不过还好都能一一化解。

如此灵验使小游顿时对星象学产生了高度信任的态度，兴致勃勃的继续“开开开”着。

本月爱情运势：单身的射手有暗恋的对象悄悄向你靠拢，有伴侣的射手会有个小升华。不妨多多注意哦！

小游基本否定了后半句的意义，把注意力全部集中到了前半句。“有暗恋的对象悄悄向我靠拢。”小游此时的心情开始澎湃起来。

简单地吃了点早点，小游便去上学了。昨天整整一天的休息，这对于一个高四的战士来说多少有点奢侈。去学校的路上小游反复嘀咕着前天大夫的话：

“你这种情况叫‘高考综合症’，这个阶段有很多考生都有类似的症状。吃药是其次，主要是放松心态，弦别绷得太紧了。还有你们家长，也别给孩子太大的压力，该玩就让玩会，累了就让歇会。有个好心态、好身体才能更好地学习，更好地为国家和人民做贡献不是吗。”

大夫的话一遍一遍地在他体内打着转，从瞳孔转到口腔，从口腔转到胸腔，从胸腔转到骨盆，从骨盆转到……转着转着便转到了学校。推开教室的门，小游第一眼便看见了坐在二八铁驴座位上的外外。

目光相接，姹紫嫣红。

(9)

棉花糖是甜的，云朵不是。

棉花糖是粘的，云朵也不是。

棉花糖是女孩想要的，云朵是女人想要的。

棉花糖能一口一口地吃掉，云朵不能。

棉花糖最终会化掉，云朵却总是在天上飞……

这是夏漫整个下午思考出来的结果，星期天的下午她哪也没去。

爸爸是接到一个电话后匆忙出去的，估计现在应该在陪那个女人买高跟鞋或者化妆品呢吧。夏漫躺在她习惯的位置上，把脚架在墙上。这里有一张床，柔软、洁白。

手的旁边是有两本书，一本是语文书，另一本是张爱玲。它们应同属文学的范畴，她是这么认为的。轻轻地揉一揉太阳穴有助于消化那些过量灌入的古文。她的肠胃似乎不好，对营养的吸收总是那么吃力，过度饮食总是会使身体吃不消的。

已经9点了，爸爸还没有回来，她有点饿了。考虑了一会是该继续学习还是该吃点东西的问题后，她走进了厨房。冰箱里有两个西红柿、两个土豆、一根黄瓜和鸡蛋若干。

那天叫她看演出的女孩叫张洁，此刻她又打来电话了。

“最近干什么呢？怎么也不找我玩了？”

“天天都得上课，总没时间。”

"这么严重啊，那改天我去找你玩吧。"

"呵呵，好啊，欢迎。"

"……"

"……"

挂掉电话，她刷了刷好几天没有用的锅。

火苗和锅底的水珠结合出呲啦呲啦的响声，像极了老鹰上英语课时的声音。

"这种句型只有在过去将来时的时候才可以用……"老鹰一丝不苟地讲着语法上的问题，她的课总是那么安静。放下笔，又抄完了一首歌词。余光里的郁木似乎在认真地听着课。她轻轻地扭头看了他一眼，的确如此。他的表情有些木讷，手里的笔一圈一圈的转着。她不确定对于老鹰讲的那些东西这个男生到底能不能听懂，但表情始终是如此的认真。这和他给她的第一印象的确有些不同。

郁木前面的那个穿西服的叫林丹，这是她 5 分钟之后知道的。他此刻扭过头来好像要对自己说点什么。

"你原来哪个学校的啊？"丹哥问地很惬意。

"24 中的。"她回答得很随意。

"哦，我去过，你们学校挺大的。"丹哥的表情好像是在客观评价她原来学校的面积。

"嗯，还行。"她不确定是不是可以终止对话了。

丹哥停顿了一下，像是经历了短暂的思考后说"你认识杜磊吗？"

"不认识。"夏漫好像对这样的问题并没有多大的兴趣。

"那，李文呢？"

"不认识。"

"那，蒋森呢？

"不认识。"她的声音越来越闷了，不知道他什么时候才能罢休。

"那……"丹哥还在执著着。

"那谁啊？"她有点郁闷了，目光笔直的看着丹哥。

“……张洁，认识吗？”丹哥被她的目光震了一下。

“这个认识。”她轻轻地点了点头，眼神恢复了些平静，等待着丹哥后面的话。

“呵呵，认识了吧！我觉得你也不可能一个也不认识。他是我哥们，原来我经常去你们学校找他玩，他女朋友我也认识，眼睛挺大的……”

夏漫的表情有点尴尬，想说点什么来打断这种接不上茬的对话，但她似乎又不忍心这样做，丹哥自我陶醉得分外精彩。不过总会有人来打断的。

“林丹，下课到我办公室来一下。”老鹰终于按捺不住了。

在老鹰短暂中断讲课的那一秒，坐在身旁爱睡觉的男生也中断了听课。夏漫用余光看到他慢慢地趴到了桌子上，手里的笔却还在转着。“终于扛不住了吧。”她对此时的他是这样认为的。

“你是24中的？”

“是。怎么了？”她也不知道旁边的男生什么时候睁开眼睛的。

“不怎么，我有个朋友高中也是那的。”

“是吗，叫什么？”夏漫关切的问着。

下课铃响了，老鹰语重心长地讲着下周英语考试的事，不过所有的人都认为这种“语重心长”应该用“滔滔不绝”来形容，根本没人在意她在说些什么。虽然她多次强调“在我的课上唯一的要求就是每一秒钟都要跟着我的思路走。”但不巧的是现在已经下课了。

耳机里唱着这样的歌词“忽然之间，天昏地暗，世界可以忽然什么都没有……”。这使她有些不能静下心来，她随即关掉了音乐。她不想让任何事情影响到她的学习，这从她做出决定的那一刻起就已经开始了。

爸爸刚才打来电话，问她有没有在学习，她说正学着呢，爸爸语气欣慰地让她累了就歇会，她说好，之后爸爸告诉她单位有事，晚点回家，她“哦”了一声表示听到了。

挂掉电话后她感觉有些累了，这似乎并不是来自于生理的，到底来自哪？她也在思考。

得，那就歇会吧。随手翻着几本摊在桌子上的《我爱摇》，她想借此缓解一下疲劳。都是些过期了的，她发现已经好久没有买这本杂志了，这是她原来最喜欢的。为了能使自己还能有最喜欢的课外读物，她打算明天去买本最新的。带着这样的动力，夏漫重新回到了铺天盖地的油印卷子中。

每晚都拼杀在一本本摞成山的复习资料里，是绝大部分战士们的共同经历。所以她并不因此觉得自己有多么刻苦，只是随波逐流罢了。她始终认为她们这群人将会永远漂流，在漂流中她们欣赏着岸边的美景，湛蓝的天空，碧波的清澈，和水底的混浊。直到她们彻底迷失了方向，才会从慌乱中欣赏自己。而那时的自己早已没有了从容的目光和奕奕的神采，脸上写满了不安和迷茫。河里的水还在流着。

写字台前坐着一个长发齐刘海的女孩，她正在努力地干着她应该干的事情，这件事原本叫做学习。

不知道这件事情持续了多长时间之后，爸爸回来了。

“吃饭了吗？”他一进门便奔夏漫的卧室来了。

“不饿。”夏漫是这么回答的。

“学习费脑子，不吃饭怎么行啊。”爸爸说着便从客厅拎进来一个塑料袋“就知道你肯定又没在学校吃饭，给你带了点吃的回来，快趁热吃吧。”

“不饿。”她一直没看爸爸。

“这么晚了能不饿吗？”饭放到了她的书桌上。

“不吃，拿走，我学习呢。”

爸爸似乎有点不高兴了，瞪大了眼睛：“你这孩子怎么回事啊！给你买回来你都不吃!你还懂不懂事……”

“你有你的自由，以后没必要跟我编些没用的借口。”夏漫静静地抬头看着爸爸。“你们单位有什么事啊？”

历史课总是这么无聊，即使老师多么敬业地自我陶醉，战士们依然是这样认为的。他们的行动说明了一切。夏漫并没有什么困意，无聊地在本子上抄着歌词。这是一首她很不喜欢的旋律，但歌词很好。旁边的郁木在看着她，似乎想要和他说话的样子，但很快便又收回了想法。她并没理会，继续抄着歌词。

下课铃终于打了，二八铁驴提醒她今天轮到她了。擦完黑板后，她便去了书报亭。

今天来买书的学生比平时要多，是各种杂志到新刊的日子。夏漫在各种花花绿绿的书皮中寻找着《我爱摇》的身影，但始终都没有找到。她问了问卖书的人，那人告诉他学校不卖那种书。她有点没听明白，心里琢磨着那种书是哪种书啊？又不反动，又不黄色，怎么就成了“那种书”了呢！

她有点失落，当她看见向雯的那双大眼睛时似乎才得到了些缓解。她就站在她的不远处，旁边还有她的同桌。她小声的叫了一声向雯，两个脑袋同时向这边扭了过来。夏漫始终都觉得向雯的同桌是一个挺卡通的人，长得有点像小时候看过的动画片里的某个人物，只是现在想不起来了。不过他夏天时候总会穿一件印着格瓦拉的 T 恤，这似乎有点影响卡通的质感了。他在班里挺活跃，好像跟谁都能玩到一块。总体感觉是个挺好相处的人。夏漫和他并不熟，只是跟向雯说话的间隙和他互相交换了一个客气的微笑。

“中午放学回家吗？”向雯抱着一本娱乐杂志问她。

“不想回。”

“我也不想回了，一块去食堂吃饭吧。”

“嗯，好。”她爽快地答应了。

温暖的阳光透过略带油腻的玻璃照耀着这里的每一个人，炒菜声和喧闹声把这里的气氛渲染得淋漓尽致。穿过一堆堆穿着校服的身体，夏漫和向雯在一个个窗口前走走停停。

“没什么想吃的。”向雯说。

“我也是。”夏漫表示了同感。

“那怎么办？”

夏漫看了看向雯：“我带你去个地方吧。”

半个小时后她们来这里，正午的阳光使她们吃东西的速度都加快了。

“好吃吗？”

“嗯，好吃。”向雯笑得很甜，抬手看了看表。“咱们得走了。”

从后门的窗户望进去，地理老师正在黑板上写写画画，她们迟到了。

轻轻地推开后门，她们在老师面冲黑板的时候，猫着腰潜伏了进去，各自回到了自己的座位上。

因为刚才跑得太猛了，夏漫坐在座位上调整着自己的呼吸，用纸巾擦了擦脖子上的汗。远处的向雯冲她打着胜利的手势，她也回复了一个胜利的手势。掏出地理书，她准备进入状态了。在此之前，她首先想要调整好自己的情绪，音乐能够帮助她达到这个目的，这是她多年总结出来的学习经验。

翻遍了桌斗、书包和书桌上的各个角落缝隙，她发现自己的 MP3 找不到了。她有些莫名其妙，努力地回忆着自己把它放到了哪里。这种焦虑并没有持续多长时间，在某个瞬间她看到自己的那副耳机就戴在旁边的那个男生耳朵里。此时他在睡觉。

她不知道冒昧地把他叫醒到底好不好，但她的确看到了自己的 MP3 已经停止播放并自动关机了。她并不想打扰了他的美梦，但是自己却又渴望从音乐中得到缓解，夏漫安静地看着熟睡中的男生，外表静寂内心却犹豫不定着。

“犹豫什么，要回来就是了。”心里这样想着，她轻轻碰了一下男生的肩膀。

她没想到他的反应竟会那么大，噌地一声坐了起来。满头大汗地环视着四周，好像是受到了什么惊吓似的。

她有点始料不及，声音也变得有点茫然了：“怎么了？吓着你了？”

“没，没有。做了个梦。”他边擦汗边把眼神落向了她。

礼貌地要回了 MP3，随后便听到了他问自己的名字。“那么长时间了我还不知道你叫什么呢？”

她说她叫夏漫，他说他叫郁木。一问一答就这样顺利的完成了。

之后他们又聊了点乱七八糟的东西。这是他们第一次聊天。虽然短暂，但从此以后他们彼此就不会只像两个陌生人了。

戴上耳机，夏漫按了一下 PLAY。

老鹰抱着一摞卷子走进了教室，班里的气氛顿时沉寂了很多。

“前几天的考试，我们班总的来说还是不错的，但是暴露的问题还是很多的。之所以暴露这些问题，关键还是听课的态度，我一再强调在我的课上唯一的要求就是每一秒钟都要跟着我的思路走，可是呢？不过这些问题中也有我的责任，我会在以后的课上……一会就把卷子给大家发下去，发卷子之前我要宣布一下这次考试前5名的同学，第一名……"

夏漫对老鹰的这一举动并不感兴趣，甚至觉得有点老土。都高四了，谁还会因为没得到小红花而难过呢？她轻轻用手托着下巴，等着发卷子的同学像邮递员那样招呼着她的名字把卷子送来。很快她便听到了自己的名字，不过，那是从老鹰嘴里念出来的。

"第5名夏漫。"

这是个让她感到意外的结果，因为她并不认为自己能做对多少，甚至大多数的题是自己搞不清的。满满的一篇卷子全都是从那些英文歌词里提炼出来的结果。她也说不清到底是那些歌词打动了老鹰，还是摇滚的神力降临到了自己身上。总之这样的结果是她万万没有想到的。

她也许从此会更加爱上摇滚，因为她已经感受到了它的神圣的力量。

她也许会从此开始讨厌摇滚，因为它让她感到了一种未知的困惑和一种难以捉摸的恐惧。

片刻后，她能感觉到郁木在看她，她送去目光时，他却收回了目光。

下课铃刚打，向雯就兴匆匆地跑了过来。"原来你英语那么好啊，我之前一直不知道。"

夏漫不知道该说点什么，茫然地回应了一句："我之前也不知道。"

"哎哟，还挺谦虚。"

"真的是个意外。"

"少来,考得那么好,得请我吃东西吧。"向雯笑着拉起了坐在座位上的夏漫。

在这个时间炸鸡柳的小摊前总是人头攒动地，一条条带着冰凌的鸡柳被放进了油锅里，在欢快的油泡中渐渐变成金黄色。

"这就叫镀金吧？"向雯问夏漫。

"不知道。"夏漫的回答很简单，静静的看着油锅里的鸡柳。

“呵呵，你说鸡柳痛苦吗？”

“不知道。”

“你说它们快乐吗？”

“不知道。”

“是不是镀金都要下油锅呢？”

“应该是吧。”

校门口的便道边上，两个人手捧着刚出锅的鸡柳，拿着竹签边吃边随意地看着来来往往、停停走走的人群。这里绝大多数都是些应届班的学生们，有结党结派的哥们儿们，有三五成群的姐妹们，还有卿卿我我的情侣们。他们的行踪遍布在校门附近的每一个商业场所，包括小卖部、礼品店、麻辣串，炸鸡柳等等等等……在这些人中她们看到了三个熟悉的面孔，他们正坐在小卖部门口喝着饮料，似乎并没有看到站在不远处的她们。

“他们三个现在挺熟的啊。”向雯看着远处的三人。

“一直都是吧。”夏漫随声附和着。

“小游和林丹旁边的那个男生叫什么啊？”

“郁木。”

“他坐你旁边吧？”

“嗯。”

“他是不是不太爱说话啊？”

“有点，不过也还好吧。”

“他给人的感觉有点像电影里的人。”

“谁啊？”

“说不上来。”

她们的对过蹲着两个抽烟的学生，离校门很近，欢快地制造着烟雾。这种状态并没有持续多久，很快便被迫中断了下来。造成这一局面的人是老激。夏漫和向雯津津有味地观看着这一场景:

老激威严地站到了两个男生面前，他们抬头看了看老激。

“把烟给我扔了！”老激暴怒道。

他们被此一惊，慌乱地掐灭了手里的烟。

“你们知道你们来复读是干什么的吗？”老激的脸严肃得很。

两人惊慌地站了起来，其中的一个男生想说点什么“老师我们……”

“别解释，你们这个样子还像个学生吗？你们要知道自己和那些混日子的学生是不一样的，家长花钱让你们复读，就是想让你们再努力一年，考个好大学。”

“老师我们……”另外一个男生也想要说点什么，但随即又被老激打断了。

“明天早晨8点到我办公室报到。”老激的脸始终那么严肃。“你们是复读几班的？”

“我们不是复读班的。”

“不是复读班的？那为什么不穿校服。”老激顿时整了整衣领。

“我们不是这个学校，我们是来等人的。”两个男生的语气有些钝涩，似乎是被老激的一顿训斥吓蒙了。

“哦，这个，不是我们学校的啊！那也不能在学校门口抽烟啊！这给我们学校带来多么不好的社会影响啊……”老激的神色有些尴尬，但很快地便转移到下一话题，一本正经地为他之前的暴怒打着圆场。

老激离开的时候，夏漫和向雯也吃完了她们手里的鸡柳。看着那两个似乎还没缓过神来的外校男生，略带同情地走进了校门。

这样的天气，在最近的一段时间显得尤为使人精神愉悦，阳光一扫连日阴霾，像强心剂一样注入每个人体内。

上数学课的时候她收到了张洁发来的短信，她说中午放学来找她玩，让她在学校门口等她。这使夏漫有些茫然，她以为那天她只是说说而已。

下课铃一打，小游便走了过来，手里拿着英语书坐到了夏漫旁边。他是来向夏漫请教问题的。这着实让夏漫有些尴尬。

“我有几道题不会，向雯让我问你。”小游的态度很谦逊。

“我？我也未必会。”她有点不知所措。在她的印象中小游一直属于那种努力学习的学生，成绩也不错，应该在－10班的很多人之上。他来找自己问问题，十有八九自己也是不会的。

“别谦虚了，向雯说你英语特好。”小游的表情还是充满了期待。

夏漫有点没辙了。“那我看看吧，哪个啊？”

“这个。”小游用手指着。

夏漫认真地看了几遍。“不会。”

这让小游有点失望。“那这个呢？”

“这个好像应该是……”夏漫翻着参考书查找着，神情有点力不从心了。

“哪个不会啊？”二八铁驴在后面拍了小游一把。“来来来，我给你讲。”

看着二八铁驴把小游拉向了远处，她终于解脱了。

放学的人群中，她站在校门口喝着酸奶。眼睛不时地朝四周瞟着，不久张洁的身影便出现在她的视线里。她用安静的微笑向她打着招呼，看着她从人群中走过来，身边还跟着一个似乎面熟的男生。

“怎么想起今天找我玩了？”是夏漫先打招呼的。

“想你了呗，前些日子不是说找你玩吗？”张洁笑得挺灿烂。

“嗯，嗯。”夏漫冲张洁微笑着点了点头，又看了看站在他旁边的那个似乎面熟的男生。

“嗨，我是大卡，还记得吗？上次演出的时候咱们见过。”那个男生对她打了个招呼。

“没吃饭呢吧？”张洁问她。

“没。”

在张洁的建议下，三人去了附近的一家麦当劳。

大卡在远处柜台前排着队。她和张洁找了一个靠窗户的位置坐了下来。

“你怎么把他也带过来了。”夏漫有点不解。

“路上碰见的，路上碰见的。反正你们也见过面，就一起过来了，大家一起玩呗。你不介意吧！”

“哦，不会。”她生涩地冲她笑了一下。

大卡吃力地端着三托盘吃的蹒跚着走过来，坐到了夏漫的对面。

三个人没有主题地闲聊着，大卡好像有说不完的话，眉飞色舞的神侃着他们乐队的种种事迹，什么去过哪哪哪演出啊，和哪个大歌星同台过啊，最高一次出场费是多少啊，张洁听得很投入，而夏漫似乎对这些事情并不太感冒。“你们为什么要退学搞乐队啊？”她问了大卡一个她感点兴趣的问题。之后大卡便兴致勃勃地讲起了他们乐队一步一步走来的血泪史。这让夏漫多少对他们产生了些敬仰之情，为他们的理想，也为他们的勇气。

张洁中途接了个电话，说她要出去一下，之后便匆匆离去。把她和大卡留在了里面。剩下的两人有一搭没一搭的聊着一些关于乐队和摇滚的话题。直到快上课的时候张洁才回来，她满脸歉意地跟夏漫解释着刚才的经过。夏漫也连声说了几个没什么。

“我快上课了。”夏漫看了看手表。

“哦，那咱们走吧，下次有时间再一块玩。”张洁笑嘻嘻的说。

夏漫冲她皱了下眉头，之后便也跟着笑了笑。

“夏漫，我送你回去吧。”大卡说完，便拦了一辆出租车。

自从那天之后，她和郁木的话渐渐多了起来。所谓的多，无非也只是达到了作为“同桌”的基本水平，说说话，聊聊天，互相抄一下笔记和作业之类的。较之和别人这已经可以算作多了。

向雯愈发成为了她在这个班最好的朋友，她开朗的性格和可爱的笑容好像天生就拥有极好的人缘和亲和力。由于小游的关系，向雯渐渐地也和郁木、丹哥他们混熟了……旁边的郁木还是那个样子，虽然话不多，但也并不属于曲高和寡的那一类，身边的哥们也渐渐多了起来……夏漫一直觉得自己是-10班最后进来的战士，不过最近这种想法被改变了。

就在二八铁驴转到-1 班的那天，他们班也转来了新人，一个长头发的男生。他是从对面的-1 班转过来的。这个男生似乎和小游比较熟识，刚来的几天成天和小游厮混在一起。可能因为小游的关系，最近他也渐渐地和丹哥、郁木他们混熟了……

这些都是她不知不觉中觉察到的。她敏感的神经总是在大脑的深思熟虑之前总结出各种与自己有关或无关的事情。在老头看不见的角度翻开歌词本，她有一些想总结自己的冲动。今天阳光明媚，老头的课总是给人轻松舒适的感觉。

远远望去向雯正在和小游争抢着一本语文书……

PART B

（10） them

初冬的阳光总是给人带来安全感。温暖，惬意。像维尼熊的脸，胖胖的，软软的。

最近，也就是最近。大家的学习生活仿佛都进入了一个匀速爬坡的状态，生理学上叫什么不太清楚，总之不温不火、不急不躁。

从桑爷的家里出来后，外外接到了一个电话。叽里咕噜地说了一会后，便挂掉了。电话是佳佳打来的。

穿过喧嚣的闹市区又左拐右拐过几个弯后,来到了那条不宽但繁华的街道。今天他没上晚自习，和老头说要去练画，艺术生似乎总是有这样的特权。

从出租车上下来，的哥给他打开了后备箱。抱着一大捆画，外外走进了一间位于一家酒吧和一个古董店中间的画廊。

“来啦。”佳佳边忙活边跟他打了个招呼。

店里面的画好像比他上次来少了一些，并不那么琳琅满目了，不过气氛还在。

“看看吧。”外外把手里的一大捆画堆到了桌子上。十指相插，活动了一下手腕。

昨天的电话里，佳佳说画廊的生意不错，但最近有些吃紧了。他的那些朋友、老师、同学什么的，最近都在因为各种各样的事情忙着，画也出得很慢，不能及时给他供货了，所以他才想起了外外。外外其实也知道，佳佳应该是对桑爷更感兴趣吧。

“这里面大部分是桑爷的，也有个别几张是我的，都是精挑细选之后拿过来的。”外外点了根烟，又给佳佳扔过去了一根。

佳佳把烟架到了耳朵上，边看外外拿来的画边笑着说：“于大画家的作品以后都是往卢浮宫里挂的，放这小破屋里太屈才了。我全当先帮卢浮宫保管着吧。”

两人骂着，笑着，无聊地抽着烟。偶尔进来人时，也会装出一副二手艺术家的样子。

隔着窗户向外望去，街上的人越来越多了，各色头发和面孔的男男女女穿梭其中，进进出出每一个他们想要进去和出来的地方。整条街被绚烂的霓虹包裹着，成功人士们的夜生活开始了。

隔壁酒吧里向外冒着 disco 舞曲，穿过佳佳的画廊，和古董店和谐地交融着，一尊弥勒佛像似乎笑得心花怒放。

“太晚了，得走了。”外外说着，站起了身子。

“行，我一会也该关门了。”佳佳起身送他。“画的钱咱们回头再算。”

绚烂的人群中多了外外的身影，蓝色的夹克在五光十色的彩灯中仿佛变了颜色，他的脸也被灯打成了大红色。

小游打来第一遍电话的时候，郁木没有听见。10 分钟之后的第二遍，他才睡眼蒙眬地接通了电话。小游问他干什么呢，他说睡午觉呢，小游告诉他晚上的时间和地点，嘱咐了几句别迟到了之后就挂掉了电话。

醒来的时候已经下午 5 点了。没有其他醒盹的方式，抽了根烟，洗了个澡，他便出门了。

礼品店里摆放着各种各样稀奇古怪的东西，一时间还真挑花了眼。不过仔细看看似乎还真没有什么合适的东西。他问售货员今天是什么星座，售货员想了想告诉他是射手座。hellokitty 和火影忍者显然太不适合那个人，现在的礼品店好像更像是玩具店。置身于一堆花花绿绿之中郁木觉得这是个让人头疼的事。柜台对面的墙上挂着一个硕大的蜘蛛侠，威猛潇洒，摆着电影里的 poss。不知道是谁还别出心裁地在他的手里加了一个武器。这着实引起了郁木的兴致，呆呆地看着这个挂在墙上的英雄，他把手指向了它。“这个多少钱？”

这里是家饭店。二楼，拐过几个弯的地方是一个包间。此时他们都在里面。刚推开门郁木便被罚了一杯，原因是他来晚了。桌子很大，已经上了几道凉菜了，周围坐满了人。在这一众人中还有夏漫。她是被向雯叫来的，置身于喧闹之中静静地坐着。时不时也会和旁边的向雯说几句悄悄话，彼此愉快地笑起来。

小游是今天的寿星，此刻他坐在丹哥和外外中间。兴致勃勃地和前来祝寿的人们东扯西扯着。

生日蛋糕被隆重地端了上来，生日歌的环节也是必不可少的。许完愿就是切蛋糕了，小游笨手笨脚地发完了那块不小的蛋糕。每个人都得到了香甜。刀子是兵器，上面沾满的尽是奶油。这与沾满鲜血不同，毫无血腥，香甜异常。如果战士们每天都能拿着这样的兵器冲向战场，那又该是何等幸福。

最后一块给了自己，放下沾满奶油的刀子，小游要说点什么了。

“赶紧吧，赶紧。”他满面春光的看着桌上的人们。

向雯是第一个给他礼物的，递过去的塑料带里装着一条某个品牌的新款腰带，帆布的那种。这使小游顿时笑得像花一样，当场就系上了。

丹哥的礼物是一张大面值的“圣痕”点卡，背面还用草书写着：“好好练级，天天向上。福如东海，寿比南山。”小游用了好一会才辨别出来他写的这几个字。

纳纳扔过来了个篮球，上面号称有他的签名，说等以后他进了 NBA，让小游拿着这个球到索斯比拍卖。

旁边的外外看着小游做含泪状。并缓缓地从包里掏出了一本崭新的语文书，连同发票放到了小游手里。两人对视无语，深情拥抱。很快便都互相笑喷了。

在夏漫之后，最后拿出礼物的是郁木。这是一个用报纸裹着的家伙，郁木把它轻轻地放到了桌子上。全桌人的目光都聚集了过来，以小游的最为期待。纸包一点一点被郁木打开它，很快小游的视线里出现了一个做工精良、野性十足的弹弓子。小游看了看弹弓子又看了看郁木，脑子一时间有点短路。

“带劲吧！”郁木笑得很开怀。

“带劲。”小游点了点头。“不过，给我这个干什么？”

“比划比划吧！”郁木坏笑着冲他使了使眼色。

“比划什么？”他有点不解。

郁木看了看桌子上的弹弓子又看了看小游。“你不是射手座的吗！”

全场顿时哄堂大笑，气氛又回到了之前的活跃。话题不知不觉转移到了外外身上。

“你为什么要转过来啊，－1 班多好啊。”丹哥满嘴冒油地边吃边问。

“没为什么，就是想转呗。”外外喝了口酒，刻意地没有看丹哥。

“是觉得老头好欺负吧？”向雯在对面插了一句。

她的话很快便得到了外外的肯定。“嗯，对对对。”外外举起酒杯和向雯干了一杯，似乎是要感谢她无意中的解围，也是感谢她在过去的一段时间里曾热情地为他翻找小游的书。

“二八铁驴怎么转到对面去了？”小游摆弄弹弓子的时候顺便问了一句。

“咱们班满人了，不然进不来！”纳纳总是心直口快。这让外外有了片刻的不自在和内疚感。不过大家却都自然地接受着，聊着，笑着。

“那为什么是二八铁驴，不是别人？”郁木也加入了话题。

“不知道，谁知道老头怎么想的。”

“我看是老激弄的吧！”

“你知道什么啊！我听说是－1 班的班主任点名要二八铁驴。”丹哥又倒了一杯酒。

“……”

饭桌上开始了集体性的讨论，每个人都各抒己见着，一直活跃的外外此时却一言不发了。喧闹中他似乎比谁知道的都多，但又似乎别谁知道的都少。没有人问他什么，也许他们认为他也不会知道太多，还也许是别的，他感觉他们越来越像朋友了。

旁边的向雯兴致勃勃地和外外天南地北着，还不时会举杯痛饮。夏漫让她少喝点，自己却不断地拿起酒杯。她从没想过自己会如此从容地置身于这样的气氛之中，况且和他们只是刚刚熟识。但事实仍是这样继续着。眼前的男生们依然兴致勃勃地聊着他们感兴趣的东西，他们的举止有时成熟得像一帮大人，有时又天真得像一帮小孩。也许大人和小孩之间的距离只相隔一天、一小时、一分钟或者一秒钟，刹那间方可完成华丽的过渡。但这一刹那又藏身于何处呢？

小游睁开眼的时候，天还没亮。摸着黑看了看表，刚刚5点。

去了趟厕所之后，他又躺回了床上。天空是暗蓝色的黑，翻来覆去了几个姿势后，他始终没有再睡着。床头上放着不知道谁给他脱下来的衣服，肥大的裤子上还系着向雯刚刚送他的腰带。

饿了，出奇的饿。这是他此刻最直观的感觉。

面包和牛奶是有的。这毕竟是一个全力备战的高考家庭。打开厨房的灯，他提前了早餐的时间。

"饿了吧。"是妈妈过来了。

"我把您吵醒了吧。"他大口地往嘴里塞着面包。"对了，我怎么回来的？"

"几个同学把你送回来的。过生日妈妈就不说什么了，以后在外边少喝酒。"

"嗯，知道了。"小游狼吞虎咽地点了点头。

"牛奶热了吗？"妈妈摸了摸小游倒在杯子里的奶之后，放进了微波炉。

"不用了，没事。"

"什么没事。昨天晚上一回来就吐了一地。"

"哦，我说怎么那么饿呢？"小游不好意思地笑了笑，接过了妈妈递来的热奶。

虽然面包看上去更像主食，但沾过冒着热气的牛奶后很快的就绵软了。有的时候主次之间的关系仿佛就只体现于表象的层面上，不必更加透彻、深入，似乎就已经足够了。面包再软也比牛奶坚硬，它总是习惯于威严地屹立着，能迅速地使人达到充饥的目的。牛奶则不能，但二者相遇时面包却体现出了它的外强中干。高一时，生物老师曾经列过一张关于人体所需营养的表格。在记忆中牛奶应该比面包对人体更加有帮助，但它却似乎永远也不能成为主食。我们的课本也是这样。

一顿早餐的时间，被小游的胡思乱想拉长到了一个可观的长度。天已经亮了。

“昨天有一个同学让你早晨起来给他打电话。”妈妈打断了他深刻的思想。

“谁啊？”

“叫林丹。”

擦了擦手小游拨通了丹哥的电话。平静，疑惑，惭愧，感谢。小游的情绪与时俱进着。在不好意思的笑了又笑之后挂掉了电话。

“你们班还有年龄那么大的同学啊？”妈妈的表情有些困顿。

每周的第一天是没有完整的早自习的，打过第一遍铃，战士们便陆续奔赴小广场了。

早上在电话里丹哥已经陈述过他的冤屈了，不过刚才郁木对小游讲的更为详细：

昨天饭还没吃完你就趴桌子上了，开始谁也没理会，后来买单的时候怎么叫你也叫不醒。大家都傻眼了。女服务员真专业，一个劲冲着丹哥微笑，好像他应该站出来解决问题似的。我们也不知道为什么，可能是看他像大款吧。事已至此，丹哥二话没说就开始掏钱。我们本来想和他一块掏，可他一个劲说不用，大老板的劲摆得那叫一个足。给钱的时候我看他眼泪儿都快出来了，那能去多少次网吧啊！他是不是晚上回去偷着给你打电话要钱来着……

站队的时候小游插到了丹哥前面，奏完国歌之后，他便开始致歉了。

“昨天花了多少啊？”他扭着脖子问丹哥。

“300 多。”丹哥的脸上写满了无辜。

“一会就给你。”他笑呵呵地看着一脸无辜的丹哥。

校长在上面兴师动众地讲着些无聊的小事，底下的人们听的兴致并不高。交头接耳地进行着各自的话题。校长似乎对此颇为不满，几次停下来整顿纪律。不过这似乎并没影响小游和丹哥的兴致。

“你说你昨天是不是装的？”丹哥踹了他屁股一脚。

“放屁，我真喝多了。后来什么都不知道了。”他把头侧向 90 度，用余光看着丹哥。

“我们叫你半天，你不知道？”

“不知道。”

“谁买的单知道吗？”

“不知道。”

“那谁送你回家的你知道吗？

“不知道，谁啊？”

“郁木和纳纳。听纳纳说还挺费劲的。幸亏是两个人，一个人都弄不动你。”

“靠，那你怎么不送我呢？”

“我不是去送夏漫了吗。那么晚了一个女生自己回家多不安全啊！”丹哥的脸上挂出了一丝与他衣着不符的羞涩。

“那外外呢？”

“他送向雯去了。”

校长又中止了讲话，这已经是第N次了。“复读10班的那两个，别看了就是你们……”

一下午的课就这样平平淡淡地结束了，郁木无聊地在座位上坐着。丹哥和小游又去清扫花坛了，这是他们被罚一周的最后一天，明天他们就又可以和他一起去吃饭了。

教室里稀稀拉拉地坐着些没有去吃饭的人，废寝忘食地钻研着书本。“身体是革命的本钱，饭都不吃就这么钻研，累垮了身体那不就成‘反革命’了吗？”郁木心里想着这么深刻的问题，连他自己都有点崇拜自己了。不过很快便意识到自己也还没有吃饭呢。

是吃饭还是不吃，这是个问题。此刻郁木就被这样复杂的事情困扰着，他一时间还真想不出食堂里有什么能挑起他食欲的东西，他一点也不觉得饿。那他的脑细胞又怎么补充呢？这的确是一个考生需要思考的问题。这个中午他又不想回去了。

夏漫从后门进来的时候，眼前的郁木还在思考。她把擦过手的纸巾扔进了垃圾袋里，坐到了自己的座位上。扭头看了看旁边的郁木：“没回去啊？”

“没有，你干什么去了？”郁木看着她的手和脸。

“向雯有点事，我去给她帮了个忙。”她的脸上带出了些微诡异的笑容。

“需要我帮忙吗？”郁木随口问了一句。

“没事了。”她也随口答了一句。

“你吃饭了吗？”郁木好像问得挺认真。

“还没呢。”她回答得也挺认真。

“一块去吗？”

“走吧。”

学校门口的小饭馆里他们要了一盘宫爆鸡丁和一盘蒜蓉空心菜。菜很便宜，比食堂也贵不了多少。里面坐着的都是些孩子们，偶尔也会搀杂些社会人等。“食堂的饭太难吃了。”郁木边吃边发着牢骚。“已经不错了，你就知足吧。”夏漫现在说话的样子已经和最初时有了明显的变化，至少郁木是这样觉得的。她不再给人那么难以接近的感觉了。“我原来高中的食堂，那才叫一个惨呢……”她还在说着。这让郁木对她产生了新的认识，原来夏漫也是可以说那么多个字的。

“你去年考了多少分啊？”郁木问了点官方的问题。

“430。”夏漫说。

“那还复读什么啊？”他有点不能理解。

“我不想上。”

“为什么？”

“我想去外地上学，最好去南方。这个分出不去。”

“咱们这里不挺好吗，干吗非要去外地？”

“没什么，你别问了。”夏漫往嘴里夹了口菜。

“哦，那你怎么开学半个月了才来啊。”

“之前不想上大学了。”

“那你想干什么啊？”

“还没想好呢？就来到这了。”

“哦。”郁木点了根烟。

“你考了多少分？”夏漫也问了郁木一句。

“312 或者 313。”郁木说。

“那你今年能考多少分啊？”

“谁知道呢，考多少算多少吧。”

手机响了，是郁木表弟发来的短信。他皱了皱眉头，匆忙地结了账。

“下午帮我跟老头请个假吧。”他用力地嘬完了最后一口，把烟头远远地弹了一个弧线。

“不来了？”夏漫安静地看着他。

“有点事。”

向雯的电话是外外那天送她回家时互相留下的，她是个活泼开朗的女孩。

他们之间并没有通过几次电话，偶尔的几次也是与小游或郁木他们有关的，诸如向雯会向他问小游的新电话号码之类。今天是其中的一次。

其实那天送向雯回家似乎只是个意外。一桌人中只有郁木见过小游的妈妈，加之小游已经喝得不省人事了，所以只有纳纳帮忙才能挑战他的体重。因此他们俩去送小游了。相对于夏漫来说他和向雯更熟一些，所以送向雯便成了他的任务。更何况丹哥已经自告奋勇地预定了夏漫。事实就是这样。

“有空吗？帮我个忙吧。”向雯此时打来了电话。

“怎么了？”接电话时外外正走在回家的路上。

“我车子坏了，小游他们都回家了，想让你帮我修一下。方便吗？”向雯气喘吁吁地说。

“哦，好的。你现在在哪呢？”说着便调转了车头。

“就在车棚门口。”

“好，那你等会，我马上回去。”挂掉电话风驰电掣地原路返回了。

外外回到车棚门口的时候，向雯一个人孤单地蹲在那里。像是只受伤的小鸟，脸上全然没有了往日的笑容。只是静静地蹲在那里，旁边躺着一辆瘫痪了的自行车。这使外外莫名地产生了一种说不出的感觉，或许是怜爱，又或许不是。

“哪坏了？”他擦了擦头上的汗，摘下了冒着热气的围脖。

“链子掉了。”向雯看到他，立马站了起来。

“就这点毛病啊！”

“嗯，弄了半天也弄不上。”

脱掉厚重的外套，递给了旁边的向雯，外外开始干活了。向雯则站在旁边挂着笑脸看着他。

没用多少功夫就搞定了。外外蹬了一下脚蹬子，后轮沙沙地转了起来。“行了”他架着两只黑手对向雯说。向雯给他擦了擦脑门上的汗，又递给他一张纸巾让他擦擦手，随口说了一句“谢谢”。外外低头擦干净了自己的手“客气什么。”

“还没吃饭呢吧？”向雯问他。

“你说呢？刚骑半截就让你叫回来了。”

“呵呵，那好吧。为了感谢你给我修车子，我请你吃东西。”向雯皱着眉头说。

“好。”

梧桐树上的叶子已经所剩无几了，枯黄地站在树枝上，无奈的几片不时随风飘落着。光秃秃的树干依旧挺拔，整齐地排列在大街上。冬天来了，气氛也变得隐喻了。一切生机似乎都转移到了地下，暗自滋长着。

外外和向雯也来到了一家小屋里，隔着窗户两辆自行车紧贴着站在窗外。

“好吃吗？”向雯笑眯眯地问外外。

“嗯，好吃。”外外咬了口蛋糕，把搭拉在眼前的头发往旁边拨了拨，像是怕被粘上奶油。

“嘻嘻，我觉得也是。”向雯边说边尝了一口外外点的。

“你经常来啊？”外外问。

“就来过几次，不过觉得这里的东西很好吃。第一次是夏漫带我来的。她说她原来经常和好朋友逃课来这……”

向雯天生就是个当播音员的料，说起话来总是滔滔不绝，这使外外很快便打消了害怕没有话题的担心，津津有味地听着向雯说东说西。偶尔自己也会插上几句。

“快上课了吧？”这是外外插得最有分量的一句话。

“嗯，走吧。”

窗外的两辆自行车被迫结束了紧贴在一起的状态，在他们两人的指使下朝学校的方向开动了。

“怎么回事啊？”

“其实也没什么大不了的，一点小事。”

“那你还叫我干嘛？”

“你不是跟他认识吗，说说也就没事了。”

学校门口的马路边上，几个人不声不响地蹲在那里。中间的是郁木，旁边是他表弟，周围的几个是他表弟的同学。郁木手里的汽水喝到一半便放到了地上，似乎无心享受汽水的惬意。其他人还在面无表情地嘬着吸管。

“你他妈说得倒挺轻松，你把人家怎么了？”

“没怎么，就踹了几脚。是他先找事的。”

“以后别老惹事了，好好学习吧，下一次我可不管你了。”

“嗯。”

又回到了原来的高中，那种感觉既熟悉又陌生。去年夏天离开的时候，这里还是郁郁葱葱，阳光明媚。而时隔几个月之后再次回来却是如此阴冷、枯黄。其实什么也没有变，过去熟悉的每个角落现在看上去依旧如此亲切。也许变化的只是心情吧。从校门外向内望去，一眼便看到了曾经的教室，它还是静静地蹲在一楼。隔着窗户，里面人头攒动，追逐打闹着。这样的课间像极了原来景象，但里面的人已经替换成了新的一群。教室外的窗下有棵树，班主任曾经在这棵树下笑着对他说：“你行的，别让我失望。”这句话的确有点俗，一点没有那些青春小说中的委婉惆怅，但他却始终记着那天的场景和那天的他们。他觉得她是个好老师，也是个好人。并不是因为那句话，而是因为高中3年她和他们那帮人所有相处的瞬间。离开学校后他曾想去看她，但又不知自己现在的状况是否属于让她失望的那种。视线继续漫无目的地游离着，传达室里那个爱抽红塔山的老大爷正悠闲地看着报纸，不知道现在还有没有像他们那么善解人意的青年经常给他送烟了。放学时的场面还和原来一样，走路的，骑车的，形单影只的，成群结队的。校门外永远是那么活跃，那么热闹。所有的一切都和他走之前如出一辙，此刻就是这样。

“过来了。”表弟的语气有些紧张，用眼神向他偷偷地指着方向。

“看见了。”郁木的声音很平静，较之夏漫的那种又似乎多了几分霸气。

远处过来了几个人，从校门里向外走着。有歪七扭八穿着校服的，也有干脆根本没穿的。他们大多十六七岁的样子，走在中间的那个叫斌子，郁木上高三时他上高二。他是这群人中郁木唯一认识的。郁木原来高中时的几场群架中，他多多少少似乎也参与过，和郁木他们有过几次饭桌上的交情而已，在当时便被看作是个后起之秀。

斌子旁边的人在郁木看来显然都是些小孩，跟着斌子一点点地向他们走来。郁木作出了微笑的表情，眼睛直直地看着斌子。斌子也用同样的眼神看着他。距离越走越近。

斌子他们走到眼前时，表弟和他的几个同学都齐刷刷地站了起来，只有郁木还独自蹲在原地。他抬头挑着眼睛看着斌子和他身边的几个人，从烟盒里抽出了一根烟叼在嘴里，缓慢地掏出打火机，点燃。又掏出一根递向了斌子。

“以前都是我给木哥递烟，今天真是受宠若惊了。”斌子接过烟笑模笑样地点上了。

“这叫薪火相承。”郁木仰着头看着他。

“木哥上了大学就是不一样了，都说出来那么深的词了。解释解释什么意思啊。”

“没什么意思。给你点根烟，让你好好学习，天天向上。”郁木弹了弹烟灰。

“哎哟，那这根烟可太珍贵了。不过你看我这长相像能好好学习的吗？”斌子笑着拍了拍自己的脸。

“长相是爹妈给的，学习不是你自己学的吗。”郁木把视线移开了斌子的脸，看了一眼旁边的表弟。“介绍一下，这是我表弟，高一（4）班的。”

斌子旁边的几个小孩，似乎有点憋不住了，眼睛直勾勾地瞪着郁木的表弟，以其中一个卷毛最为强烈。

“说说吧，怎么回事啊？”郁木用力地抽了一口。

斌子看了看郁木又看了看身边的小兄弟。“你表弟把我弟打了，我过来问问。”

"是吗，怎么打的啊？"

"摁在地上又打又踹了十几分钟。"那个卷毛的小子大声喊着。

"你放屁，就踹了几脚，用得着说得那么夸张吗！"表弟的情绪也激烈了起来。

郁木使劲地拍了一下表弟的脑袋，冲那小孩笑了笑。"你说你一个大小伙子让人家摁在地上打了十分钟，还喊那么大声。很光荣是吗？"

那小子似乎有点挂不住脸了。"他们一帮人打我一个，我当然打不过他们了。"

这个过程中斌子始终保持着沉默，在人群中抽着烟。

郁木终于站起了身子。"怎么说打人都是不对的。我替我表弟给你道个歉，对不起。"

表弟没有说话，把眼睛瞟向了别处。

"斌子，小孩打架，没什么大不了的事。这不都解决了嘛。"郁木拍了拍斌子的胸口，给了表弟和他几个同学一个眼色"走吧。"转身就走。

"等会。"斌子叫住了他。"这么快就解决了？"

郁木转过身，看了看斌子，目光中透露出了几许凝重，缓慢地走了回去。语气沉沉的问："那你想怎么解决啊？"

斌子还是保持着笑容，但似乎比刚才更加锋利了。"我不是不给你面子，那你也得给我点面子吧！"他指了指旁边那个卷毛："他被打了十几分钟，我现在让他在这扇你表弟一巴掌不过分吧？"

郁木把手里的烟头弹到了斌子脚底下，用力地用脚碾了碾。笑着说："不太好吧！太伤和气了。"

"那你表弟打我弟就白打了？"

"不都说了吗，小孩打架用不着那么认真。"郁木边说边从旁边男生手里拿过一瓶汽水，喝了几口。

"郁木，我他妈够给你面子的了！"斌子逢场作戏的笑脸已经消耗一空了，此时他的表情已经完全一副校园小混混的样子了。

"你都高三了，不好好复习考大学，怎么还天天这副德性啊！"郁木冲他不冷不热地笑了笑。

“你现在已经不在这个学校了，你以为你是谁啊？”斌子的语气越来越冲了。“今天要不扇这巴掌谁也别走。”他旁边的几个小孩也向前紧贴了几步，像是要堵住郁木他们去路一样。

表弟和他身边的几个男生有点紧张了，似乎不敢正面与斌子对视了，但仍不示弱地挺着胸膛，故作镇定。

“再混半年你就毕业了，要是让学校开除了多不值啊。听哥话好好学习吧。”郁木看着斌子的眼睛，目光犀利，停顿了片刻。扭头冲表弟说了一声“走”，推开挡路的那几个小子往人堆外面走去。

一只手从后面抓住了他的领子，猛地向后一拉，使他被迫退了几步。脖子也被领子的猛烈后扯而勒出一道红印，他顿时感到了一阵哽咽的痛，眼前也经历了刹那的昏眩。

“想这么就走？没门。”斌子拽着他的衣领，大声喊着。

“操你妈的！”郁木没等他的话说完举起手里的汽水瓶，咣当一声砸在了斌子脑袋上，顿时鲜血直流。

两拨人瞬间混乱了，如同一颗定时炸弹的引爆，顿时厮打在了一起。郁木扔掉了手里残留的半个被染红的汽水瓶，混战开始了。

学校门口围观的人越来越多了。在凌乱的拳头和腿中间，郁木看到了一个熟悉的身影静静地站在围观的人群之中，那是他原来的班主任。两人的视线穿过层层杂乱碰撞到了一起。郁木的身体还在厮打着，但他的心此刻却仿佛在燃烧。班主任还在远远地望着他，他想对她说点什么，但此时却又能说点什么呢？在郁木的神经短暂短路的瞬间一个拳头重重地打在他的脸上，他马上还过去了一脚。再次望去，班主任已经从人群中消失不见了。

有人报警了，远远地便听见了有警车的声音。群殴中人们似乎都有点紧张了，纷纷放下了原本的暴烈。表弟在混乱中截了一辆出租车，几个人迅速钻了进去，撤离战场。

车窗外面的景色是郁木再熟悉不过的了，过去三年他每天都会从这条路上上学和放学。早点铺，游戏厅，礼品店，和那个拉面摊，一切都在。学校门口现在该是什么样子呢？斌子他们肯定跑了吧！估计警察正蹲在路边分析那个支离破碎的汽水瓶子呢。传达室里的老大爷应该早已放下了手里的报纸，叼着一根红塔山驱散着拥堵在校门口的人们。班主任此时又在干什么呢？

旁边的表弟和他的几个同学喘着粗气，努力地抑制着自己慌张的情绪。从后视镜里他们不时地看着坐在前面的郁木。

“哥咱去哪啊？”

“不知道。”

（11）

郁木已经好几天没来学校了，大家都不知道他到底干什么去了。丹哥和小游给他打过电话，可始终是关机的。老头也是一头雾水，生怕他出了什么事，家长要是找到学校来那就麻烦了。由于郁木留在学校唯一的联系方式就是他的手机，所以老头也没辙了。

自从那天中午吃过饭之后，夏漫就再没看见过郁木。课间的时候旁边没有人睡觉，她一时间还真有点不适应了。今天下了入冬之后的第一场雪。课间的时候，战士们都兴奋地出去打雪仗了。夏漫没有出去，一个人趴在窗台上，静静地看着窗外盛大的场面。她似乎并不喜欢雪，也并不喜欢灰白色的冬天。

不远处是他们那伙人。一个雪球不偏不倚地砸到了向雯脑门上，她用胳膊擦了一把，愤愤地团起一个雪球朝外外反击过去。外外机敏地闪开，小游趁他不备把一个大雪球从后面灌进了他的脖梗里，他显然是来帮向雯忙的。三个人打得不亦乐乎。丹哥在一旁和几个别的班的女生打得火热，他愉快地躲闪着几个女生同时扔来的炮弹。不幸被击中时，也保持着高度的爽歪歪。脸上低俗的笑容像是在说“让暴风雪来得更猛烈些吧！”这不禁让旁观的夏漫也忍不住地发笑。其实这才是冬天的乐趣。

外面的雪还在下着。上课铃打响的时候战士们都雾气蒙蒙地回来了，教室里顿时成了湿乎乎的一片，从地面上到桌子上，到处可见雪与水的交融。

老头刚强调完打雪仗要注意安全后，黑板上便迅速贴上了大半个雪球。丹哥尴尬地吐了吐舌头，趴到了桌子上。那是他用来扔外外的。外外冲他做了个鄙视的手势，惹来全班哄堂大笑。

老头倒没有生气，也忍不住微微地笑了起来。语文课的气氛永远是安静又轻松，没人不给老头面子，也没人不会得到老头给的面子。相敬如宾，举案齐眉。

-1 班的教室里似乎出现了些混乱，几声争吵后，二八铁驴气冲冲地走出了教室。脚步飞快地闪出了夏漫的视线。夏漫觉得有些奇怪，因为在她的眼里二八铁驴永远都应该是受到老师庇护的好学生。难道在-1 班他还没有这个资格？或许现在的他需要的是神的庇护。

老头认真地分析着每一个现代的词在古代的用法。底下的战士们也在分析着这个词高考出现的几率。有谁会关心它的实质意义呢？很快，一天的课程便在这样的分析中结束了。

放学时，雪已经停了。阴暗的路面上被铺盖了一层白雪，一眼望去显得格外明亮。路灯闪烁着昏黄的光，和这层洁白的光亮比起来似乎有些微乎其微了。这更像是条通往天国的路，走在这条路上的人既是幸福的又是艰辛的，就连他们自己都不知道何时才是终点。能做的只是满怀虔诚地走下去。

和向雯是在那个路口分手的，她们每天都会在那里分手，然后各自回家。拐过弯，没多远就是夏漫家的小区了。上楼的时候她滑了一跤，一条裤腿被弄脏了。带着郁闷小心翼翼地掏出钥匙。刚一进门爸爸便迎了上来。“回来啦。”“嗯。”答应了一声她便钻进了自己的卧室。最近暖气给的很足，温暖的气息缓缓地解冻着她冻僵的脸。脱掉弄脏的裤子，她去洗澡了。

“裤子上是怎么弄的？”哗哗的水流声中混杂着爸爸的声音。

“地太滑，摔了一跤。”她闭着眼睛用水冲着头发。

“下次小心点，爸爸给你洗了。”

“不用了，我自己来吧。”

身体上涂满了泡沫，这是种柔软的感觉。泡沫成千上万聚集在一起是白色的，但当它们以个体身份出现时，却变成了透明。此刻就有一个吹了起来。夏漫面对这个漂浮在空中的透明球体，呆呆地看着。它很薄，表面浮挂着七彩的颜色，圆圆的身体显得饱满幸福，随着热气的升腾飘得更高。“这是多么美好的生活啊！”夏漫是这样想的，单纯地羡慕起了眼前的这个圆圆的家伙。它飘得很随意，似乎没有任何路线图和使命感，表情呈现出无限的轻松，身上的色彩还在斑斓地不停变幻着。她对它产生了好感，有了亲近它的欲望。当她用手指轻轻触碰它的时候，它却意外的爆炸了。这使她顿时产生了些微的内疚，认为是自己毁灭了它。但自己又怎么会有如此大的力量呢！这也许只是个巧合罢了。在它饱满幸福、色彩斑斓的表面里面，也许隐藏着更大的脆弱和压力。这是其他人和事物所不能觉察的，或许离毁灭也仅仅只差这一点点似乎可以忽略不计的力量。轻轻一触，羽化登仙。

温暖的热气依然弥漫在夏漫周围，她已经没有了任何对那个泡泡的负罪感，因为她觉得那些都只是空无的幻想罢了。冲干净了身上的那层洁白，她关闭了水流。

从浴室里出来的时候，那条裤子已经被晾在了衣架上。餐桌上放着热腾腾的饭，爸爸坐在旁边。

“快吃饭吧。”爸爸边抽烟边说。

“哦。”她擦了擦头发，坐了下来。

爸爸今天的态度似乎有些异样，关爱中又夹杂着其他的思绪。其实她一直都认为爸爸是爱她的，只不过她总是习惯回避罢了。

“最近复习得怎么样？”爸爸的微笑好像比平时多了些刻意。

“还行。”她边吃边说。

“哦，那就好。”爸爸点了点头，看了看她，又抽了口烟。“爸爸现在工作比较忙，不能天天陪着你。所以你要自己安排好时间，饭一定要按时吃，要不大脑跟不上。”

“嗯，知道了。”

“晚上也别学的太晚了，差不多就睡觉，要不然第二天没精神。”

“嗯，知道了。”

“钱还有吗？”

“有。”

爸爸停止说话的时候她自然也没话说，低着头默默地吃着碗里的饭。冬天，北方的室内通常是燥热的，这有助于她头发的快速烘干。这样的环境内似乎任何的潮湿都无法停留，包括那些潮湿的心情和潮湿的表情。屋子里陷入了沉静，只有一个吃饭的人和一个抽烟的人。两人没有什么交流，用彼此默契的方式交换着思绪。

电话响了，是爸爸的手机。看了一眼电话，爸爸拿到阳台上去了。从他的语气和表情上看，一定又是那个女人。

她的心里感到了一阵刺痛，不知该如何从容地面对这种感觉。直到爸爸挂掉电话时还是如此。爸爸又坐回到了原位，她能感觉到他在不时地抬头看她，似乎要对她说些什么。她努力地不将心里的感受体现在面部表情和肢体行动上。吃完了饭，便起身朝自己的卧室去了。

“漫漫。”爸爸叫住了她。

“怎么了？”她知道会有点什么事的。

“和爸爸聊聊天吧。”爸爸掐灭了手里的烟，认真而又故作闲暇。

“聊什么？”他像根木头一样立在那里。

“随便聊聊，你先坐下。”

她又坐了回去，以一种接受自我揭发的心态等待着爸爸的话。她不知道他会和她聊点什么，但直觉告诉她聊与不聊都将是一场惨烈的抉择。

“假如，我说的是假如，”爸爸在迟疑了片刻后终于开口了。“假如，爸爸要和别人结婚了，你会有什么想法？”爸爸看着她的眼睛，眼神中流露出一丝等待的迫切。

她看了爸爸一眼，很快将头甩到了别的方向，沉默了片刻：“没什么想法，这是你的事。”

“我是你爸！”爸爸的声音不大，但却是如此的有力量。仿佛刹那间穿破了她的耳膜，直至五脏六腑。

“不是说假如吗，用不着那么认真。”她安静地看着坐在对面的爸爸。笑了笑问，“那你是怎么想的？”

“我不是在问你吗？”爸爸的语气渐渐地找到了些感觉。

“我也不知道。”她说。

“那你会心情不好吗？”爸爸紧接着问。

“你说呢？”她始终没有看爸爸，默默地看着房顶或墙角的某个地方。

那种惯有的沉寂又出现了，坐在饭桌两边的两个人，又开始了彼此的默契，这种状态持续了一根烟的时间。

爸爸喝了口水，冲她笑了笑。“别瞎琢磨了，不都说是瞎聊天嘛！好好复习吧，别胡思乱想了。”一杯水推到了她面前。

浅浅地抿了一口，她起身进屋了。

那个女人似乎逼得越来越紧了，夏漫仿佛能够清楚地听到她呼吸的声音在逐渐逼近。爸爸听到了些什么呢？她不想继续猜下去了。

爸爸妈妈已经睡觉了，小游独自坐在灯下奋战着。一张被涂得乌七八糟的英语卷子摊在桌子上，此时的他有种脑浆迸裂的感觉。英语，又是英语。Why？也许真的是因为自己上课时没有每一秒钟都要跟着老鹰的思路走吧。但他确实已经努力了，趴在桌子上闭目养神好像并不能对缓解疲劳起到多么大的帮助，他还需另寻出路。

随手拿起一本最新一期的娱乐周刊，兴致勃勃地翻了起来。这是他今天上午买的，他最近有了买这种垃圾书的习惯，连他自己也感觉是那种潜移默化地。原本只熟悉那些革命英雄的他，现在对那些大小明星也都如数家珍了。

小艾斯是向雯最喜欢的台湾主持人，小游对她的关注自然必不可少。“我靠！不是吧。”小游发自肺腑地感叹着。周刊的显著位置刊登着大幅标题“小艾斯第 7 胎，还是女孩！”她娘的，就算家里有钱养，也没有这么糟践自己肚子的啊！大跃进也没有这么整的。真拿肚子当车间了？

莫名其妙地感慨，让小游顿时有点迷失方向。这种迷失似乎激发了其他线路的通畅。那个刚才苦思冥想的语法现在似乎豁然开朗了。扔下娱乐周刊，他把油印卷子拽了过来。

历史老师把内容推进到了民国，战士们也好像摆脱了封建的枷锁似的，一个个执行着民主。

小游在书上草草地作了些笔记后把头扭向了向雯。“小艾斯又生了个女孩，你知道吗？”

向雯的反应挺大，放下了手里的活，噌地一下转过了头，瞪着大眼睛关切地问："真的？"

"真的。骗你干嘛！" 小游一副知晓天地的样子。

"你怎么知道的？"

"我什么不知道？

"我还以为你不爱看娱乐新闻呢！"

"不爱看娱乐新闻那还叫年轻人吗！"小游的那种表情好像是上一代人对领袖语录的膜拜一般。

"这是第7个了吧？" 向雯似乎仍意犹未尽。

"嗯。" 他像领导似的给予了肯定。

"行啊你！消息挺快啊。"

"一般一般，谁让她是我最喜欢的主持人呢！" 小游笑得比原本设计的更加有内涵了。

"和我一样！她主持了那么多节目，你最爱看哪个啊？" 向雯没想到原来他的同桌还是如此志同道合，马上更加深入到他们似乎都喜欢的话题上。

小游的五脏六腑好像都在出汗，缓缓地从内而外渗出他的脑门。"喜欢的挺多的，不太好选。"

"最喜欢。"

"最喜欢……" 小游表面从容的背后，脑子里彻底疯了。我靠！一个天天生孩子的人，还主持个屁节目啊！妈的。他在为自己之前的大意而悔恨着，分明丝毫没有看过她主持的什么节目，努力地回忆着自己曾经看过的其他什么。

"快说嘛，哪个啊？" 向雯似乎更加期待他的答案了。

"就是那个《我生，我生，我生生生》" 小游努力地挤出了一句。

向雯笑了起来，瞪着小游。"你就贫吧。"

两人对视向笑的短暂时刻，小游觉得从泥潭中脱身的时机终于到了。话锋一转，及时改变了话题。

"这是什么？" 他指了指向雯刚刚放下的那个东西。红色，绳状，尚未成形的细长一条。

“手链。”

“你还会编这种东西啊？”他的语气并没有他的表情那么惊讶。

“初中时学的。”

“你喜欢戴这种东西？”

向雯停顿了一下说：“帮朋友编的。”

“哪个朋友？”他看了看她，又看了看那个手链。

“你不认识。”她看了看那个手链，又看了看他。

后门开了，有人走了进来，全班的战士不约而同地回头望去。是郁木。

历史老师没有受什么影响，继续讲着“五四运动”，终究是磨练出来了。下课铃刚打，小游便走了过去。同时走过去的还有外外和纳纳。

“这几天干什么去了？”他问郁木。

“在家学习呢。”郁木坐在座位上看着围过来的几个人。

“不来学校学，在家学个什么劲啊？”丹哥分析问题总是那么透彻。

“在学校学不下去，一看见你们这帮人就烦。”

“少放屁。说！到底干什么去了。”外外拿起一本书，在郁木肩膀上拍了一下。

“真在家里学习呢。没骗你们。”

“那怎么电话也打不通啊？”

“欠费了。”

“那怎么不交啊？”

“我靠！你们怎么那么麻烦啊！”郁木有些不耐烦了，用力地拍了一下桌子。

几个人谁也不说话了，看了看郁木，又互相对视了几眼。

“我只帮你请了半天的假。”尴尬的气氛是夏漫打破的，说完便又继续抄起了歌词。

下课已经几分钟了，历史老师还没有走。这是他们几个人忽然安静时集体发现的。他正站在讲台上不紧不慢地说着明天考试的事。

“历史也考试？”纳纳发出了这样的感慨。

不只是纳纳，全班似乎都在为又一个考试而唏嘘着。交头接耳，人头攒动，为时一天的历史热又在班里引发了起来。互相划重点，抄笔记的场面又习惯性地出现在教室的每个角落。备战，依然是备战。

“什么都别说了，晚上都去我家复习。”外外的话更像是一个承上启下的完美收场。

客厅相对于外外狭小杂乱的卧室还是宽敞体面很多的。

几个人围坐在外外家的大茶几前，全神贯注、交头接耳着。茶几很大，底座是全皮的，上面的面是一块晶莹厚重的大玻璃，显得高贵典雅。外外的爸爸不愧是个局级干部，家里就是上档次。其实大家一直都认为，外外应该是他们这帮人里面最有钱的，只不过是他并不爱暴露罢了。丹哥是唯一一个看上去有实力和外外 PK 的人，倒不是因为他的家境，而是因为他的那身行头和他一贯慷慨的作风。

一个塑料袋“咣当”一声放到了茶几上，里面装着五六罐可乐。

“慢点！”外外的心着实也跟着“咣当”了一把。“把玻璃面划了，我爸又得发飙了。”

“靠，至于吗！那么贵的东西有那么不禁碰吗？”丹哥嘻嘻哈哈地说。“犒劳犒劳大家，补充点咖啡因提提精神。”说着他便自己打开了一罐。

“你们都学着点人家丹哥，多会心疼人啊！”郁木拍了拍丹哥的屁股，跟着也打开了一罐。

可能是太激动了，小游拉开易拉罐的时候，溅了纳纳一身。把他新买的白色 NIKE 外套弄脏了。纳纳顿时把他扑倒在沙发上，两人滚打了起来。旁边的三个人还幸灾乐祸地对两人格斗的胜负进行了下注。在助威和嬉笑声中结果没过多久便出来了，纳纳满头大汗地拧住了小游的两只胳膊，呈前躬后撅状。

时间还在继续，气氛也逐渐升温。

外外还在进行鸦片战争的时候，郁木那边抗日战争已经结束了。小游和纳纳互相提问着练习册上的问题，时不时地对对方低级的错误报以鄙视的笑声。丹哥的精神最为可贵，趴在沙发的角落里默不作声地奋斗着。一张张撕得整整齐齐的小纸条上，布满了他密密麻麻的草书。揉了揉眼睛，他继续撕着纸。

窗户上结满了哈气，透过这一层薄薄的液体，几个人的形象浑浊、模糊。每一个微小的动作仿佛都变得诗画了、缓慢了。窗外的风景一如往常，从 19 层俯望下去，黑色的夜晚色彩斑斓。对面的那栋楼灯火通明着，没准哪个房间里也有这样的一群战士，为了明天的考试或者别的，而刻苦奋斗着。路灯下那对迟迟没有行动的男女、路口前等待绿灯的行人、马路上四处穿梭的出租车，他们现在又是什么心态呢？等待，焦急，无可奈何？谁会知道他们的存在！这样一个夜晚，谁又会知道窗户里面还又几个这样的孩子呢！各种颜色的光斑通过各种方式的载体，融入到这个夜晚当中。车灯，路灯，霓虹灯，或是某个巨幅广告牌底下破旧的射灯。这些散发热量的光芒似乎依然无法使这个夜晚变得温暖一些。一眼望去倒显得有些凄凉了。热闹的凄凉。

书被扔到了茶几上，郁木伸了个懒腰，喝了口可乐，大喊了一声“文革结束了”。

几个人仿佛从这一声中都获得了一些轻松，客厅里不知道持续了多长时间的静寂被就此打破。

“这么快，我这儿还没建国呢！”外外也喝了口可乐。

“慢工出细活，我这儿袁世凯还没死呢。”小游也紧跟着接了一句。

“都别瞎吵吵了，我都抄串行了。”丹哥一脸愤怒地从纸条堆上爬了起来。

大家谁都没理他，依旧享受着缓歇的时间。

“你们谁能告诉我，这历史书是谁编的？”郁木点了根烟。

“专家呗。”小游摇晃着易拉罐说。

“我就不明白了。怎么我发现我背来背去不是这个战役，就是那个起义，不是这个事变，就是那个条约。怎么这几本书里都是在打仗呢！从秦始皇到现在好像这仗就没停过。我们 5000 年的文明历史，怎么 90%的都成了战乱了？”

“最后不是有一两页科学文化的吗？”丹哥不急不慢地说。

“完全是他妈的敷衍。我们中国几千年的传承靠的是文化，一本书就给那么两页够干什么的？讲得清楚吗？考试能占几分？根本就是他妈的不重视。天天考这些打仗的，早晚把学生们的思想都考变态了！”郁木的情绪有些激动。

“你今天吃打火机了吧，怎么小火苗还喷起来了？”外外不解地看着郁木。

小游听得有点傻了，赶紧递过去了一罐可乐，战战兢兢地说："我纠正一下，刚才是我口误。不应该是专家编的，应该是编书的人编的。"

大家你一句我一句地宣泄着自己无聊的情绪，气氛变得活跃起来。

"你家有什么好看的片子吗？"纳纳问外外。

外外思索了一下，认真地问："你说的'好看'是哪种啊？"

"我是说电影。"纳纳的语气像是对外外复杂思想的鄙视。

"我也没说什么啊！"外外笑着，打开了电视。

我感激我所处的那个年代，在那个年代学生获得了空前的解放，不必学习那些后来注定要忘掉的无用的知识。我很同情现在的学生，他们即便认识到他们是在浪费青春也无计可施。我至今坚持认为人们之所以强迫年轻人读书并以光明的前途诱惑他们，仅仅是为了不让他们到街头闹事。

——《动物凶猛》

当马小军一个板砖拍下去的时候，客厅里顿时一片欢呼。各种赞美和崇拜的言辞不绝于耳。英雄终于出现了。

"我还真挺羡慕文革时候的学生们。你看人家，书也不用背，试也不用考，天天这玩那玩的。"丹哥感叹着。

郁木接过了丹哥的话："是挺爽的，不过就你天天这打扮，准保是第一个挨斗的。哎，你家什么成分啊？"

"你管得着吗？"

屋里顿时一片笑声。

胡老师的出现更激起了大家的兴奋，看着他从一本正经到颜面扫地，大家都笑崩了。

"那时候的老师都那么屎啊？"小游说。

"呵呵，谁让他装呢？"外外解释道。

"相对来说，咱们老头还算是不错了！"

"你说的是他对咱们不错啊，还是咱们对他不错啊？"

“滚吧你！太不尊敬师长了。”

随之而来的又是一阵笑声。

马小军闯入米兰房门的时候，大家都瞪直了眼睛。似乎是在期待着他下面的行动。马小军也不负众望，迅速地将米兰扑倒在了床上。几个人的注意力前所未有地集中，小游手里摇晃的易拉罐又不小心溅了几滴在纳纳的身上，他自己也没有意识到，继续有节奏地摇晃着。纳纳的神情认真而紧张，并没发现什么，毫无觉察地依然专注于电视。一场撕斗就这样莫须有地被一场强奸化解了。

“这么远能看清什么啊？导演怎么导的啊！”丹哥边看边嚷嚷着。“给点近景，特写什么的。”

“说得真专业啊，要是让你当导演，还没拍呢尿就下来了。”郁木拿笔帽扔了一下丹哥。

“主要是这女的，平时不是挺疯的吗，怎么现在又装开了？”纳纳擦了一下嘴角。

“你懂个屁啊，女的都这样，一来真格的就不行了。”外外一本正经地说。

“现在的女生可不一样了，比男的猛多了。这年头是男的一来真格的就不行了。”郁木插了一句，引来大家的一片掌声。

米兰推开马小军的时候，客厅里也安静到了顶点。作为旁观者的每个人，都感到了一种莫名的尴尬和触动。一时间仿佛把自己置身其中，手足无措。

“我靠！真大。”小游瞪直了眼睛。

“注意点素质！”郁木拍了一下他的脑袋。

电影的最后，长大的马小军和他从前的那些朋友坐在加长的轿车里，欢颜地干着 XO，他们似乎都成了成功人士。客厅里的几个人也不约而同举起可乐干了一杯。像是看到了一丝未来的希望似的。

随着字幕的出现，电影结束了。几个人还依然围坐在茶几前，保持着他们一开始的姿势。似乎是在回味，又似乎是在整理。灿烂仿佛还未散尽。

“你说他们算好孩子还是坏孩子啊？”丹哥靠在沙发上问。

“你问这问题太没文化了。”外外说。

“那你说算好孩子还是坏孩子？”

“我也不知道。你去查查字典，看看好孩子什么定义，坏孩子什么定义。”

“我觉得他们挺好的，至少都有崇高的理想吧！你看马小军带上他爸的奖章，那个得意劲，说明这孩子挺有上进心的。”小游终于放下了手里的易拉罐说。

“那你说咱们算好还是不好啊？”纳纳半躺着看着天花板。

“咱们就是被憋在中间的那帮，好孩子也不要咱们，坏孩子也不要咱们。上大学的不要咱们，没上大学的也不要咱们。本来也考不出个什么名堂，还非要跟自个儿叫板。其实咱们这样的人最傻逼了。”郁木又点了一根烟。

“几点了？”不知道谁问了一句。

“快12点了。”不知道是谁答了一句。

“你爸你妈不回来了？”

“嗯，我爸出差，我妈和他一起去了。”

窗外的色彩渐渐有些暗淡了，对面楼的灯光也所剩无几。路灯下的那对男女早已不知了去向，路口处也偶尔会看到几个闯红灯的人了，马路上的出租车似乎也都悠闲地聚起了堆。只有那些工作着的路灯还在散发着热量，始终那么兢兢业业，一丝不苟。

“都歇够了吗？接着学吧。”

“我再给你们补充点可卡因。”

（12）

圣诞节之后的半个多月，大家突然发现外外和向雯莫名其妙地在一起了。两人也大方地在他们面前拉起了手。大家似乎对此毫无准备，都以一种自然而然的心态接受着他们两人的关系。

体育课，老师刚宣布解散，两人就单独活动了。他们先是围着操场走了几圈，之后便在远处的一棵树旁坐下了。

郁木、小游还有丹哥站在篮球架底下悠闲地看着纳纳打篮球。这里人很多，聚集了好几个上体育课的班级。大家混杂在一起，共同享受着这个公共的篮球场。纳纳必然是他们当中最显眼的一个，无论是球技、身高、还是打扮。一件半袖T恤外面套了一件又大又长的AND1篮球服，肥大的裤衩底下是一双新款的耐克球鞋。此时他正在场上飞驰着。

“纳纳一进球场就跟变了个人似的，平时看他没那么张扬啊！”郁木边看边说。

“这你都看不出来，吸引小女生呗。”丹哥说话的口气像是一副过来人的样子。在纳纳一个漂亮的进球后还配合的为他叫起好来：“好球！”

“那么冷的天，他就穿个背心裤衩也不怕感冒啊？”小游今天的语气似乎有点沉闷。

“我怎么看他这身打扮像个说唱歌手呢，电视里那帮Hip-Pop的不都这范儿吗？”郁木看了看丹哥。

“现在小女孩就喜欢这样的。”

纳纳在场上的一招一式都是那么帅气。急停跳投，运球过人，突破分球，虚晃上篮，招招变幻于无形之中，凌驾于球场之上。

球场对面的几个女生，也不时地为他加着油。并跟着场上的形势或紧张或兴奋，活蹦乱跳着。

“看见了吗，我说的没错吧！”丹哥指了指对面的那几个女生。

“轻浮。”

小游是沉默了半天之后才开口说话的。“我先回班了。”

“还没下课呢，你回去那么早干什么？”丹哥看了看手表。

小游没说话，独自朝教室的方向走去。

郁木依然无聊地看着场上的纳纳，时不时地和丹哥聊上几句。操场远处，外外和向雯仍旧坐在那里，他们像是在说些什么，又像只是静静地坐着。和球场上激烈的对抗相比，他们显得分外轻松。

下课铃打响的时候，纳纳投进了一个压哨三分。兴奋地高举起拳头。那几个女生也随着尖叫了几声。郁木把一件外套给纳纳扔了过去：“赶紧穿上，别着凉了。”

下课铃通常要比上课铃更加悦耳，但体育课似乎恰恰相反了。带着些许意犹未尽，大家朝教学楼的方向走去。

“刚才和你们一起打球的是哪个年级啊？”郁木问。

“高三的吧，怎么了？”纳纳说。

“没事，看他们打球怎么都那么累呢？”

“脑子不够用了吧。”

“我看像。”

老头这节课安排的是自由背诵，使得朗朗的读书声分外杂乱。锣鼓喧天，鞭炮齐鸣。

小游并没有加入到声势浩大的合唱中，攥着那本崭新的语文书，默默地冥思着，像是置身于喧闹之中入定，并等待圆寂的高僧一般。

在某个元神归体的时刻，他把头转向了向雯。“你和外外好了？”他的声音很轻，眼睛直直地看着向雯。

“嗯，算是吧。”

“什么叫算是，你们不都在大家面前拉手了吗。”小游的语气沉静，但一直营造着嬉皮笑脸，这种笑和他以前的那种不太一致，仿佛有些生硬。

“那就是吧。”向雯的语气少有的出现了婉转的迹象。

“你们谁追的谁啊？”

“哎呀，你怎么这么麻烦啊！不告诉你。”向雯脸上露出了一丝腼腆。

小游转过了头，嘴里默默自言自语着什么。

“你嘟囔什么呢？”向雯看了看他。

“没事，赶紧背吧。”说着小游便大声地背诵起了古人的文章。

教室后面同样大声背诵的还有郁木，不过没多久他便撑不住了。扔下书，趴到了桌子上。旁边的夏漫依旧默背着，没有声音，嘴唇微微张合。这种安静不久便被一个短信打破了，是大卡发来的。他说他们乐队的主唱生病了，有个重要的演出不能演了，问她能不能临时客串一下。她说最近时间太紧张，让他们找找别人。大卡说他们的时间也很紧张，恐怕找不到别人。她说那要不……。大卡又说了点什么。她又说了点什么后结束了通话。

草草地回复完最后一条后，她也和郁木一样趴到了桌子上。

外外从桑爷家出来的时候，似乎有点晚了。他已经有一个多月没有上过自习课了。放学的时间也已经有点记不清了。飞快地骑到学校门口时，人已经所剩无几了。他一眼便看到了向雯，她一个人坐在小卖部门前的马扎上，笑嘻嘻地向他招手。他向她的方向骑了过去。

“都等你半天了。”

“画得太认真，忘了看表了。”

“我让夏漫先走了。”

“嗯。”

“给你买了个棒棒糖。”说着便剥开皮塞进了外外嘴里。

外外嘴里鼓鼓囊囊的笑了笑“走吧”。

上班族们3多个小时以前就从拥挤的马路上脱身了，此时的街道像是刚被做了一次剖腹产一样，浑然轻松又心有余悸。各个学校毕业班的学生们会不分门派的在放学的路上相遇，这是属于他们的时间。他们穿着各色证明自己身份的校服，在五光十色的夜景里招摇着，穿梭着，证明着自己和黑夜的交融。当他们彼此在某个闪烁霓虹的路口擦肩而过的时候，也许互不相识。但他们都主动或被动地感受着这明媚夜空的荒诞。

“你晚上还要去画画吗？”

“不知道，可能吧。”

“那我上去了。”

“嗯。”

向雯家楼下，向雯轻轻亲了一口外外，之后便跑上了楼。转身离开的时候，外外接到了佳佳打来的一个电话，佳佳和他说了一些画的事，之后外外便挂掉电话朝着桑爷家的方向去了。

去桑爷家的路上，他远远地看见了小游和丹哥。他们在马路对面，小游架着丹哥的胳膊像是在打闹。气氛很和谐，步履很悠闲。由于相隔太远，他没有和他们打招呼。望了几眼之后便继续前行了。

“要不是到时间了，估计我还能升一级，就差那么一点了。”丹哥似乎有些遗憾。

“哦。”小游的反应有点冷。

“你这几天怎么回事啊，怎么总心不在焉的，刚才几个小怪物都打不死。那天上体育课我就看你不对劲。”丹哥看着小游。

“没事啊，最近我有点学傻了吧。”小游无聊地说。

从网吧出来的路上，两人散漫地往学校走着。自行车还在学校，他们是下午逃课来到绝地的，此时他们要回去骑车。

“你说外外怎么就跟向雯好上了呢？”丹哥问。

“相爱了呗。”

“你怎么说的这么肉麻啊。”丹哥歪着嘴说，片刻后说，“说实话，你觉得向雯怎么样啊？”

“就那么回事吧，没觉得怎么样。”小游的表情似乎很淡然。

“我一开始还对她挺有好感的呢！”丹哥的话里带有些遗憾和不屑参半的感觉。

“禽兽。”

“你才禽兽，我只是说一开始，后来也就没什么感觉了。”

“那你一开始是禽兽。”

“你还跟我来劲了！”丹哥一把拧住了小游的手腕。

“错了，错了。松开，松开。”小游苦笑着央求着。

丹哥松开了手，散漫地行进中沉思了片刻。“其实向雯长得也并不是多么好看，就是那个可爱劲挺招人喜欢的……”

小游面无表情地看了看说得兴起的丹哥，似乎正在积攒着心中的小宇宙。

丹哥并没察觉到什么异样，依然透彻的剖析着：“要说她的身材吧……”

小游的小宇宙终于爆发了，从后面抓住了丹哥的两个手腕，猛地向上一抬。丹哥的头和前身一下子探了下去。

“靠！你有病啊？”丹哥有些措手不及。

“你他妈怎么就知道谈论女人，换个话题。”

小游的小宇宙慢慢地挥散到夜空之外的大宇宙当中，缓缓地消失。此刻他突然想到了《天下无双》里阿龙的那句话“我只不过是尘世间的一粒微尘……”

这不过是在自我安慰罢了，他心里其实也在想丹哥刚才的那个问题：“你说外外怎么就跟向雯好上了呢？”似乎自己一时还给不出明确的答案，也许从外外找自己借书的时候他们就已有过第一眼的亲密接触了吧。一切只是凭空猜想。

路上时而会看见一些穿校服的人，有说有笑地从他们身边经过。从这个时间来看，他们想必也是些毕业班的学生。他们骑得很慢，像是在享受这种短暂的惬意。回到家中，战斗即将继续。小游也说不清楚自己逃课去上网的原因和意义。太累了？太烦了？或许还有别的，又或许根本什么都没有。反正是就是想玩。那就玩呗！

马路对面一个身影很熟悉。米黄色的棉服，遮住眼的头发，磨得发白的牛仔裤和一双黄色的大头皮鞋。外外正从马路对面和他们相向而行。他回来的方向是向雯家的方向，这一刻小游出奇的敏感。他赶忙收回了视线，并没和外外打招呼，此时他并不知道自己该说点什么。丹哥也没有看见外外，他此时还被小游架着胳膊呢。

"你他妈没完了，快松开。"丹哥低着头喊着。

小游松开了手，没有说什么，搂着丹哥的肩膀继续向学校的方向走着。

告别了前几日的阴冷后，今天终于等来了温暖的阳光。每个人都仿佛焕发了新的青春一样，尤其是老鹰。她今天穿了一身新衣服，脱下大红色的羽绒服，里面是一件红色的羊毛衫，显得格外鲜艳、喜庆。科学家说红色是使人兴奋激发活力的颜色。老鹰此时就在证明这一点。

最后 5 分钟总是那么难熬，郁木已经是第三次看表了。秒针一跳一跳地绕着表盘旋转，那么迅速又那么漫长。时间对于他们这一群人的意义也许就在于此。

其实老鹰也是颇有几分姿色的。30 出头，风韵初显。丰满的前胸似乎比她的课更有内容，这也是不少男生偶尔津津乐道的话题。丹哥曾经还说过他有一晚梦遗的对象就是老鹰。不过鉴于其威严的教学风格，大家也都避此景而远之了。

下课铃终于打响了。老鹰没有宣布下课，而是给战士们发起了喜糖。

小游是第一个说话的。"老师你不是结过婚了吗？怎么又结啊！"话音刚落便引来了全班的一阵起哄。

"胡说什么，今天我妹结婚。"老鹰的笑容既是如此少见却又如此亲切。"还有今天下午我就不过来，大家就上自习吧。"这句话更是引来了全班的一阵欢呼。

"嗯？什么意思？"老鹰的表情又恢复到了惯有的严肃，但很快就变成了无奈又由衷的笑。"我不在，你们都老实点啊。"

全班异口同声"OK！"

老鹰满脸喜庆地离开教室后，一上午的课也随即宣告结束了。

郁木又趴到了桌子上，丹哥转过身来问他去吃饭吗。他说去。小游也离开座位走了过来，像是一种兄弟间的默契似的，外外坐到了他的座位上。

"走走走，吃饭去。"小游催促着丹哥和趴在桌子上的郁木。

"又去食堂？"郁木慢吞吞地爬了起来。

旁边的夏漫直起身子，看了看前排的向雯。估计她今天又不会陪自己吃饭了。

"吃拉面去。"郁木兴致勃勃地说。

"学校做的太难吃了。"丹哥抱怨着。

"去外边吃呗。"郁木用下巴指了一下校门外面。

"哪有？"小游问得不疼不痒的。

"找找呗。"

三个人起身准备出发时，被夏漫安静的声音叫住了。"你们去外面吃饭？"

郁木回头看了看她："你去吗？"

四个人走出学校大门的时候，王姨正在织着毛衣，校门口依旧像每天一样熙熙攘攘着。推出各自的自行车，他们开始了寻找拉面的旅程。

几个人停在了学校附近的丁字路口。小游被郁木和丹哥鄙视的原因，是因为他说记得这里应该有一家拉面摊。看着一个摊煎饼果子的大婶和一个修自行车的大叔正在努力地工作，几人带着崇敬愤然离去。

继小游之后丹哥也在一个他胸有成竹的地点被鄙视了。看着一个皮夹克里套西服的成年人被两个年轻人痛骂，路边仅有的卖水果的老太太向丹哥投来了同情的目光。收到目光的丹哥随即回复了一个迷离的眼神，似乎是在说："奶奶，都是您害了我。"

没过多久郁木也被鄙视了，这已经是他们来到的第五六处地方了。在他们的印象中这座城市应该是遍地拉面的。怎么当他们真正找起来的时候却又如此艰难？

"这倒挺有意思的。捉迷藏。"夏漫终于说了点什么。

找到第一家时已经是 40 分钟之后了，但大家依然兴奋地坐在了小板凳上，要了三大碗和一小碗。露天小摊的食物就是快捷，很快 4 个碗便被端到了桌子上。看着热气腾腾的面，几个人由衷地感到欣慰，这可是他们辗转多处后才寻觅到的。

小游二话没说便狼吞虎咽起来。还没达到高潮便被郁木叫了停。

“你们觉得好吃吗？”郁木吃了两口之后说。

“一般吧。”小游边嚼嘴里的东西边说。

“那你还吃得那么欢。”丹哥边吃边说。

“我饿了，你不也吃得挺欢的吗？”

“我也饿了。”

“好吃吗？”郁木把头转向了夏漫。

夏漫轻轻喝了一口碗里的汤：“我以前不怎么吃这个的，也说不清算好吃还是不好吃，似乎不是很好吃吧。”

“我觉得也是。走吧。”郁木起身结了账。

几个人骑着自行车，穿行在每一条他们熟悉或不熟悉的街道上，不知不觉中和学校的距离越来越远了，但他们似乎依然乐此不疲着。穿梭，停留。停留，穿梭。

“好吃吗？”

“一般。”

“走。”

……

“好吃吗？”

“说不上来。”

“走。”

……

“好吃吗？”

“不是特别特别好吃。”

“走。”

……

“好吃吗？”

"……"

"走。"

……

这种尝试和寻觅在第 N 次之后得到了一丝喘息，他们似乎也都疲惫和麻木了。

"其实这都是心理作用，我感觉哪家都差不多，吃得我现在嘴里都快没味了。"小游满头大汗地解开了脖子上的围巾。

"还转吗？"丹哥的眼神也有点木了。

夏漫没有说话，在自己的毛手套上哈着哈气。

"别转了，去那家吧。"郁木看着几个人。

"哪家啊？"小游问。

"你就跟我走吧。"

有了目标的前进，总是轻松的。四辆自行车飘飘洒洒地游荡在大街上，并时而变幻着队形。正午十分，街上的人并不多。温暖的阳光把他们照耀得分外灿烂，一朵一朵的仿佛正在开放。

"你说咱们像不像革命战士啊？为了心中的信念苦苦寻觅，一往无前。"小游好像越骑越带劲了。

"你说什么啊！酸不溜秋的。咱们这么折腾就为了吃顿饭，值吗？"丹哥说。

"一个中午闲着也是闲着，就当观光了，还能散散心呢。"夏漫的话充满了慵懒和自在。

穿过了一条又一条街，他们从城市的东边来到了城市的西边。这是一段不短的距离，他们停下的这条街上，有郁木原来的学校。

"就是这。"郁木指了指路边的一个小店。

这是一个简陋的小铺，里面除了一个简单的灶台和一口破旧的锅之外，还有一张半桌子，外面的空地上支着三张矮脚桌，旁边零星的停着两三辆自行车。小店门口挂着一个不长的红布条子，和学校挂的那种面料一样，只是上面的字变成了"正宗牛肉拉面"。

"这家好吃？"丹哥看郁木的眼神中透着些疑惑。

“嗯。”郁木给出了肯定的表情。

小游环顾四周之后，坐到了那个瘸腿马扎上，紧跟着便摔了一跤，顿时引来了一阵嘲笑。他拍了拍屁股，又羞又恼地换了一个健全的。

四个人坐在了外面的一张小桌子前，郁木朝里面喊了一句：“老板，三大碗，一小碗。”

老板朝外面看了一眼，满脸笑容的说：“好长时间没见你来了。”

“是啊，今天从这路过。”郁木也迎着笑脸。

“现在上大学了吧？”老板摔打着手里的面问。

“没考上，上班了。”郁木说得很认真，脸上的笑容也随之松弛了。旁边的三个人同时感到了一种内心的震荡，这仿佛是一声残忍的悲鸣，撕裂耳膜，直插心脏。突如其来又不可阻挡。

夏漫用两只毛手套托住下巴的时候，丹哥正用一种莫名可爱的表情看着郁木。小游则把目光投向了里面忙活着的老板。

“哦……都挣钱啦！挺好。好好干以后当个大老板。”老板里面的语气中分明减少了些之前的力度。说完便把面扔下了锅。

不一会，冒着热气的碗便放到了他们的桌子上。郁木觉得这一切都是那么似曾相识，仿佛是曾经经历过的一样。同样的情形，同样的地点，同样的动作，同样的人，只是时间始终回忆不出。这样的感觉也许每个人都曾出现过，但谁也无法说出原因。

似曾相识的感觉很快便被他强制淡忘了，但老板的这张笑脸却勾起了他一连串的回忆。放下碗，老板被几个刚来的学生叫了过去。他的生意还是那么好。

“你常来这？”小游总是喜欢嘴里塞满东西时说话。

“以前经常来。”郁木吹了吹碗边。“我高中就在这附近，原来不想上课的时候经常和同学溜出来，到这吃碗拉面。”

“我说你怎么非带我们来这呢！原来是战斗过的地方。”丹哥边吃边说。

夏漫环顾了一下四周，用勺子喝了一口汤。“你们学校在哪呢？”

“一直往那边走。”郁木指了个方向，紧接着掰开了一双一次性筷子。

看着其他三个人认真的吃相，郁木问了一句：“好吃吗？”

他的问题着实引起了他们的思考。每个人吃的似乎更加富有探索精神了。

“这个问题……”小游看了看郁木又往嘴里塞了一口，

“感觉和之前的地方都差不多吧，也吃不出什么特别的。”丹哥说。

小游使劲咽了一口：“嗯，我也是这么认为。”

郁木看着他们两个人，心情有些混乱，很快便转移到了表情上。他把头转向了夏漫。“你觉得呢？”

夏漫吃了一口，并仔细地在嘴里品味着。表情淡定且复杂，仿佛每一个味觉器官都在加速工作着。放下筷子，她看了看小游和丹哥又看了看郁木。用最自然且随意的语气说了一句“一般”。

这无疑使郁木的混乱感更加深入了。端起眼前的碗，仔细地品了几口。他没说什么，像是一种默认。目光聚精会神在了不远处或是更远处的某个毫无意义的点上，仿佛在思考，却又更像是种犹豫不决。皱了皱眉头说：“我觉得也是。”

这似乎已经不是他曾经熟悉的味道了，但什么又都似乎没有变。脑海里闪回着曾经逃课光顾这里的每个片段，那时的味道又有什么不同呢？也许“好吃”并不是味觉所能包容的，视觉、听觉、触觉、嗅觉所有的感觉交融在了一起，也就成为了幻觉。当幻觉麻木的时候，一切也就变味了。

几个人横穿大半个城市回到学校的时候，已经将近4点了。

学校的大门紧紧关闭着，阻止这一切想进来或是出去的人。他们在校门外，不约而同地向内张望。

一阵的车铃声吸引了他们的视线，那是外外。他从路的那边朝学校方向骑来，互相对望着，他们很快便会合了。

“干什么去了？”小游问他。

“到桑爷那练画去了，他今天有点事，所以就提前回来了。”

传达室里并没有王姨和她的针线们，不知道他此刻去了哪里。开关电动门是她每天除了织毛衣之外最重要的工作，此刻她却莫名蒸发了。

“幸亏下午老鹰不来，要不就麻烦了。”夏漫暗暗地说。

“我靠！这么说下午就全是自习课了。老头也不在，没必要回去了。”丹哥看了看大家。“不如去网吧算了。”他的建议明显没有得到其他人的响应，干脆也就没有勇气继续说下去了。

“找个地方坐坐，消消食吧。”夏漫看了看几个人后把视线落在了郁木身上。

“这个钟点去哪啊？别去太远了，一会别的年级放学，咱们就能进去了。”小游的话得到了普遍赞同。

“我有个地方。”郁木说着便启动了车子。

今天的云格外洁白、松软。以各种曼妙的形态漂浮在空中，供那些百般无聊的人们观赏。

几个人坐在铁道边的草丛上，在温柔的阳光下享受着这个放肆的下午。草已经枯黄了，身体压上去的时候，依然能感受到柔软。这里人很少，安静、惬意。小游躺下身子的时候打了一个饱嗝。他揉了揉肚子：“今天可撑死我了。”话音刚落就被丹哥扔过来的一个小石子击中了肚子。“谁让你那么没出息的，吃那么多。”小游也马上还击了一个石子：“废话，一中午连着吃了那么多碗拉面，你不撑得慌啊？”丹哥笑了笑：“我也有点。”

郁木和夏漫像他们在教室里的位置坐在一起，中间隔着一个夏漫的包。

“你平时都干什么？”夏漫问他。

“学习呗，还能干什么。”郁木说的很释然，“你呢？”

“一样啊，学习。”夏漫用手托着下巴，呆呆地望着远处。“其实也没什么好干的，听听歌，写写字，睡睡觉。这些都不应该算是事吧？”

“你说我们天天这么学为什么呢？”夏漫问郁木。

“考大学呗。那你觉得呢？”

“同意。”

“那你说我们的思想是不是太功利了？”

“没有吧。这个社会不就是这样的吗。”

“以前学的都是为了中华之崛起而读书，现在全成了为考大学而读书了。”郁木揪起了地上的一把干草。“我要是考上大学之后，马上把录取通知书存到银行。然后就退学。”

“太酷了。”夏漫佩服地看着他。

“我就那么一说。”

外外抱着画板，面冲着几个人像是在写生。谁也不知道他画了些什么，只是手里的笔在不停滑动着。

“你为什么要复读啊？”郁木大声地问后面的小游。

“为了上个好学校。”

“你呢？丹哥。”

“为了能有个学上。”

郁木用石子弹了一下外外的画板“你呢？外外。”

“为了我爸。”隔着画板看不见外外的脸，但声音很清晰。

“你呢？”他看了看夏漫。

“我是为了离开这个城市。”夏漫有些沉默，片刻后说：“我可以不说理由吗？”

“嗯。”郁木点了点头，点了根烟。

刷着黑白颜色的竹竿被放了下来，远处传来了轰鸣声。几个人朝声音的方向望去，不久后一列火车便远远地出现在了他们的视线里。这就是传说中工业文明的产物，但在他们看来似乎更像是迷茫旅途的过程。

“这车是向哪走的？”夏漫问郁木。

“应该是向南。”小游抢先给出了他的答案。

“那边不是北吗？”丹哥的话像是在否定小游的观点。

“你连南北都分不清，还考什么大学啊。”小游马上做出了回应，鄙视地看着丹哥。

丹哥不好意思地笑了笑。“我方向感不好。”

“问你呢。”夏漫用手指捅了捅郁木的胳膊。

“什么？”郁木似乎并没有注意她的问题，眼睛直直地盯着那列开过来的火车。

“这车是往哪走的？”

“往前走呗。”

火车越来越近了，终于带着巨大的声响和满车的生命来到了他们面前。郁木随手捡起地上的一块石头，用力的砸向了飞驰的铁皮。向上次一样发出了铿锵有力的回音，并摩擦出些微的火星。这是种极微弱的火花，微弱到转瞬即逝，阳光灿烂的时候肉眼很难发现。短暂的火花暴烈、绝望，但面对巨大的力量和坚硬的躯壳时却显得无所适从，惊鸿一瞥后即化为尘埃。

第二块，第三块石头也被郁木砸了过去，力量越来越大。也许是这种强烈撞击的快感，激发了每个战士的革命情怀，小游和丹哥很快也参与了进来。火车与他们间不长的距离里飞石多了起来。外外也放下了手里的画板，加入到了队伍当中来。顿时叮当叮当的声音便逐渐扩大，不绝于耳。

石头一块一块地砸在坚硬的车厢上，铿锵有力，掷地有声。像一场交响乐一样动人心弦，激情澎湃。车厢里的人们纷纷向外惊恐的张望着，像是想看看外面到底发生了什么。但纵使看到了，他们又能做些什么呢？还不是无聊地抱怨和谩骂着。他们和他们一样，都是被圈在笼子里的动物，谁又能真正地改变点什么呢？还没等看清他们的脸便疾驰而过，他们终究是些没有交集的人。

当夏漫也从地上捡起一块石子扔过去时，乐曲达到了高潮。

每节车厢经过他们时，都会响起一连串的激荡声。虽然非常短暂但又无比震撼。像是经过了一场洗礼或是污染。

“你说火车不会停下来抓咱们吧？”小游说着又扔过去一块。

“你太看得起自己了吧。”郁木朝他笑了笑。

“估计司机什么都没感觉到，正美滋滋地听着音乐呢。”外外说。

“呵呵，没准他已经睡着了。”丹哥在旁边搭着腔。

每隔 15 分钟就会经过一列火车，他们也记不清即将过来的是这个下午的第几列了，依然用自己的方式欢迎和欢送着每一列呼啸着从这里经过的火车。并在它们的身上留下斑斑点点于此过往的印记。

“这些火车也怪可怜的。”小游说。

“我看咱们才可怜呢。”夏漫拍了拍沾满了干草的毛手套。

洁白的云彩渐渐地被染成了金红色，太阳也有了下沉的趋势。

“几点了？”郁木问。

“6 点半了。”外外看了看表，收起了他的画架子。

又一列火车飞驰而来的时候，铁道边已经没有了他们几个人的身影。这是仿佛一列幸运的火车，并没有遭遇到之前的厄运。天色也逐渐暗了下来。

（13）

眼看就要过年了，离专业考试的时间越来越近了。桑爷的画室里又多了几个新来的学生。他们都来自不同的学校，和外外一样都是在进行着最后的冲刺。

桑爷手里夹着烟，悠闲地往返于几个画架之间。外外认真地调着颜色，并不时地在纸上涂涂抹抹。

"注意色调，把握住造型。"桑爷来到了他的身旁。

他点了点头，用画笔对桑爷的话进行落实。

艺术生的生活并非轻松愉快，有时比常规的学生还要枯燥。画笔，画夹，纸，颜料，和那些凝固的石膏像，未必就比语文，数学，英语，物理，化学，生物，来得更加轻松惬意。时间就在这些色彩斑斓的颜料和冷酷严肃的石膏中游走着，他们并没有什么特权或捷径，有的反而是另一份负担和责任。

"大家休息一下吧。"桑爷端着茶杯走出了画室。大家也都紧跟着放下了手中的画笔，如释重负的各自坐了下来。虽然只有几天的相处，但同样的革命追求使他们很快便打成了一片。

"马上就要考试了，你们都紧张吗？"

"那又什么好紧张的，考完了就解放了。"

……

"你们都考哪些学校啊？"

"就考那几所牛逼的呗，破学校也没什么好考的。"

"破学校也是学校啊，总比没学上要好吧。"

……

“你从什么时候开始学画的啊？”

“今年年初。”

“时间这么短啊？”

“我文化课不行，只能突击艺术生上个大学。”

……

“你们以后都想干什么啊？”

“当个画家，去各个地方旅游采风，到处办画展。”

“我想当个服装设计师。”

“我没你们那么浪漫，当个美术老师就知足了。”

“谁知道以后能干什么啊？说不好连个工作都找不着。”

……

“咱们要是专业考试过不了怎么办啊？文化课那么烂肯定考不上大学。”

“那就明年接着考。”

……

桑爷重新进来的时候，他们也重新进入了状态。面对着用图钉摁在画板上的纸，每个人都怀着不同的心情。颜料是五颜六色的，但他们的心情却并不如此。想画或不想画，爱画或不爱画，在这个特定的时间和空间都已经不是问题了。他们就像是那张画纸一样，被图钉死死地钉住，动弹不得。

外外觉得自己很清楚自己现在在干什么，自己想要的是什么。拿着画笔他仔细地调整着色彩。聚精会神的某个瞬间，他接到了向雯发来的短信。她说想去逛街。犹豫了片刻，他合上了手机。

周日的下午是她唯一有时间的时候，大卡把她带到了他们的排练厅。

这是一间租来的房子，地方不大，屋里装着他们乐队和各种能出声的家伙。乐队除了大卡和那个瘸了腿的主唱外还有三个人，一个胖的、一个瘦的，还有一个高个的。他们都打扮得前卫、另类，懒懒散散地摆放在小屋里。

受迫于大卡百般热情的邀请之下，夏漫终于答应帮他们充当临时主唱了。其实夏漫从上初中那会就对玩乐队有渴望了，在她眼里那一定是一种不一样的生活。单纯且繁复，痛苦并快乐。她曾经幻想能有一天成为一支知名乐队的主唱，在一个香甜柔软的舞台上唱着自己喜欢的歌。那将是多么幸福的感觉！但随着年龄的不断变大和使命的日益沉重，这个想法逐渐在她的脑海里慢慢淡化，直至模糊了。大卡的热情邀请，仿佛重新唤醒了她那个青涩的幻想。就算是为了成全自己当初的那个幻想吧，夏漫临时加入了卡拉乐队。

“我怕我唱不好。”夏漫看着一张张堆放错乱地乐谱和歌词，用手拨了一下自己的刘海。

“别谦虚，别谦虚，我们最怕谦虚的人了。”大卡拧开了一瓶矿泉水，靠着墙坐在了地上。“张洁说你唱歌特好听。每次去 KTV 都跟原音重现似的。”

“听她胡说呢，我可没那么厉害。”她也找了个地方坐了下来。“我怕到时候唱错了，该给你们丢人了。”

“发挥你的正常水平唱就行了，别紧张，有我们呢。”大卡冲她笑了笑。

大卡在短信里说的果然没错，时间的确紧张。这个周日的晚上他们就要演出了，也就是今天。夏漫来之前就已经知道了任务的艰巨，但她还是来了。

排练正式开始了，以胖子的鼓槌拉开了序幕。在激烈的旋律中，夏漫第一次感受到了她和音乐是如此之近。起初的几次合练似乎都有些差强人意，她的声音和乐队的伴奏好像还不那么协调。大卡似乎发现了问题的所在，停下了手中的旋律，和其他几个乐手商量着什么。

静静地走到一边，喝了几口水。她并没因此感到懊恼，反而从中体会到了前所未有的兴奋。她一向都对自己实力抱有乐观的认识，只是些微的紧张使她有些慌乱罢了。短暂的暂停后，排练继续。和之前的几次相比她似乎忽然之间找到了感觉，节奏和声调也把握得更加游刃有余了。这种感觉就像冥冥之中的能量被全部释放了出来，自信也逐渐出现在了她的每个举手投足间。她的声音和乐器制造出的旋律也开始彻底融合了。

因为临时帮忙的缘故，乐队跟她合练的都是一些翻唱的老歌，这对夏漫其实并没有什么难度，她从容地用自己的感觉唱着。每一首歌都被她演绎得美妙、清澈。乐队的成员们在对她大加赞赏的同时，仿佛也从中得到了新的灵感和动力。激情一波接一波地弥漫在这个不大的空间内。大卡是在几个人中最突出的，他的吉他功力的确出众，从那一次看他们演出的时候夏漫就是这么觉得，一招一式都像极了电视里那些当红的摇滚明星。

看了看表，时间已经不知不觉过去了三个小时了。大家好像都多少有些疲劳了，在那个不停活动手腕的胖鼓手的建议下，大家进入休息时间。

“不错，不错，真不错。挺好，挺好，特别好。”高个贝斯手向夏漫竖了个大拇指，他说话的方式倒有几分数来宝的意思。

对这样的言语夏漫不好意思地笑了笑，随即也还了他一个大拇指“谢谢。”

大卡给她递过来一包润喉糖。“演出不能总唱别人的歌，一会还要练一个我们自己写的歌。”

夏漫的语气好像有些没底：“时间来得及吗？太仓促了吧。”

“有点自信行吗？我们相信你。”大卡认真时没有了往日的嬉皮，显出了少有的冷峻，这使夏漫错乱的神经中无意间闪现出了郁木的表情。

拿着初次见面的歌词，听着 CD 机里反复唱着的小样，夏漫努力的感受着她必须快速掌握的内容。对于音符和律动的接受能力，夏漫总是那么的迅速。很快她便能跟着小样哼唱下来了。这不禁使乐队的其他成员再一次欢欣鼓舞，正式的操练随之而来。

这是一首叫做《二手生活》的歌，是乐队里的几个人集体创作的。整首歌的旋律是夏漫颇为喜欢的，其中的几句歌词着实让她震撼无比、感触颇深。随着其他人的全情投入，小屋里又激烈了起来。夏漫也很快的进入了状态，她并没感到任何的障碍和困难，仿佛整首歌就是一次自己的高声呐喊，一气呵成，一触即发。

带着这种状态，之后的几次合练也都顺利地完成了。一下午的时间就是在这样紧张而亢奋中结束了。接下来就是晚上正式的演出了。

离正式演出还有一个半小时的时间，刨去在路上的时间，还有将近一个小时。小屋里每个人都在各自干着自己的事情，胖鼓手和那个看似少言寡语的键盘手在二缺一的斗着地主，高个贝司手在对着镜子打理自己高耸的发型，大卡则在一丝不苟的抱着琴谱临阵磨枪。经过一下午的嘶吼，夏漫一片一片地往嘴里塞着润喉片。在这个过程中，她给郁木发了条短信，郁木给她回了一条。认真地看了一遍刚刚背过的歌词，又一片润喉糖被放到了嘴里。

出租车直接停在了酒吧的门口。匆匆地给完钱之后他们便抄起家伙下了车。门口热闹的景象超出了夏漫的预料，各色年龄和装扮的年轻人在这里散聚着。有聊天的，有抽烟的，还有互相摆弄对方奇装异服的。这些人似乎都在不时地朝他们张望，并交头接耳着。虽说之前夏漫对这种场景已经见怪不怪了，但此时此刻她却似乎更加身临其境了。目光还没来得及扫完整个全景，她便被大卡拉进了大门。

今天的演出一共有三支乐队，他们是其中最主打的一支，这从歌曲的数量和时间的安排就可见一斑。开场的演出便是他们，几个男生潇洒地上了舞台，前后左右地开始对乐器和音响进行调试，夏漫也从容地上去了。拿起麦克，她也加入到了调试的行列。

也许是瞳孔一时间还没有完全适应，从闪着各种强光的舞台上向下望去，台下好像更加昏暗了。不过从现场的分贝辨别，下面的人开始逐渐多了起来。

随着主持人的介绍，他们开始了今晚真正的演出。面对这么多人的尖叫，夏漫感觉自己有点像那些电视里的人了，那些她崇拜的偶像仿佛都在此刻赐予了她力量。鼓点起来的时候，她进入了自己的世界。

虽然喜欢唱歌，但她一直都没有想当歌星的愿望。在她心中歌星仿佛只是一个浮躁中烘托的光环，成千上万的少男少女为了触摸它而壮烈牺牲。那些真正快乐歌唱的人，才是最单纯的，也是最幸福的。她喜欢那样的人，以前是，现在也是。胡思乱想中她觉得高考似乎也有这样的光环，而最终能摘到它的人也就踏着成千上万壮烈牺牲的尸体，缓缓地跨入神坛。

夏漫的声音一张口便引来了台下的一片尖叫，气氛从第一首歌一开始就被引爆了。用力拍手的，高举双臂的，踮着脚跳的，互相碰撞酒瓶的，所有的声响和行为似乎都是在为他们报以热烈的回应。

不知是第几首歌间奏的时候她使劲地在台上跳了一下，仿佛所有的欢乐与愤怒都在这华丽的腾空和强烈的振动中得到释放和融合。某个瞬间她似乎觉得自己好像拥有了那个光环一样，璀璨夺目。但自己又怎么敢踏上成千上万壮烈牺牲的尸体呢？“不，我还没那么勇敢。我怕血。”恍然清醒后，打破了所有幻觉。她觉得自己只想简单地唱歌，也许还会偶尔得到别人的赞许，那就足够了。

底下的人们还在狂躁地欢呼雀跃着，他们真疯狂！

“真的假的啊？”

“真的。”

“以前还真没看出来。”

“我不能回家太晚，要不我妈该说我了。”

“不会多长时间的。”

“你来过这儿吗？”

“就一两次，好久以前了。”

“我操，这么闹啊！我心脏受不了。”

“废话，你以为是电影院啊。”

“也差不多，都是底下黑上边亮。”

“唱歌这人声音听着挺耳熟的。”

推开门，郁木、小游和丹哥走进了这个喧闹着的空间内，借着台上的亮光，他们找了个地方坐了下来。

“半打嘉士伯。”这种情况下，丹哥总是那么出手阔绰。摘掉围巾，从皮夹克的内兜里掏出钱包，派头十足地朝吧台招了招手。

穿过亢奋的人群，郁木一眼便看到了位于舞台中央的夏漫。她正站在话筒架前，面色平静又有点散漫地唱着什么。旁边还有几个摇头晃脑的小子，不用估计也知道这是个乐队。郁木是天黑之后才收到夏漫的短信的，那时他正陪小游还有丹哥在网吧消遣呢。直到丹哥做完了最后一个任务，他们才匆匆地离开网吧奔赴酒吧。来到这里的时候演出已经进行了一多半，不过这丝毫没有影响他们为夏漫捧场的兴致。

“原来夏漫这么牛逼啊！”小游喝了一口酒，对丹哥说。

“你说什么？”丹哥大声喊着，把头凑了过来。

“我说，原—来—夏—漫—这—么—牛—逼！”小游在丹哥耳朵边喊着。

牛逼这个词似乎有些粗俗，但用到此时的夏漫身上却那么合适，至少他们三个是这么认为的。高潮来了。

当夏漫彻底摇滚起来的时候，郁木有点傻了。那样透彻的声线和暴烈的歌词，真的是从她的嘴里发出的吗？她还是那个静静的不太多说话的夏漫吗？台下的所有人都在此起彼伏地沸腾着，随着激烈的节奏摇晃着，碰撞着。这首歌叫《二手生活》，夏漫演唱之前已经报过了名字。间奏的旋律似乎更加激烈了，吉他手狂秀 SOLO 的时候，夏漫的动作更加自我。她一跃而起，蜷缩着身子使劲在台上跳了一下。这无疑引起了台下的阵阵尖叫。

“我操，那是她吗？”小游拍了拍旁边的丹哥。

郁木瞪直了眼睛看着台上：“牛逼，太牛逼了。”

最后一首歌唱完之后，夏漫他们便下了台。从大卡他们兴奋的表情上可以充分说明演出相当成功。一支啤酒递到了夏漫眼前，被她微笑地谢绝了。几个乐手不约而同地和她击掌相庆，大卡的力量最大。

“太牛了，比我们原配主唱还带劲呢。”大卡开心得合不拢嘴。

“有那么夸张嘛！？”夏漫显然也很开心。

张洁不知从什么地方钻了出来。“夏漫，太帅了！”

夏漫故作沉默地冲她摆出了一个胜利的手势，之后便笑了出来。

喧闹的人群中，大卡悄悄地拉了一下她的手，这个动作很小，小到只有当事人才能觉察到。她急忙抽了出来，看了看大卡的脸，又看了看其他亢奋中的人们。在这些人中，她看到了郁木。

郁木、小游和丹哥就坐在离她不远的位置。在他们视线交接的时候，兴奋地冲她招着手。闪开张洁和大卡他们，她走了过去。

“你们什么时候来的啊？”她拍了一下小游的肩膀。

“来半天了，一直在底下给你尖叫呢。”丹哥说。

郁木拍了拍她的脑门：“你是叫夏漫吗？”

“去你的。”她用力踩了他一脚。

大卡和张洁也跟着过来了。“这是你朋友吧？”大卡问。

夏漫向郁木的位置撤了一步，一把抓住了他的手“这是我男朋友。这是我们乐队的吉他手，叫大卡。”

大卡的表情有点错乱，僵硬地说着些寒暄的话，并不时地瞟着张洁。不过更乱的应该是郁木，被夏漫突然这么一抓，他仿佛经历了瞬间电击似的。莫名其妙地看了一眼夏漫之后，便配合着她的表情故作从容了。

“好久没有这么痛快地发泄过了。”夏漫的语气似乎又恢复了以往的平静。

大卡赞赏和感谢了她几句后，就去一边和张洁说起了什么。

舞台上，另外一支乐队还在刻意地煽动着情绪。台下的年轻人们也极其配合地响应着。温度还在持续。

旋转的彩灯，晃动的人群，飘忽不定的各种旋律。

演出散场的时候，人们各自离开了。在跟大卡和几个乐手告别后，她上了公共汽车。

“那天，实在不好意思。我那么做是有原因的。”

“没什么，我知道。”

“那谢谢你了。”

“谢什么。朋友嘛。”

“哦，那就好。”

“嗯。”

对话完毕，夏漫和郁木又干起了自己的事情。

自习课上，老头在班里来回转悠着，这是老鹰和数学老师经常干的事情，今天他也想体会一下。没有人举手问他什么问题，这是语文这门课本质决定的。

夏漫把刚才和郁木传的纸条撕成了若干小块，扔进了垃圾袋。他们两人的座位挨着，传起条来也就通畅了很多。老头似乎是转累了，慢慢悠悠地朝讲台上的座位走去。屁股刚刚接触到椅子时，下课铃便响起了。

校门口又拥挤了起来，非毕业年级的孩子们已经放学了。王姨的毛活终于在这样寒冷的天气下派上了用场，一条崭新的大红围脖缠绕在了她的脖子上。郁木习惯地趴到了桌子上，还没有进入状态便被丹哥急促的声音叫了起来。

几个人匆匆地来到了学校门口，丹哥指了一下马路边的那个人堆。小游此时就在这里。

站在他对面的是几个气势汹汹的应届生。最中间的那个人看上去有些面熟，小游就是被他拦住的。一同被拦住的还有丹哥，他们本来是要去吃炸鸡柳的。

“你还记得我吗？”那小子说话的语气有点像黑帮片里的对白。这顿时让小游有点摸不清头绪了。旁边的丹哥似乎是见情形不对，拍了拍小游的肩膀，拨开挡路的小孩，冲出了人群。

“你还记得我吗？”那小子又问了一遍，声音也更具爆发力了。

这似乎激发了小游回忆的速度。脑海里迅速的闪过着一个又一个的照片，画面很快便定格了。

“终于想起来了。我记性不好，时间一长，就忘了。”找到答案的小游略微安抚了紧张的神经。

“你忘了，我可没忘！”那小子的语气和表情似乎是在告诉小游，他并不是个爱吃亏的主儿。他就是那个很早之前在食堂被小游摁倒在地的小子。

“你想怎么样啊？都那么长时间了。”

“少他妈废话。”他两眼瞪着小游做出了一副狠像。

“没劲。”小游一把推开了他，想走出人堆。但很快又被他们挡在了里面。他有些紧张了。眼睛微微地在地上来回扫视着，地上能用的家伙有限，而且能够迅速捡起的似乎也只有石子和落叶。面对一触即发的形式他不禁陷入了焦虑中，努力地抑制着脑门上缓缓渗出的汗。

扒开人堆，又有人进来了。扭过头，是郁木他们。

“怎么回事啊？”郁木看了看小游。

“一点小事。”小游的语气似乎比刚才镇定了很多。

“别跟他们废话了，有什么事赶紧说。”纳纳在人堆里显得甚是高大。

“打电话。”那小子掏出电话递给了旁边的一个小个。

这种形势下，那帮小子好像也不如之前那么凶猛了，但仍然不依不饶地说着什么。双方从实力悬殊顿时转变为势均力敌了。人群中的每个人都有猛烈对视，个个剑拔弩张着。所形成的气场仿佛一颗定时炸弹，随时都有引爆的可能。

“你们认识骡子吗？”那小子挑着下巴，摆出一副小混混的姿态。他说的这个人是这一片来头不小的校园混混。

“你说的是被开除的那个吗？”郁木半低着头地给了一句。

“你认识？”那小子停顿了一下后问，“你知道我们是什么关系吗？”

郁木看了看他：“你知道我们是什么关系吗？”

“我们是……”那小子说

“他和我……”郁木说。

“……”

“……”

“盘道”是学生打架前很重要的程序。就好像跆拳道比赛开始前的鞠躬和武术搏击前的抱拳一样，更像是一种礼仪性的行为了。谁都不想先动手，无聊地互相向对方介绍着自己认识的社会垃圾们。

郁木也觉得自己很无聊，其实这是他最为恶心的举动了。但基于目前的状况，就让这种无聊的恶心继续下去吧。

校门口依然车水马龙着。不时有人会朝他们这里张望，然后敬而远之地快步离去。老激的出现引起了他们的注意。终于，郁木出手了。他用力拍了一下那小子的肩膀。

小卖部老板躺在躺椅上专心地看着武侠小说，时不时地比划一下里面的人物的招式。外面的两拨人欢愉地碰着汽水瓶。乌云散尽其实就是这么简单，无聊的废话起到了出其不意的效果。像两支刚刚胜利会师的队伍一样，一众人继续无聊地盘着道。他们的状态似乎像是志同道合，又像是相见恨晚。

“骡子是谁啊？”小游把脸凑到郁木跟前偷偷的问。

“不知道。”郁木也偷偷地回答着。

小游有点惊异，瞪直了眼睛问：“那你怎么认识他？”

“我瞎蒙的。”郁木用手挡住了嘴，跟小游使了个眼色。

“那你不怕被他们问出破绽！”

“我估计他们和那个人也不熟，只是想说出来震震咱们。看他那语气就知道。”郁木继续回应着那帮小孩示好的笑脸，边说边喝了口汽水。

“牛逼！”这让小游佩服得五体投地。

与群殴的快感相比，他们似乎更乐于显示年少轻狂的那些所谓“脸面”。拳打脚踢只是一种途径罢了，在这样的结果之下，打架似乎变得可有可无了。这和他们现在的状态似乎有些吻合，放下屠刀立地成佛的精神确立之后，期末考试也仿佛变得不那么重要了。

其实期末考试在毕业班学生的眼里始终如同鸡肋。因为在他们眼中，年后的模拟考试才是真刀真枪的实战。在集体养精蓄锐的气氛中，期末考试就这样草草了事了。

短暂的寒假开始了。大家也都要过年了。年要好好过，因为又是新的一年。

寒假的第三天，张洁便给夏漫打来了电话。此时她正和向雯在向雯家无聊地唱着卡拉 OK。拿起电话，她走向了阳台。

“放假了吗？”

“嗯。”

“什么时候有空？一起去逛街。”

“不知道有没有时间，学校就放十几天。”

“对了！你什么时候有男朋友了？

“最近。”

“别骗人了，一看就不是。那天看你们俩一点都不自然。”

“……没有啊。”

“我知道你什么意思。其实大卡挺好啊，性格挺开朗，长的也还过得去……”

“我知道他人挺好的。只不过是我对这种类型的男生不太来电，感觉不踏实，有点太浮躁了。可能是我性格的原因吧。”

“嗯……这样啊……你是不是已经有喜欢的人了。”

“没有。”

“哦，我就随便一问。呵呵。”

……

……

“那有时间给我打电话吧。”

“好的，一定。”

“拜拜。”

“拜拜。”

挂掉电话，夏漫又回到了客厅。坐在地上的向雯正在唱着王菲的《梦中人》，神情欢快而投入。

“看你那样，怎么这么花痴啊！”夏漫抿着嘴坐到了她旁边。

向雯没理她，继续唱着。

间奏的时候她问向雯：“你梦中人是谁啊？”

向雯考虑了一下“应该是要像布拉德·皮特和裘德洛合体版的那种吧。”说完认真地点了点头。

“中国怕是找不着这种人了？”夏漫无奈地说。

“那就去外国找。”向雯笑了笑，继续唱了起来。

向雯的父母是典型的小资型中产阶级，爸爸是个公司的高管，妈妈也是事业单位的高薪阶层。她从小就是在蜜罐里泡大的，这可能也是她的脸上始终挂着灿烂笑容的原因。即使是在高四这种紧张黑暗的时期，这种灿烂的感觉还是始终如一。

“你和外外是怎么好上的啊？”夏漫看着电视里滚动的歌词问向雯。

“就是那么好上的呗！我对他有好感，他也对我有好感。”

“那他是布拉德·皮特和裘德洛合体版吗？”

“不是吧。”

“那你怎么对他有好感。”

“哎呀！你怎么变得那么麻烦了。好感这个东西谁说的清楚啊！这个月有，下个月可能就没了。今天有，明天可能就没了。这一秒有，下一秒可能就没了。”向雯一口气说完放下麦克风，盯着夏漫的眼睛问：“明白？”

被一连串似乎富有逻辑和哲理的话这么一灌，夏漫还真有点对向雯产生了新的认识。原本感觉她只是个活泼、开朗、天真的女孩。现在看来她原来还有如此知性和深刻的一面。活脱一个经历丰富的小女人。

“嗯，有道理！”夏漫点了点头。

唱歌本已是无聊的事了。唱累了，就更无聊了。躺在宽大的沙发上，两人听着卡拉 OK 里的原唱，看着天花板。

“你爸妈什么时候回来？”夏漫问。

“要到晚上了，他们下班晚。”

“那他们知道你复读还交男朋友吗？”

“不知道。”

“不过我看你和外外好像也不是每天都形影不离。”

“嗯，他要画画，其实每天在一起的时间并不多。他过几天就要去考试了。”

“那你们就更见不着了。”

向雯拿起手机噼里啪啦地按着。

“你干什么呢”夏漫问。

“给他发个短信。”

电视里的歌还在唱着，两人仍无所事事地躺在沙发上聊着些有用或没有的东西。她们仿佛都在思考着什么，但却又思考不出什么。

“咱们学会儿习吧。”夏漫说得有点突然。

“学习？”

“嗯。”

“好吧。”

停止了播放，关闭了电视，两人走进了向雯的房间。

“还有几天过年？”

“一个星期。”

“这么快啊！你们什么时候走？”

“大年初五。”

“那么早啊，我初八走。”

“也差不了多少。”

“能多在家玩两天就多在家玩两天。”

“早到那准备一下，要不太仓促我怕紧张。”

“你不是说你家里已经给你找好了美院的老师了吗？那你还紧张什么？”

“这种事谁说得准啊？你可别跟别人瞎说。”

“我现在一看见石膏像就恶心。”

“比我强，我一看见带颜色的东西就恶心。”

“那你看我们恶心吗？”

“滚。”

“给我讲讲你们去年考试时候的样子吧。”

“这个……”

最近几天桑爷的画室里紧张的气氛似乎越来越浓重了，大家都在有意地用自己的方式缓解着这种气氛。坐在墙角的几个人已经完成了他们的练习，放松地聊着天。他们的话题五花八门，但似乎总是围绕着考试的那点破事。他们中有应届生，也有往届生。应届生喜欢向往届生咨询着种种经验和教训，而往届生却似乎更乐于向他们讲些考场里的奇闻趣事。譬如考试时他前面的胖子总是放屁，多么影响他的状态；外形五大三粗的主考老师说起话来怎么样的娘娘腔，走起路来手是怎么甩的等等等等，诸如此类。

外外没有加入他们的讨论，一个人坐在一边练着速写。手里的笔快速地在纸上滑动着，并不时地停下来思考些什么。那个画满心情的本子就放在旁边，安静地躺着。虽然他的手和眼都停留在画板上，但耳朵却耐不住寂寞的接受着那边传来的每一句话。那些应届生的问题，每一句都像是在问他一样。而他也把这些问题，在自己的内心暗自地回答着。

这种感觉只有过来人才能知晓，此刻的他就是个老兵。

桑爷端着茶杯进来的时候，画室里依然保持着这种状态。他今天并没有多讲什么，看过了每个人的作业之后，他逐个进行了鼓励。在他的嘴里每个人画得都很好，以往强调的明暗、色彩、透视和造型此时此刻似乎都已经被他们把握得无懈可击了。他们一下子仿佛都有了实力通过任何学校的专业考试了。似乎一时间就万事俱备只欠东风了。简单的点评之后，桑爷也加入到了他们的闲聊。闲聊是必要的，因为的确没有什么好讲的了。今天是大家在桑爷这里的最后一节课了。外外此时也放下画板凑了过来。

“以后当了大画家什么的，可别忘了我啊。”桑爷微笑着看着身边的战士们。

“可别这么说，我要能赶上您一半也就行了。就怕连个固定工作都找不着。”旁边一个男生说道。

“那怕什么啊，哪个艺术家有固定工作啊？”穿着大头皮鞋的女孩说。

“老师，您以后成了大画家，我们还得投奔您呢。”不知道谁说了这么一句。

桑爷笑得似乎有点不那么从容，拿起茶杯，轻轻地抿了一口。

之后又聊了些无聊的话题后，不知道谁说要照相。大家都各自掏出手机，三三两两地互相合影留念。装可爱的，装酷的，摆着各种 POSS 的，他们想用这样的方式来结束他们最后的一节专业课，没有多少留恋，更多的是茫然。像是最后的晚餐一样，他们享受着最后的狂欢。他们此时的表情一点都不像“艺术家”，天真的表情和手势分明就是一群思想单纯的孩子。其实，艺术家不就应该是些思想单纯的孩子吗？

一款像素最高的手机被大家选了出来拍大合照。桑爷笑容可掬地被几个孩子围在了中间。

“老师往中间一坐连闪光灯都不用打了。”一个男生摸了摸桑爷的光头说。

另外一个男生模仿着桑爷平时的语气。“注意造型！”

“都别贫了，注意。”

“一，二，三，茄子。”

最后一节课就这样结束了。这个画室里不久还会迎来新的战士们，对于画室来说，他们不过只是年复一年中的一笔罢了。但对于他们来说告别这个画室，也许就代表了生命中一幅画面的结束。他们都想继续画下去，但谁也不想再回来了。

人都走了，外外从包里掏出一个塑料袋。他和桑爷结了拿到佳佳画廊的那些画的钱，这些钱应该并不比他办班赚的钱多，但拿到这些钱之后的桑爷，表情却比收到学费时要欣喜很多。

“您这里还有画吗？佳佳让我问问您。”

"最近有点忙，还没有什么成品。等我画完了，给你打电话吧。"

"嗯好，那我先走了。"

"着什么急啊，你把我的画推荐到画廊，现在也挣了些钱。我早想谢谢你了，就是一直没时间。你过两天就要去考试了。我看这样吧，我请你吃饭。"

"您跟我客气什么啊，画廊的事其实当时也是帮我朋友忙。您不用谢我。"

"咱们都别客气了。"说着桑爷推着外外一起走出了门。

冬天的饭馆里总是给人一种温暖的感觉，从寒冷的门外走进来的时候，总是感到一股热气腾腾。坐在热气腾腾中的两个人，轻松地聊着些与考试有关或无关的事。他们好像更喜欢跑题，这似乎像是种默契。

桌上酒瓶的数目恰到好处地停止在了两人都很轻松的位置。在接近尾声的时候，桑爷满面红光地对外外说："你是不是听他们说，我认识那个美院的老师？"

外外看了看他，喝了口酒。"好像听别人这么说过。"

"你考那个学校之前记得给我打个电话。"桑爷认真地看着他。"你自己心里有数就行了，别跟别人说。就算是我感谢你给我帮忙了。"

"嗯，知道了。"外外半信半疑地看着桑爷，点了点头。

这是两人的第一次吃饭，两个多小时后他们简单地告别了。没有太多离愁，一切都是如此自然，出乎意料的平淡。

骑车回家的路上，外外发现自己好像与世界失去了联络。这几天的确太紧张了，他没有给谁打过电话，也没有谁给他打过电话。掏出电话，他拨通了向雯的号码。

"对不起，您的电话已停机。Sorry, ……"电话里传出了这样的声音。

"妈的。"他似乎明白了和世界失去联络的原因。在一个 24 小时便利店门口他把车停了下来。

一张刚刚作废的充值卡被扔到了地上，他刚想给向雯打个电话，却收到了向雯发来的一条短信。"什么算是有好感呢？"这是她两天前发来的。

面对着闪亮的手机屏他若有所思地站在原地。刚才的酒精好像还在血管内翻滚着，使他并不感觉这个晚上有多么冷，只是手指似乎有些冻得发僵了。摘掉手套，他用嘴里的哈气温暖了一下手指。片刻后，他似乎找到了答案，拇指在手机的键盘上移动了起来。

—woyoushengjile

—什么？

—我又升级了

—我靠，以后聊 QQ 别总打拼音

—游戏中，请勿打扰。

“他妈的！”

放假的时候，“绝地”的人比平时更加多了，里面的气氛也更加温暖了。没占到机子的孩子们坐在空闲的椅子上无聊地耗着，说着那些恶俗的脏话聊着天，眼睛扫视随时可能下机的人们。

60，61，62，是三台靠在角落里的机子。郁木，小游，丹哥就坐在这。

丹哥又升级了，这从他欣慰的表情中就可知晓。小游和丹哥的差距越来越远了，不过仍饶有兴致地游戏着。他仿佛已经达到了一个更高的境界，不再为级别和装备而拼杀，更大程度上只是为了陶冶因繁重的复习而即将灭绝的情操。

“你说你天天都这么玩，有意思吗？”小游问丹哥。

“有意思啊！”

“有什么意思啊？”

“没意思你还玩？”

“晕。”

……

“丹哥有人欺负我，帮我扁他。”

“有意思了吧。”

耳机挎在脖子上，郁木专注地打着 CS。今天手感很好，枪枪毙命。放假的第一天他便搬回家了，爸妈还是那么忙，但回家的感觉还是如此之好。早上一睁眼，他便被丹哥的电话叫到这里了。这是一项很斯文的暴力活动，无需任何肢体上的剧烈运动，轻点鼠标即可取人性命。这项活动的最终目的和最大快感就是，杀人。准星在别人头上移动的感觉总是那么紧张而兴奋。选定目标，扣动食指，屏幕右上角显示出爆头的信息。郁木表情有些木讷，郁闷地摇了摇头。在他瞄准对手的瞬间，却被对手一枪毙命了。命运有时就是这样，在你说不清是希望还是绝望的时候和你开着玩笑。喝了口放在鼠标旁边的可乐，他想，还好死的不是我本人。

就在郁木被爆头的同时，丹哥也帮小游砍死了那个欺负他的人。踩着他的血迹，二人收拾着爆出来的装备、金钱和各种随身携带的物品。他们一点也没有觉得恐惧、恶心或不安，兴奋地在那人的尸体上寻寻觅觅。这并不怪他们，只有这样才能体现出他们的强大。

郁木又要卷土重来了，小游和丹哥也在继续奋战。除了他们之外，其他人好像也都在干着类似这样的事情，整个网吧仿佛都沉浸在这种生与死的状态中。硝烟弥漫，杀气冲天。

旁边一个西服革履貌似白领的人在打着电话，时不时地看看 QQ 麻将里是否轮到他摸牌了。他的语速很快，使得郁木不能专心作战了。

“我已经跟王总谈过了。没问题的，没问题的，肯定没问题的……那份文件是昨天夜里打过去的，你先给他的秘书，他的秘书再给他，他再给他们副总，他们副总……我跟你说了多少遍了，先买进，后卖出。基金浮动太小，股票升得快……赵主任小姨子的表姐夫家小孩上重点小学的事，我已经找我们同学的爱人的同事的老公办好了，你跟他说一声，夏天就能入学了……我女朋友？最近和她初恋结婚了……靠！失去理智了……”

郁木呆呆地看着他，聆听着他抑扬顿挫的声音连珠炮似的喷出。仿佛完全被他的声音所倾倒了。在某个瞬间，这个声音停了下来。那个人莫名其妙地看了看他，指了指他的屏幕说：“哥们你被人瞄上了。”

郁木急忙回头的时候，屏幕内的视线已经仰到了天上。一个端着枪的身影从他的尸体上踩了过去。电话响了，是夏漫打来的。她问他有没有和外外在一起，他说没有。她问他知不知道外外最近在干什么，他说不知道。

“没什么事，我就是问问。”夏漫说。

“哦，你在哪呢？你那边怎么那么吵。”他能听出来，她那边在唱卡拉 OK，声音嘈杂混乱。

“我和向雯在她家玩呢。”

“就知道玩，也不学习。”

简单的开了几句玩笑后两人结束了通话。一个高中生模样的年轻人大摇大摆的走到了丹哥面前，拍了拍丹哥肩膀：“叔叔，借个火。”丹哥专注的表情被这一拍打断了，抬头看了看他，掏出了火机。那人走后，丹哥有些郁闷地继续着游戏。

和小游相视一笑后，郁木问：“最近怎么看不见外外了。”

“他应该快考试了吧。”小游说。

“也不跟咱们联系了。”郁木边瞄准边说。

“那你给他打个电话呗。”丹哥随口说了一句。

丹哥的话马上被小游落实到了行动上。“对不起，你拨打的电话已欠费。sorry，……”

小游看了看郁木和丹哥：“他手机欠费了。”

郁木做了个无奈的表情后，电话又响了。这次是他原来的高中哥们，通知他过年聚会的事。这让郁木多少有些期待，他的表情说明了一切。

网吧内依旧弥漫着浓重的硝烟味道，孩子们的叫嚣声也随着这种气味愈发猛烈了。大家都在这种厮杀中和谐地享受着新年将至的快感，好像每个人都有宣泄的必要似的。他们要宣泄什么呢？他们只是一群孩子，毁灭世界和拯救世界，似乎看来都不可能，能做的也许只有继续宣泄。那个西服革履貌似白领的人还在没完没了地说着，他似乎有说不完的话。靠！真烦。

（14）

和之前的近 20 年一样，在今天这个日子里永远都弥漫着喜庆和温暖。到处都是张灯结彩，欢天喜地。外面不时地有各种声响在欢快地鸣叫着，天空中也随之闪着各种颜色的光。

热腾腾的饺子终于出锅了，妈妈满面笑容地端到了桌子上。靠着沙发边吃饺子边看电视的感觉真是太美好了。抛开所有烦恼和忧愁，郁木第一口就吃到了包在饺子里的硬币。这使坐在旁边的爸爸妈妈立马欢喜得合不拢嘴。妈妈说他有福气，来年一定行大运。爸爸也在旁边一个劲地点头。

“明年咱们一定能考个好学校。”妈妈说。

“嗯！一定没问题，绝对没问题。你考上了大学，就等于咱们全家都行大运了。”爸爸端起酒盅喝了一口。“你说是吧！”

“是，是，没问题，一定没问题。”郁木笑得有些不那么从容，低头拿起酒杯一口干了下去。

电视里的明星们依然嘻嘻哈哈地折腾着，春晚似乎一年比一年乏味了。距离零点还有半个小时，外面就已经沸腾了，鞭炮的声音轰轰烈烈到了沸腾的程度，大人小孩们都兴致勃勃地看着漫天的烟花。电视里正在表演的是一帮唱戏的艺术家们，他们应该很可怜，拼了命地上了春晚，可此刻还能有几个人守在电视机旁欣赏他们呢？

钟声终于敲响了，又是新的一年。外面的声响也达到了高潮。同时达到高潮的还有郁木的手机。电话，短信，彩信一时间全来了。无一例外都是互相拜年和问好的。

“过年好！”

“过年好！”

“看电视了吗？今年春节晚会真没劲。”小游充满喜庆地批评着刚才的四个小时。

“忍了吧，都习惯了。你在哪呢？”郁木问。

“天津。”小游的话里似乎夹杂了些天津味。

“你怎么在天津呢？”

“回去过年，我老家是天津的。”

“我说你刚才说话怎么有点马三立的意思呢。记得回来给我带点包子、麻花什么的。”郁木边说边笑着，但微微地感觉电话的另一端似乎有些安静，停顿了几秒钟后，小游才又开始说话。

“我可能不回去了。”

“为什么？”

“复读太没前途了。估计明年还不一定考得上。所以打算在这边找个工作算了。”小游的语气有些伤感。

“真的假的？”郁木的心里咯噔一震，顿时感到有些冰凉发麻了。

“真的。大过年的不说这些了，你好好学吧，一定要考个好大学。”

“我……你……”郁木顿时不知该说些什么了，一时间仿佛空气都凝固了。他想也许小游是对的，这个选择是否更适合自己呢？他陷入了混乱。

通话瞬间停滞了。可不一会，电话那边就笑开了花。

“你笑什么？”他问小游。

“逗你玩。”小游说了句正宗的天津话。

“滚！去死吧。”

外外的短信似乎有些长，新年快乐之后还附带了他要去考试的事。郁木让他好好考，告诉他要相信自己，问他火车的时间，说和大家一起去送他。外外虽然告诉了他时间，但还是说千万别去送他，并编了些理由极力拒绝了。这些理由听起来似乎并不那么有说服力，但郁木仍然回复了一个“那好吧。”

丹哥的电话里很热闹。“过年好。”

“过年好，你在哪呢？”

“绝地，今天通宵半价，吃完饺子我就来了。”

“我靠，你就跟圣痕过年了？”

“跟谁过不是过啊？要的就是一个乐。”

“……”

“……”

纳纳发来的祝福短信未免也太俗了点，郁木觉得他 10 年前就看过了。随即便回复了一句“太土了！”和一条最新的贺年短信。

手机终于得到了一丝喘息，还没等它歇够，便接到了夏漫的电话。

每到年三十都要去奶奶家过年，是一直以来的习惯。今年也是如此。奶奶家孩子很多，以姑姑们为主。人多总是显得格外热闹和喜庆，各尽其职、兴高采烈的一通忙活之后，一家人其乐融融的围坐上了年夜饭的饭桌。晚会开始的时候，筷子们也启动了。

“今天晚上 12 点半人民广场上有烟火晚会。”向雯给她发来了条短信。

“你要去？”夏漫问。

“不去了，要在家陪家里人看电视。就是想告诉你一声。”

“哦，知道了。”

“我要去包饺子了，免回。”

爸爸是奶奶家最小的孩子，加之从小聪明懂事，所以一直就被几个姑姑宠爱着。即使随着年龄的不断增长，这种感觉也一点没有减退，反而随着年龄的增大更越发强烈了。或许因为这一点，所以姑姑们对夏漫自然也疼爱有加。这种疼爱在几年前来得更加直接和简单，至少夏漫是这样认为的。不过最近几年似乎变得有些复杂了。

由于她对爸爸潜在的抵触情绪，和常常暗流汹涌的思维碰撞，所以导致了她和爸爸现在不温不火的关系。这无疑成为了几姑姑对她进行批评教育的原因。这种批评教育有间接的有直接的，但所有的内容无非就是“你这样不对！要改。”

这种批评教育从她去年没有上大学的那刻起更加犀利了，至少她主观感觉是这样的。心情忐忑，如坐针毡。其实所有人都是疼爱她、关心她的，但她为何还会如此不安呢？也许是多年来累积的阴影罢了。这种不大的阴影伴随着她度过了所谓的生理发育期和心理发育期，并不由她选择地暗自潜伏，成了一种隐性的症状。

“以后，可别让你爸生气了。你看你爸一天到晚多忙啊！”

“嗯。”

“你爸一个人带着你多不容易啊！不许让你爸再生气了。”

“嗯。”

“你爸现在最操心了，上有老下有小的。你应该让他省点心呢。”

“嗯。”

“可得好好复习啊！今年要是再考不上大学,就白辜负你爸的一片苦心了。”

“嗯。”

“你这种性格就是太个了，有什么话也不说，我们也不知道你怎么想的。大过年的也不说什么了……”

姑姑们用各自不同的音调对她进行着教育，她们的话都是为了她好，她当然知道。可是会有谁那么想让自己的爸爸着急生气呢？又会有谁那么不想考上大学呢？

她们的话都是为了她好，她当然知道。但是她仍感到了一些凄凉，为什么这些亲人没有一个能站在她的角度上想想呢？为什么没有一个人能为她说几句话呢？哪怕只是一句。但事实就是那么可笑，似乎所有人都加入了教育她的行列。那种渴望遗憾地从来没有发生过。

新年的钟声终于敲响了，在热闹喜庆的气氛里，爸爸的手机响了。之后他便换了新衣服悄悄地走出了门。拿着姑姑们给的压岁钱，她似乎有种说不出的脆弱。这些钱是如此的温暖而又沉重，压得她喘不过气来。她想找个地方安静一下，暂时避开这种无聊的喧嚣和压力。

躲在房间的角落里。她拨通了郁木的电话。

天空中闪耀着五颜六色的光，底下的人们跟随着这些光欢笑着、尖叫着。广场上人们统一地仰着头，像是在接受圣光赐福般满面笑容。郁木递给夏漫一个口香糖，夏漫放到了嘴里。两人坐在一个花坛旁边，抬头望着闪亮的夜空。

“为什么想来看烟花？”

“反正也闲得无聊。”

“那么晚出来，你家人不担心吗？”

“也许吧。”

黑夜此时仿佛显得不那么黑了，湛蓝，透明。烟花开放的瞬间，每个人脸上都是那激动而幸福，这些美丽的火焰使得谁也不会感到寒冷和孤单。被厚厚的羽绒服、棉大衣包裹在体内的心脏，也都随着烟花的节奏而一下一下地温暖绽放着。

“你爸妈平时不管你吗？”郁木把头从天上移向了夏漫的脸。

“你觉得呢？”夏漫问。

“不知道。”

夏漫抬着头，晶莹的眼珠里反射出绚丽的烟花。片刻后她才说话：“告诉我一个你不愿意和别人说的事。”

“什么？”郁木似乎没听清。

“告诉我一个你不愿意和别人说的事。”夏漫又重复了一遍。

郁木皱了皱眉头。“怎么那么像电影里的情节？”

“不告诉拉倒。”

“那让我想想，让我想想。”郁木莫名其妙的赶紧解释道。“我……我害怕老鼠，一见老鼠浑身哆嗦，有一次在我家楼下一只老鼠从我脚底下钻了过去，差点没给我吓死，我感觉我瞬间蹦起来了两米多……”

“这个不算，太简单了。”

“这都不算？那……我进过好几次派出所，都是因为和人打架。感觉特别丢人！其实我是个好孩子！”

“男生打架有什么丢人的。不算，再说一个。”

“这还不丢人？”郁木有点没辙了，但还在认真的想着。视线飘渺地注视着前方，像是又要说点什么了。“我真不想上大学了，我觉得每个人都可以有自己不同的人生。但我又比谁都想上大学，特怕自己上不了，我有时都觉得自己特贱。现在上大学已经不是我个人的事了，为了爸爸、妈妈、亲戚、朋友，我也得考上大学。他们都看着我呢。这根本就不是为了上大学而上大学，而是为了所谓的脸面和光彩而上大学。我不能让人瞧不起，为了我爸、我妈，更为了我自己。妈的，特傻逼吧？”郁木的情绪似乎有些激动了，但仍努力的控制着。“我不愿意和别人说这些，也从来没跟别人说过。”

夏漫看着郁木的眼睛说：“那我也告诉你一个我不愿意和别人说的事。”

“嗯。”

“你开始问我什么？”

“你爸妈平时不管你吗？”

“我没有妈妈了。”

夏漫这句话说得很平静，郁木听到时也刻意的平静着。“你妈呢？”

“死了。”

郁木本想继续问下去，但他一时又似乎没有这样做的勇气和欲望了。不知是什么原因和理由，他轻轻地触碰到了夏漫的手。

天上的烟花还在拼命绽放着。像T台上的模特一样，在自己短暂的表演时间内，向人们展示着自己火辣的身材和婀娜的姿态。各种颜色，各种声响，五颜六色，噼里啪啦地怒放着。姿态各异、色彩斑斓的烟花仿佛长了翅膀一样一跃而起，尽情地释放完全部的激情后便消失不见了。

“你说我们像不像这烟花。”

“我们根本就是。”

街上已经变成一片红色，到处弥漫着纸皮和火药的气味。这家饭店生意不错，之前的几年他们也曾经来过。

二楼的包厢里有两桌人，一桌男生，一桌女生。郁木自然坐在男生的那桌里，旁边坐的都是他曾经亲密的战友。高中毕业后的第一次同学聚会人来得出奇的全。亲切，怀旧，热闹无比。两桌菜是一样的，男生那桌却总是要慢半拍。

每次都是看着女生们把一道新菜吃到一半时，他们的才会上来。几道菜过后，阶级矛盾便暗暗地激发了出来。男生们开始有了阴谋的策划。

又一道菜上来了，服务员依然优雅地放到了女生们的桌子上。“经典香酥招牌鸡”女服务员报完菜名后微笑着离开了。“快上……”男生桌上牛牛喊了一句，他平时有点结巴，但这两个字却说得干净利索。可能是受到牛牛精神的鼓舞，男生们顿时群情激昂，一拥而上。

女生桌顷刻间乱作一团。惊慌，尖叫，奋力抵抗。她们做出了最大的努力，但结果还是不能改变的。盘子里除了装饰用的黄瓜片和香菜，其他统统被一扫而光了。

男生们满载而归的坐回了原位，纷纷野蛮的撕咬开了。郁木手里的是一根扭曲的支离破碎的鸡脖子，二话没说，揪下一截塞进了嘴里。他恍惚地感觉自己现在的生活就像这个鸡脖子。难以咀嚼，又津津有味，总是无法把每个缝隙、每个纹理彻底整理干净。麻烦，真麻烦。

女生桌上还在抱怨着，诅咒着。旁边的兄弟们依然乐此不疲地撕咬着，只有牛牛有些郁闷。拿着一整块丰满的鸡屁股他有些无从下嘴。“你们太……太……太不仗义了。就给我留……留个鸡屁股。”“刚才形势那么激烈，谁顾得过来谁啊！我耳朵差点让她们揪下来。有个鸡屁股就不错了。”旁边的大鹏边啃着鸡大腿边揉着自己的耳朵说。“再说了，不是你让大家快上的吗。你还不瞄准好了？”

牛牛有些委屈：“我没有！我是跟服务员说快上……我们的，我后面的还没……没……没说出来呢，你们就……就上了。”两桌人都快笑翻了，大家纷纷安慰着拿着鸡屁股的牛牛。没过多久，他们的“经典香酥招牌鸡”也来了。

同学们大多分散到了不同的大学，有本地的学校，也有外地的。大家的话题也开始扯到了大学的那点破事。郁木并没有因此而感到失落，颇有兴致地当起了听众。大家对大学的描述似乎都与学习没什么关系，美女、色老师、恶心的系主任、黑暗的学生会几乎充斥了全部内容。在郁木的脑海中大学校园的神圣顷刻间面目全非，似乎有些腐朽化和官僚化了。

“咱就说学生会吧。我本来挺积极上进的，刚一入学就加入了学生会了。没干半年我就退了。”

“为什么啊？”

“为什么？我一进去才明白，学生会就是组织学生天天开会。不管有事没事，隔三差五就开会，开会的目的就是没事找事。”

“比如呢？”

“比如？调查学生睡觉时打呼噜的比例，要开个会。你说这不是吃饱了撑的吗？人家睡觉打不打呼噜你管得着吗？讨论如何降低校园内自行车被盗率，要开个会。他们保卫处不开会，让我们开哪门子会啊！还有运动会买水要开会，歌手大赛贴海报要开会，教师节给老师送苹果还是梨也要开会……多了去了。都是没事找事的会。有一次我跟我们部长聊天，他也挺无奈。说上边定了开会的指标，哪个部门会开得少，就说明工作态度不积极。我看我们部长那无辜样，也够同情他的。”

“大学不就是混吗！什么这个会那个会的，我连课都不怎么上。最后把毕业证混下来，就算完成任务。”

“我觉得大学的任务还是好好学习，学到一技之长，毕业找个好工作。”

“说这些太沉重了，换个轻松一些的。大家讨论一下大学生性生活的问题。”

“去你妈的，流氓！那先讨论你的吧……”

郁木在一旁笑得很开心，时不时地还会跟着插上几句，他似乎觉得这也将是他的生活，只是自己还没有充分地去迎接罢了。他心中有些迫不及待的渴望了，这种生活本身更像是代表了一种身份，一种正在受着高等教育的身份。他们都是祖国的栋梁，未来的希望，没有哪个家长不希望他的孩子拥有这样的身份，也没有哪个孩子不拼了命的为此而努力着。

女生桌上又一道菜上来了，男生们似乎谁也没有奔过去的欲望了。桌上的空酒瓶越来越多，菜也渐渐沦为了配角。互相捧着杯，打着圈地干。似乎吃饭也只是一种较为体面的形式罢了。谁会在乎自己到底吃了些什么又喝了些什么呢？唯一有意义的活动就是说话。他们仿佛都有说不完的话。说的都是过往琐碎的片段，而这些内容大多与学习无关。

不知道喝空了第几瓶的时候，聚会也散了。

年就这样过去了，至少是对于他们来说。

今天是大年初五，短暂的假期结束的日子。在这一天，战士们又重新集合了起来。校园里很安静，只有他们和高三的学生在上课。课间操和眼保健操在正式开学前的这些天也暂且停止了，也许谁都不认为它真的有用，平日里无非只是在刻板地执行着国家的规定而已。而现在就似乎更没这个必要了，能省则省，省电省事。高考越来越近了，和宝贵的时间比起来，眼睛和身体又算得了什么呢？科任老师们都是有课才来，没课就走。这像是个特殊时期，在别人还在享受着过年的合家欢乐时，他们却已经重新集结了。他们大多是被迫回来的，应该不会有谁会认为多学这几天能对他们的高考有多大的帮助。但老师们并不这么认为，他们有他们的教学计划，每个课时对他们来说仿佛都那么宝贵。这无疑是对学生成绩的负责，这真是棒极了。

他们的学校是这个城市里毕业班开课最早的，也许是想在严格性和积极性上给其他学校做出表率吧。或许只有这样，学校的教学质量才能被外界公认，高考的升学率才会提高。不过其他学校当然也不甘落后，之后的几天里它们的毕业班也将会陆续开学。全城性的备战即将重新展开。紧张、激烈、血雨腥风。而最终的胜利者也将会在这些人中横空出世，笑傲江湖。

由于是假期补课的原因，校门并没像平日那样紧闭，而是留了一道缝隙供前来上班和下班回家的老师们通行。此刻靠窗的同学就向大家通风报信了："老头走了！老头走了！"

下午三四点钟是冬日里最温暖的时段。下面的课是历史课，有些人似乎觉得这并不够安逸了。

"咱们也走吧。"丹哥扭着身子对郁木说。

"去哪？"

"绝地。"

"那么着急？"

"我们帮派今天要开大会。"

郁木好像突然想起了些什么。"今天几号？"

"不知道，我已经过糊涂了，反正他们说是今天。"

郁木把脸转向了旁边的夏漫。

"6号。"

向雯在发着短信，八成是跟外外。小游刻意地保持着冷漠，无聊地翻着那些他重新认定为是垃圾的娱乐杂志。余光里的向雯时而欢颜又时而沉默，他不想知道其中的原因，他只想尽量地使自己放轻松。丹哥从后面拍了一下他的头，让紧绷的他着实吓了一跳。

"干什么呢？"

"学习。"

"看LadyGaGa的大屁股也叫学习？"

"这叫艺术你懂吗？"

擦干净画板上的污渍，把画笔和颜料整齐地排列进工具箱。武器已经准备就绪了。坐在椅子上，外外想舒服地靠一会。火车票已经买好了，他要踏上征途了。爸爸妈妈今天都没有出去，因为此时此刻儿子的考试才是他们最最关心的重点。起初他们是要陪外外一起去考试，但在外外的极力阻拦下才放弃了这个念头。钱是很重要的东西，招生的学校知道这一点，考生自然更加清楚。单单报名费十来个学校加起来就已经不是小数目了，再加上吃住，就更是可观了。艺术生永远是一个能和花钱挂上钩的身份，不过现在越来越多的人想和这个身份挂上钩了。

爸爸在纸上写了几个数字，连同一张银行卡放到了桌子上。"这是给你带的钱，别乱花。用多少取多少。自己在外面身上现金别带太多……"

妈妈在一旁也不甘示弱："饭一定要吃好，营养必须跟上，千万不能吃方便面。觉也要睡好，别睡太晚了，要不然考试的时候没精神，注意力不集中就画不好了。"边唠叨边往他的书包里塞着在火车上吃的东西，苹果、香蕉、牛奶、香肠、面包……唯独没有方便面。

时间快到了。他给向雯发了一条短信，说他现在要去火车站了。她说想去送他，可是去不了。他说没关系他知道。她说了很多鼓励他的话，觉得他一定能考上的。他边看边默默地笑。她问他什么时候回来。他说考完就回来。她说她会想他的。他说他也是。她让他每天给她发短信。他让她也是。

背上画板，拎起画箱，他和妈妈做了一个简单的拥抱后他便正式启程了。他要打车，但爸爸还是坚持要开车送他去火车站。最后的结果也是这样。

他并不认为让爸爸开车送他有什么不好，这理应再自然不过了。但他还是希望能自己静静地踏上火车，因为他恐惧和爸爸在车站告别的那一刻。他该用什么方式，什么表情，什么心情，什么语言和爸爸告别呢！

火车站的人很多，形形色色，鱼龙混杂。其中最醒目的就是背着包袱的农民工和背着画板的学生了。他们好像是怀着同样的梦想聚集到这里的，和谐地彼此观赏着。

上火车的那刻爸爸什么话都没说，这让他多少有些意外。眼前只有一张平静且略带微笑的脸，淡定，轻松。整个过程并不凝重，他们还少有的开了几句玩笑。爸爸离开后，火车便启动了。同车厢里还有几个像他一样带着家伙的人，他们之间互不相识，各自蜷缩在自己的座位上。他们偶而还会悄悄地打量着对方，像是在打量着自己潜在的对手。外外眼中的他们都挺邋遢的，肥厚的外套，破旧的牛仔裤，满是油彩的画板袋子，一张张似乎沧桑的脸，但却又都自我感觉良好，神情中带出目空一切的劲，就跟自己真是艺术家似的。这的确有些可笑。不过在那些人眼中，他可能也是这样的。

火车快要经过他复读的学校了，这让外外有些敏感。他们今天已经开课了，那些天天混在一起的家伙们此刻就在铁门里面。教室里现在或许充斥着老鹰铿锵有力的伦敦音，又或许是老头缓慢的语速和杂乱的古文声，还或许是数学老师的粉笔在黑板上咯吱咯吱地画着那些像下垂的乳房一样的函数图象。总之大家都在努力着，谁也没闲着。

一个声响引起了车厢里人们的注意。似乎是从火车外皮上发出的撞击声，沉闷，激烈。谁也不知道是怎么回事，大家都认为这只是个意外而已。但片刻后他们就改变了想法，这种声音成群结队地袭来了，而且仿佛愈发凶猛。车厢内顿时躁动了起来，人们像是在一个巨大的不锈钢饭盒里躲避冰雹一样，保全着肉体，摧残着神经。他们纷纷地趴到了窗户前，想看看外面究竟发生了什么。

他们的样子很可笑，有些慌张又有些好奇。把脸尽量地靠近窗户，但又不敢紧贴上去，像是怕被袭来的东西击中玻璃扎到自己的脸。“有人往车厢上扔石头。”一个中年妇女高声喊道。

外外没有向外面看，他终于也体会到了这种在车内被乱石齐射的感觉，焦躁不安，惶恐至极。这种送行方式，确实很特别。郁木居然还记得那条短信上的时间！蜷缩在座位上，看着那些忿忿的人们外外偷偷地笑了起来。

那天他在一旁画画的时候，郁木问这车是向哪走的。小游说向南，丹哥说向北。最终也没有定论。而现在他已经知道了些答案，因为此时的他正在和车一同前行。

一节车厢的距离对于飞快行驶中的列车来说显然太微不足道了，很快他们的车厢便度过了短暂的激荡，一切又恢复了之前的平静。外外下意识地朝窗外看了一眼，什么都没看到。车的确开得很快，以这个速度他应该很快便会离开这座城市，经过一段荒野，静静地等待着进入另一个他想要进入的城市。

自从那次意外地考进前五名之后，夏漫对学英语的积极性似乎越来越高了。每天都会按时按量地背单词，记语法，做练习，歌词本上的英文歌越来越多了，成绩也似乎越来越好了。此刻她又在看着那种特厚的英语辅导书。

向雯过来找她了，她最近好像有些无聊，夏漫认为原因可能是因为学校里没有外外了。郁木起身，把座位让给向雯，自己坐到了丹哥旁边。

“这么用功啊！”向雯眯着大眼睛坐了下来。

“外外不在你就想起我来了。”夏漫做生气状地看着向雯。

“哪有啊！没有，没有。嘻嘻……”

“他考得怎么样啊？”郁木问向雯。

“应该还行吧，已经考完了几个学校了。”

“什么时候回来？”

“可能还要过一阵吧。”向雯考虑了一下说。

“咱们这不是也有好多艺术院校在考试吗，他为什么非要去那边考？”丹哥的问题显得有些业余。

“他说 XX 美院在咱们这没考点，那是他的理想。所有他就选择去那边考了。”

小游没有加入他们的话题，一个人坐在座位上独自看着历史。他应该能够听到他们的声音，这似乎打扰了他看书的兴致。但他们这群没礼貌的人却没有注意到这一点，还在继续问着向雯关于外外的事。

“那他还回来一模考试吗？”纳纳不知道什么时候也凑了过来。

这句话让大家全都冷静了下来，每个人的心里都不同程度地经历了瞬间的微波。还有不到半个月“一模”就要来了，之后便是“二模”，再之后就是他们的第二次高考了。

“能不回来就不回来！我要是外外肯定不回来考这个破试。”丹哥义正词严地说完之后，上课铃就响了。

打开房门，放下装备，脱掉厚重的外套，松绑紧绷的鞋带，一个后仰重重地躺在了床上。又一个学校的考试结束了，又是疲惫的一天。

这里是个极普通的旅馆，装修很简单，设施很一般，但生意却异常的火爆。在这段时间内，这附近的每间旅馆都是这样的，像黄金周一样吸引着来自五湖四海的考生。能找到一家经济实惠、尚可栖身的旅馆住下，成为大多艺考生们考试之前首要解决的问题。而外外现在已经幸运地解决了。他之所以并没有像一般所谓的高干子弟那样住进高档宾馆，是因为他觉得这样才能使他找到自己。他觉得这是段前途未卜的日子，这样的日子怎能和安逸同流合污呢！

从对面的小饭馆吃过饭后，他便独自回到了这个狭小的房间内。这样的日子已经过了好几天了。他并没有觉得孤单和寂寞，有的只是微弱的使命感。躺在床上，他把身体摆成大字，努力地使自己的身心更加舒服一些。还好，这些天的考试都很顺利。一定要把这种状态保持下去，他心里想。再过两天，就要迎来在他心中最重要的考试了。就是那个学校，那个他最向往的美术学院。

快来了，快来了。放松，放松。

打开屋里仅有的一个小电视，里面播放着小艾斯主持的节目，这是向雯最喜欢的主持人。掏出手机，他开始了每天最惬意的工作。

“我又考完了一个学校。”

“考得怎么样？”

“还好。”

“那就好。”

“你在干什么？”

“学习啊。马上就要一模了。”

“那你要加油啊。”

“嗯，你也是。”

“我过两天就要考X美了。”

“加油！你一定没问题的。”

“我也这么希望。”

“……”

“……”

最近班里的气氛似乎越来越紧张了。一模将至，每个战士都在紧张而有序地备战着。下课的时候教室里没有了往日的车水马龙。每个人都在埋头苦干，连郁木也在课间时做起了各种练习。大家都知道一模的重要性，死与不死，成败在此一举。

向雯又在发着短信，一定又是和外外，我这不成引狼入室吗？算了，怎么说外外也是哥们，兄弟如手足女人如衣服。我靠！那他怎么能随便撕我衣服呢？好吧，我承认我其实一直是在裸奔……他妈的，不想了。不能让这些事扰乱了我考试的状态。嗯，集中精力，集中精力。我的终极目标就是拿下考试。小游集中的精力在持续了半天后终于被向雯打断了。“你嘀嘀咕咕说什么呢？”向雯问他。“没，没说什么，背英语呢。”“那你怎么拿着数学书啊？”

“丹哥又没来？”夏漫问郁木。

“他说他们帮派这几天要做个特大特大的任务。”

“他不来，老头不说他？”

“我给他请假了。”

“不会又是说他的干爷爷死了吧，这个学期已经死了 3 次了。”

“这次是干奶奶。”

“靠！畜生。”

郁木略带吃惊地看着夏漫：“你也会说‘靠’啊！”

夏漫看了看郁木：“那有什么！”

对面的-1 班现在看上去，更像是个鬼屋了。除了上学和放学的时间，几乎看不见任何属于人的身影进出这个教室。偶尔出来的人也是面无表情，僵尸般飘离开。他们的教室里永远是如此安静，没有任何噪音的污染，老师讲课的声音可以清晰地穿过走廊传进-10 班。课间他们的班主任也没有休息的意思，真是敬业的好老师。此时就有一声高亢的声音传了出来：“明天把你家长叫来。”悠扬的回音还没有消失，二八铁驴便拿着一本英语书走了出来。

“有烟吗？”二八铁驴站在后门问郁木。

郁木有些匪夷所思地看着二八铁驴，迟疑了片刻后站起了身子。

厕所的深处，郁木递给了二八铁驴一根烟，自己也点着了一根。打火机的火苗没有熄灭，举到了二八铁驴面前。

学着老手的样子二八铁驴动作生硬地把烟嘬着了，很快便被呛了一口，大声地咳嗽起来。“不会抽就别抽了。”郁木把二八铁驴手里的烟拿了过来。马上又被二八铁驴抢了回去：“我会！”

上课铃已经打了，厕所里只有他们两个人，安静地只能听见哗哗地流水声。

“怎么了这是？”郁木问。

“她看我不顺眼。”二八铁驴出奇的淡然：“没什么，也不是一次两次了。”

郁木第一次看到他那么理性的一面，和原来印象中那个举止癫狂的考试机器似乎有了很大的变化。“你学习那么好她还看你不顺眼？”

“我的成绩在-1 班根本不算什么，连前十名都进不去。”

“那也不错了，-1 班的前 10 名不是说都能上名牌吗？那你也差不多了。”

“她喜欢那种听她话的，不喜欢我这样的。”

“比如呢？”

“比如数学课上，我觉得我会了所以自己背英语，这就不行。语文课老师让背古文，我已经背过了想自己背政治，这就不行。她觉得我这是违反课堂纪律。靠！是她所谓的纪律重要还是学点应该学的东西重要？哪会哪不会只有我自己知道，该学什么不该学什么也只有我自己知道。现在最宝贵的就是时间，我可不想浪费时间。什么他妈的狗屁纪律，分数才是硬道理……”

二八铁驴的话没完没了地说着，情绪有些失落和愤怒。郁木从来没有听他一口气说过那么多话。

“我听说是她点名要的你，还以为是她喜欢你。”郁木说。

“她不会喜欢哪个‘人’的，她喜欢的是业绩。”

郁木一时有些头疼了，他不想再继续探讨这些问题了。“不说她了，说说你吧。你想考哪个大学啊？”

“不知道，说不定就不考了。”

原来的那个二八铁驴又回来了，郁木感觉又点不适应了。“行了吧，别开玩笑了。”

“其实考个神学院也不错。”二八铁驴笑了笑说。

“你想当神父啊？”郁木问。

“我想当神！那种指引人性，带来光明的。”二八铁驴把手缓慢地举起，眼神也随之望向远方。

“应该在‘神’后边给你加上‘经病’。”郁木把他的手拍了下来，连同手一起拍下来的还有烟头。

二八铁驴说的没错，现在最宝贵的就是时间。一模马上就要到了，二人也回到了各自的碉堡里，继续奋战。

（15）

这天终于到了。天还没亮，外外就已经醒了。抢在闹铃之前醒来的经历在他之前的20年里屈指可数，今天算是其中的一次。房间里并不是一片漆黑，弥漫着一层灰蓝色。画板和工具箱静静地靠着墙站在角落里，它们似乎比他醒得还早，互相之间仿佛还在窃窃私语，抖擞了精神，像是在等待着他带领它们奔赴战场。不知谁说过黎明前的黑暗是最恐怖的，此刻的外外就在经历着这样的时刻。不过他倒没感到什么恐怖，心中澎湃的全是激情。

早餐仪式化地开始了，是昨天回来时买的面包和盒装牛奶。妈妈说饭一定要吃好，营养必须跟上，外外听话地这样做了。和之前几天不同的是他今天还特意煮了两个鸡蛋。

认真地检查了准考证和工具箱内的家伙后，一切准备就绪。拿起电话，他满怀敬仰地拨通了桑爷的号码，片刻后那边出现了这样的声音“您拨打的号码已停机……”之后他又尝试着拨打了几次，但答复依旧是这样的。“操！老狐狸！”他气愤地对着墙用力踢了一脚。不过这种气愤渐渐化为乌有了，他觉得桑爷的话本来就是个意外。他不用倚仗任何人的帮助，凭借自己现有的实力完全可以取得胜利。双手合十、瞑闭双眼，心里默默地向众神祈祷。睁开眼睛的一瞬间，天好像已经亮了。逐一地亲吻了画笔后，他们出发了。

这是他第二次以考生的身份走进这个学校了。和之前的很长一段时间一样，他始终把这里当作自己心中的目标和圣地，他也一度认为自己必定是属于这里的。静静地看着眼前的一切，外外想只要打赢这场战役，他就能百废俱兴了。

带着这样的憧憬，他完成了之前的考试。一切都如他期待般地顺利。沉着冷静，戒骄戒躁，阿弥陀佛，上帝保佑。终于，他迎来了这个学校的最后一项考试。

考场外聚集着很多人，琳琅满目，花样繁多。装束，发型，语言，面孔，各式各样，品种齐全。他们都同样做着一件事，等待考试。这与等待戈多比起来似乎更加荒诞。他们谁都没有十足的把握，即使自己实力超群。他们又都满怀理想，即使自己没有任何理想。反正他们全都一个个地立在自己的位置上，盲目地做着些什么。

旁边的一个人表情似乎有些另类，目光呆滞地默念着什么。外外觉得他有些面熟，像是在哪见过，但一时间却又想不起来了。

“嘿！”那人在一旁跟他打了个招呼并向他走来，这让他有些意外。“咱们是坐同一趟火车过来的吧？”

这让外外对之前的困惑突然找到了答案，点了点头说：“好像是吧。”

“这么巧啊，你是哪个学校的？”

“你问过去还是现在，我是复读的。”外外说得很坦然。

“哦，那算是前辈了。”

这让外外有点胸口发麻，尴尬地笑了笑。

“之前考了几个学校了？”

“六七个了。”

“考得怎么样啊？”

“还可以吧，都有点考蒙了。你呢？”

“我都考了十三四个学校了，感觉马上就要崩溃了，终于到这个学校了。这是我最想上的学校，我从一开始学画画目标就是有朝一日能够考上这里。今天终于有机会实现这个愿望了，我觉得我一定会成功的，我一定能考上这个学校……”他好像越说越带劲了，外外一时间也分不清他到底是在和他说话还是在自言自语。那人仿佛也刹那间发现了这个问题，满脸笑容地对外外说“你也一定能考上，你是前辈嘛！一定能，一定能。到时候咱们就又能一起坐火车了。”

外外没说什么，微微地冲他笑了笑。

“看你是老乡跟你说心里话吧。这一年都快把我累死了，每天睁开眼就是什么石膏、静物的。以为闭上眼能轻松点，梦里也都是他妈的这些东西。我现在一看见颜料就有种要发疯的感觉。这些日子考试更是这样，开始几天还有点新鲜劲，到了后来每考一次试就像下了一次地狱一样，即便画得再顺利可感觉还是这样的。上午考素描的时候，看着模特的那张老脸我差点就吐了，他们怎么就不能找点长得养眼的呢？幸好就快考完了，要是再考几天，估计我就直接考进天堂了。”说着他从口袋了掏出了一个小药瓶，倒出了两粒药放进了嘴里。

“生病了？”外外随口问了一句。

“没，没什么。”他笑着答道。

“你不会吃的是兴奋剂吧？考完试可有尿检。”外外冲他坏笑着。

“我靠，不是吧，那么高科技……”

离考试开始还有 10 分钟，在这段时间里，那人始终在不停地说话，从他们学校说到他们画室，从他的好哥们说到他的女朋友，从两岸局势说到中东问题，从乒乓夺冠说到国足完蛋，他似乎是个通晓天地的全才。不过这仍然令外外感到有些不适应，他的话真的太多了，两片肥厚的嘴唇不停地碰撞着，和那些默默等待考试的战士们相比显得格外兴奋，他的神经似乎高人一等的有些混乱了。直到进入考场的那刻他才闭上了嘴。

看完考题接到考纸后，考试便正式开始了。今天下午的考试是色彩，每个考生此时都努力地提高着自己对颜色的感知。仿佛在他们的眼中这个世界已经变成了黑白的，只有他们面前的画板是彩色的。外外通常认为和素描比起来他更擅长色彩，因为这并不单纯是对物体的还原和描摹，而是可以加入自己的更多的个人创作。构图，透视，色调，位置，这些才是最能体现个人才华的，确实过瘾。这无疑迎合了外外的个性，他向来都把自己当成一个二手艺术家看待，而并不单纯是个应付考试的学生。从下笔的那一刻开始，他就觉得这应该是个杰出的作品了。这种感觉很好，这次或许有门儿了。

那个终于闭上嘴的家伙就位于他的身后，此刻他也全神贯注地在纸上忽悠着。他的表情有些僵硬，没有了之前的眉飞色舞，只有嘴角在微微抖动着。不知道这是不是话说得太多泄了元气的原因。没有那么多时间想这些与自己无关的事情了，妈妈说考试的时候一定要集中精力，注意力不集中就画不好了。集中精力，外外继续着他手里的笔。

时间一分一秒的过去了，外外的考纸上也初见端倪了。看着纸上的半成品，他不由得开始兴奋了。这样的练习他之前已经做了上百遍，他很清楚眼前的这幅即将成形的画能够获得怎样的分数。他仿佛已经触摸到了一丝希望了。身后的那个人似乎有些异样，外外能清晰地听到他的急促而沉重的喘气声。这种声音像锤子一样，一下下地撞击着外外的耳膜，他有了些莫名其妙的紧张和恐惧。悄悄地回头，那人死死地盯着画板，浑身都在颤抖，握着画笔的手还在努力的控制着保持镇定，仍然在纸上缓慢地涂抹着，嘴里像起初见到他时那样默念着什么。外外不知道他这是怎么了，也许是太专注？或许是太紧张？要不要向监考老师汇报？算了，时间是不允许他想这些事情的。

监考老师打了个喷嚏，声音仿佛无形地放大到了功放的地步。鼻孔迅速扩张，每一根锋利的鼻毛似乎都跃跃欲试想要乱箭齐发。沉浸在考纸中的考生们仿佛都无一幸免地被刺到了，纷纷看了看手表，抓紧着有限的时间尽量赶工。外外和他们相比明显要惬意很多，他的大作已经接近尾声，只需再做雕琢既可大功告成了。此刻他闲庭信步般地在纸上做着最后的收尾工作。身后的那小子似乎突然间安静了下来，这让外外之前还稍感紧张的神经彻底放松了下来。一切似乎都在朝着万事大吉的方向前进着。裤兜内的手机像是有振动的感觉，偷偷掏出，是夏漫发来的短信。

“考试顺利吗？”

“正在考呢，进展还不错。”

“我这边一会要下雪了，你那边呢？”

外外看了看窗外，阳光虽微弱，但也似乎看不出有什么下雪的苗头。“我这边阳光灿烂得很，明媚，特明媚。”

“我总觉得会下雪的，别那么大意。千万别着凉了。不打扰你考试了，你一定会考上的。瑞雪兆丰年。免回。”

偷偷地把手机塞进兜里，外外情不自禁地露出了甜甜的笑容。看了看手表，还有最后的 5 分钟，集中精力潇洒地完成了最后一笔。看着眼前的这幅考卷，他的脑海里开始胡思乱想了。分数，名次，合格证，文化课，高考，通知书，爸妈，朋友……

监考老师抖擞了精神，外外也抖擞了精神。交卷的时刻马上就要到了。

“考！考！考！考！考！操你姥姥的！”

声音是从身后传来的，震耳欲聋，摇摇欲坠。外外和全考场的人一样将视线转向了那里。是他后面的那个人，外外似乎早有预料，并没感到多少意外。他的全身都在颤抖，面孔愈发狰狞，两只眼睛仇恨而痛苦地扫视着每一个人，瞳孔里仿佛有无数的灵魂在向外挣脱。他的嘴里继续谩骂着难听的词汇，每一句里都没有离开“考”字。他似乎也想努力地抑制自己的情绪，哆哆嗦嗦地摸出了之前的那个药瓶，但他的手似乎已经无力掌控了，药瓶掉到了地上，一颗颗白色的药粒散落满地。他此刻更加癫狂了，涮笔的缸子被他一脚踢翻在地。抓起满是颜料的调色板连同手里的笔使劲地砸了出去。“老子他妈的不考了！”

监考老师冲过来的时候，考试的铃声也如期打响了。考场内依然混乱，大家惶恐着不知所措。“考试时间到。大家交卷，交卷。”一个监考老师大声喊着。战士们纷纷上交了自己的考纸，外外这时才缓过神来，迅速地转过了头。

眼前的一幕使他几乎窒息了。他的画纸上被泼洒上了乱七八糟的各色颜料，面目全非了。画板的底下躺着几块支离破碎的调色板的残骸，这是那小子的杰作。外外瞬间感到了万箭穿心般疼痛，骨髓仿佛都要喷涌出来，眼前的景象好像有些摇晃了。他转过身想和那小子理论，但此时那小子已经吐着白沫躺在了地上，“快叫救护车，快叫救护车。”监考老师边喊边把他抬出了考场。收卷子的老师走到外外的面前拿走了他的画纸，他想和老师解释，但此刻的老师似乎比他还要慌张，好像不想过多的停留在他所监考的案发现场。还没等外外说完话，他便在混乱的人群中扬长而去，抱着卷子消失在考场外的某个拐弯处了。

随着最后几个考生的离去，考场里只剩下了外外一个人呆呆的站在那里。洒落满地的颜料还没有干，似乎所有的颜色此刻都变成了鲜红色。旁边躺着一些洁白的药片，他们是治病的。眼前的景象还在摇晃着，晃动的幅度似乎越来越大了。空荡荡的考场里，外外张开嘴巴，力拔山兮地喊了一句。

“操你姥姥的！”

星期天的下午，小游的家里很是热闹，爸妈不在家，大家就把这里当成了据点。明天就要迎来第一次模拟考试了，大家都打起十足的精神，磨刀霍霍起来。

“你这屋里面贴着的都是什么人啊？一个个神头鬼脸的。”丹哥在小游的卧室里好奇地转悠着。“这个我认识，第一滴血，兰博。这是谁啊？看着这么面熟。”

“切·格瓦拉。”小游随口答道。

“你‘切’个屁啊，鄙视我啊？”

“晕，他的名字就叫切·格瓦拉。”

“哦，这样啊。这个造型怎么跟雷锋似的，就是帽子不太一样。”丹哥照着海报上的样子，摆着那个经典的表情。“他是干什么？是不是个摇滚歌手啊？”

“滚吧你！他是革命家，是英雄。”小游忿忿地说。

“我靠！你装什么装啊，崇洋媚外。直接贴毛主席像不就行了。”

“你懂个蛋啊！自由是不分国界的。”

郁木坐在地上攥着本政治书，嘴里不清不楚地嘟囔着，像是在背着其中的内容，时不时的抽一口手里的烟。纳纳不小心一屁股坐到了遥控上，电视开了。里面正在播放的是一个访谈类的节目，嘉宾有 80 后，90 后，还有 00 后的。那个 80 后看上去比他们略大几岁，好像是什么 IT 公司的 CEO，年薪百万。这让几个人看得都有些茫然了，说不出是羡慕还是嫉妒。

“咱们算几零后啊？”小游问。

“我不想透露年龄。”丹哥扭捏地说。

“什么八零，九零，零零都是扯淡。咱们算‘超龄后’。”郁木弹了弹烟头上的灰。

小游和丹哥认同地点了点头。纳纳从屁股底下摸出了遥控，关掉了电视。

夏漫和向雯在房间的一头对着地理图册研究着大气层与气流的关系，认真程度不亚于中央气象台的工作人员。她们和绝大多数同学一样并不认为自己以后会从事这样高端的工作，但在此时此刻书还是要背的。向雯很快便想运用这些知识了，拉开窗帘，她抬头看着天空。夏漫没有理会她，独自继续在对流层一带徘徊。

“你说一会是不是要下雪了？”向雯看着天问旁边的夏漫。

“不知道，你看看天气预报不就知道了。”

“不看。那咱们学了半天还有什么意义啊？”

“意义就在于对我们意志品质的磨练，而不是在于它的用处。那你说咱们天天学根号，但除了极少数从事数学的人，实际生活中谁会用得着那玩意！你买个棒棒糖还用开平方吗？”夏漫边说边写着。

向雯看了看她。“那你还写得那么带劲？”

“为了考大学啊。要不然连棒棒糖都买不起了。”

向雯沉默了片刻，又看了看天上。“我就觉得会下雪。”

夏漫手里的笔依然快速地在练习册上跑着，像是在仅有的时间里争分夺秒地冲刺着。在题与题的间歇，给了向雯一个肯定的表情。

掏出手机，向雯在大家的视线外悄悄地按了起来。

天色渐渐地黑了。大家这才意识到一个下午已经过去了。他们都很得意，只是因为这个下午他们都在努力学习。当人们沉浸在他努力想要做的事情里时，时间却总是毫不怜悯地飞快而过。当时间这样飞快而过的时候，我们似乎也要举杯庆祝了。

“这一下午大家都辛苦了！”小游开始发言了。“尤其是丹哥，大好的星期天，人家都没去网吧。这是什么精神？这是一种伟大的国际主义精神，伟大的……”

“别扯淡了。”一卷卫生纸被丹哥砸了过去。

“为了庆祝咱们这一下午努力的学习，我觉得咱们得犒劳一下自己。”小游继续说着。

“怎么犒劳啊？”郁木问。

“叫鸡！”小游的表情无限兴奋。

丹哥目光惊愕地看着他。俯卧撑中的纳纳一下趴到了地上。夏漫和向雯也停下了手里的事情，迅速地把视线转了过来。

“畜生！”郁木手里的政治书都快开花了。

“禽兽！”丹哥看起来似乎正气凛然。“这还有两个女生呢，太不像话了。

改天吧。”

纳纳憋了半天没说话，最后低声低气地说：“我退出，我还处男呢。”

两个女生同时向小游做出了鄙视的手势。

这些反应让小游有些挂不住了，大声地喊了起来。“靠，你们才畜生呢，都什么思想啊！低级，下流。我是说打电话叫只烤鸡，就是最近特火的那个‘天下第一烤’。你们都他妈想什么呢？庸俗！庸俗！”

这样的解释立马使房间内爆开了笑声，小游尴尬的表情也很快得到了缓解。

“很好，很好。我知道那个‘天下第一烤’。特有名气的，风靡全国呢。”丹哥为自己刚才的唐突打着圆场。

“那为什么一定要用烤鸡作为犒劳？”向雯喊了一句。

“明天我们就要迎来一模考试了。烤鸡，烤鸡，考试大吉嘛！”小游说着便拨通了电话。

天彻底黑了，夜晚随之来临。每一条街都披挂上了光鲜的外衣，花枝招展地供人们穿梭游荡。外外已经记不清这是他踩过的第几条街了，从下午到现在他一直漫无目的地走在一条又一条寒冷的街上。像行尸又像幽灵。道路两旁的高楼大厦闪着耀眼的光，抬头望去，高耸、堂皇。万家灯火的景象一览无余。

不知不觉，他走上了一个天桥。这里的人不多，一个趴在地上要饭的和一个拉着二胡卖艺的。他们看上去同样褴褛和寒酸，只不过从姿态和表情上看，那个拿着二胡的似乎更加有尊严一些。和他们比起来，外外要显得阔绰很多了，眼神和视野也努力地想比他们更高更远些。桥下是一条很宽的马路，向下望去满眼都是穿梭的汽车，它们开得很快，快到让他有些眩晕了。路的远处是一个繁华的十字路口，有顺畅地行驶的，有焦急地等待的，有唱歌的，也有骂街的，还有个别想要或者正在闯红灯的。他们完了，电子眼和警察叔叔会将他们绳之以法的。悲哀。

一片微小的白色落在了他的肩上，他刚刚注意到，便瞬间融化了。紧接着第二片便落到了他的围巾上，晶莹剔透，略带寒意。他想抚摸它，但还没等他接近便也消失不见了。他的周围，这样的片片的白色似乎渐渐多了起来，它们都从上而下缓缓飘落着，速度似乎越来越快了。他猛然抬头，天上已经纷纷扬扬地布满了片片的白色。像无数个凝固到冰点的分子一起向下砸来。其中的某一片落到了他的眼睛里，没等他眨眼便融化在了他的眼睛里。他的眼睛湿润了。雪真的来了。

掏出那个记录心情的册子，外外的笔又开始动了。这是他这些日子以来第一次打开这个本子，一时间感觉手里的笔很轻，像是没有了任何的压力和束缚。自己的身体也仿佛要飘了起来。

手机响了，是向雯发来的一条短信。"我们这边真的下雪了！我赢了！你考的一定不错吧。雪来得真是时候。"

在一片尖叫声中，一只硕大的烤鸡被放到了桌子上。色泽金黄，香气扑鼻。看上去是一顿不错的晚餐。钱是小游付的，所以他还假模假式地致起了晚宴辞。"用餐之前，请允许我简单地说几句。从小了说，大家辛苦了一下午了。从大了说，大家已经辛苦了大半年了。我们的目的只有一个，那就是高考！明天我们就要迎来第一次模拟考试了，这对我们来说是一次非常重要的考试。因为一模考试的成绩……"他正说得兴起的时候，几只手同时推开了他。"你瞎白话什么呢？""你怎么跟老激似的啊，没完没了啊？""你太有才了！"其他人似乎没什么兴致听他的发言，一拥而上，拆卸开了那只肥大的"天下第一烤"。

明天就是一模了，对于他们这群老兵来说，这并不陌生。这样的考试，似乎更像是一种时间符号而已。他们都自觉或者不自觉的纷纷回忆起一年前的一模前夜，那时自己究竟在干些什么呢？

不知不觉窗外开始飘起了雪花，这让向雯兴奋不已。"怎么样，让我说中了吧！多学点知识看来还是有用的。"说着她便又掏出了手机，边拍摄这美丽的雪景，边兴奋的按着键盘。夏漫挤出了一个鬼脸说："希望你高考时也能有这么好的运气！"

桌上的鸡已经只剩下了一堆骨架，雪还在下着。温暖的屋内，一众人说说笑笑，享受着考前紧张的惬意。这次不知又是谁的屁股，电视又亮了。

NEXT

考试之后的一周，各科成绩相继出来了。战士们也随着一张张到手的卷子累加着自己的分数。这节课最后一科就要出来了。大家的心情都紧张到有些无所谓了。

老鹰的高跟鞋在走廊里就已经非常悦耳了。抱着一摞卷子，推开门快步走上了讲台。"大家之前几科考得怎么样啊？"老鹰的笑容让战士们更加感到肝颤了。"是不是都等着我这最后一科好看看总分呢？那咱们就先发卷子。"说完便把卷子分发给了前排的几个同学。

等待成绩总是件不太自在的事情。郁木已经预料到了自己的英语成绩将会是一个什么样子，闭上眼睛颓颓地趴在了桌子上。之前的几科成绩只能算一般，总分能不能接近预计的目标，就看这一科了。

旁边的夏漫表情有些复杂，她努力地想使自己保持以往的安静，但内心却似乎总是无法这样做到。手里的笔不自觉地一下一下地敲着下巴，视线隐隐地跟随着每个向她方向走来的发卷子的人。这种状态保持了干掉一瓶酸奶的时间。

卷子终于被放到了她的桌子上，卷头的地方用红笔写着三个数字"126"。这不禁让她暗自欢欣，手里的笔还在一下一下地敲着下巴，嘴角开始愉悦地微微扬起了。这个成绩不知道还能否像那次一样莫名其妙地排进前五名，但对于她来说已经是很好地完成任务了。

拿着刚刚发下来的卷子，郁木并没有什么感觉。69分并没有什么可懊恼的，和去年的高考相比自己已经算进步了。在纸上默默地计算之后，总分也出来了。这个分数并没有达到他的预计，和他给自己制定的分数线还有20分的差距。这是个不多但也不少的差距，他也不知道自己是应该高兴还是悲伤。他已经无数次听到过"一模的成绩和高考时不会有太大的变化"的话了。但他此时仍坚定的认为20分的裂痕并不是不可愈合的。

"这次的考试，总的来说是不错的。我们班的平均分在所有的复读班和高三毕业班里，排名第三，仅次于复读1班和复读3班。这和大家这么长时间的努力是分不开的。我在这里要向大家提出表扬。所以我要说的是，在座的每一个人都是有潜力的。今后的两个多月里我们还要继续努力，使劲冲刺。所以我还要重申一下在我的课上唯一的要求就是每一秒钟都要跟着我的思路走……”老鹰一番慷慨激昂的鼓励之后，便开始了对试卷的点评。

努力地跟着老鹰的思路，郁木认真地分析着自己做对和做错的每一道题。后门依旧开着，楼道里的一幕打断了他的思路。

“给老师跪下！”一个操着县城口音的中年男子揪着一个男生的衣领大声喊着。被揪着的男生满脸是汗，哆哆嗦嗦地低着头。站在对面的是-1 班的班主任，以端庄的姿态教化着面前的这对父子。“他的成绩不应该是这样的。这次考试总分不但没有提高，反而居然还退步了。离高考没有多少天的时间了，现在最重要的就是提高成绩！提高，你们晓得吧？你们家长也配合着点，别把孩子放到学校就什么都不管了！”

“配合。我们一定配合。”男孩的爸爸点头哈腰地附和着笑脸，手里还揪着男孩的衣领。“跪下！跪下给老师道歉。快点，快跪下。”边喊边把他的儿子往地上摁。

眼前的班主任依然端庄地站着，用一种优雅的气质淡定地欣赏着眼前的景象。男生终于在有形和无形的力量下一下子跪在了地上。“老师对不起，老师对不起……”

老师当然是有着仁爱之心的，停顿了几秒钟之后惊慌地说：“你这是干什么，快起来，快起来。”

郁木的眼睛有些发干，随手点了一滴眼药水。这是电视里天天做广告的牌子，毕业班的战士们几乎人手一瓶。清凉，真清凉。睁开眼睛的时候下课铃也响起了。这节课有些失败，因为并没有始终跟着老鹰的思路走。内疚，真内疚。郁木本想在课间让夏漫帮他讲解一下精髓的内容，可夏漫一下课便出去了。连个学习的机会都不给，还有没有天理了。丹哥满脸欢颜地扭过了身子，似乎像是又升级了。

“多少分？”丹哥问他。

“69 分，你呢？”

“106。”丹哥的表情很释然。

“这么厉害。”他笑着表扬了丹哥，异样的看着他。

“抄呗！现在就是为高考练兵呢。现在不好好练练，高考怎么发挥啊。”丹哥倒是很严肃。

“那你高考能抄上吗？”

“能啊！现在好好练练，高考不就能抄上了吗？我去年就抄上了。这不光是心理素质的问题，还有好多技术问题呢！有时间传授你几招。”

“你去年抄上了，怎么还考那么烂？”

“那不能怪我啊！我旁边那小子太烂了。”

郁木同情地拍了拍丹哥的肩膀说：“回家多给菩萨烧烧香，没准这次旁边能挨着那个出卷子的人呢。”

难道向雯就不能有一天不发短信吗？手指猛击手机键盘的声音真让人烦躁。幸好今天心情不错，最后一科成绩这节课终于发下来了，小游达到了他之前所计划的分数。不过这个分数只是刚刚过线而已，并不值得大喜。此刻的小游仿佛就像一个努力地扒着悬崖边，庆幸自己没有被摔死的人。

“外外什么时候回来？”向雯放下手机的时候，小游问了一句。

“可能还要过几天吧。”

“我看其他班的美术生好像都回来了。那小子怎么还不回来。”

“不知道，可能他还没考完呢吧。你着什么急啊？”

“上次打赌他还欠我一顿饭呢。”小游似乎忿忿不平地说。“他考得怎么样？”

“不知道。”

“他没跟你说？”

“没有。”

讲台上的老鹰还是那么一丝不苟，她今天分明心情不错，因为战士们的成绩让她更加多了几分愉悦。乍一看，貌似像个和蔼的邻家艳妇。这种形容是男生们对女老师的最高赞美了。

距离高考的日子越来越近了。每个人都在认真地盘算着自己的分数。小游无疑是侥幸的，因为他过线了。虽然这个线是自己定的，但他还是依稀地看到了前景的光明。

课间的时候，丹哥满面春光过来问他多少分。他告诉了丹哥，丹哥也得意洋洋地告诉了他。

“这么厉害啊！那你得请客了。”小游说。丹哥开心起来总是无比慷慨，“走！学校门口炸鸡柳。”

旁边的郁木一脸郁闷的样子，他的英语只考了60多分。不过此刻夏漫也没有空闲来做点什么安慰他的事了。老鹰让她下课去办公室找她，这让她有点莫名其妙。老鹰通常都有找成绩后几名的学生谈话的习惯，看着自己的分数，夏漫觉得有点乱。

办公室门外蹲着几个被罚抄单词的学生，看样子像是应届班的，这让夏漫有点不祥的预感。想了想自己的分数她还是从容地推开了办公室的门。里面很安静，只有老鹰一人坐在靠里的座位上。关上门，她走了过去。“老师，你找我？”

老鹰关掉了桌上的MP3，指了指旁边的椅子“坐吧。”

夏漫茫然的坐了下来，呆呆的看着眼前的老鹰。

“这次考试你的进步很大啊！”老鹰微笑着说。

“意外，意外。”夏漫笑得有点拘谨。

“听说你现在一直很努力地学英语？”

“算是吧，学英语的时间是比较多些。”

“那次考进前五名对你有很大帮助吧？”老鹰微笑着说。

“嗯。”夏漫点了点头。

“其实我从一入学就注意到你了，你的基础不错。只是缺乏自信和对学习的乐趣。”老鹰的语速比平日印象中的要慢了许多，“你平时很喜欢听英文歌？”

“是。您这么知道？”夏漫渐渐感觉自己好像没什么危险了，忐忑的心情也恢复了常态。

“我路过你座位的时候，偶然看到过你的歌词本。”老鹰的笑容也有天真的时候，像是误看到了别人的小秘密那样。“这其实是一种很好的学英语的方法，说明你和英语还没有疏离，只是你并没在意。我上学的时候也是这样学英语的……”老鹰兴致勃勃地向夏漫讲起了她的学生时代。

在这个话题上她们有点不亦乐乎，相见恨晚了。

“你们那时都听谁的歌？”夏漫问。

“Beatles。”

“你也喜欢摇滚？”这让夏漫有些惊奇。

“怎么？没想到？我原来还在学校组织过地下演出呢。”

“这么强啊！”

原本安静的办公室，被一阵阵的笑声包围着。这种气氛不知持续了多久，在老鹰刻意清理嗓子的声音下戛然而止了。

“跑题了，跑题了。”老鹰轻轻地甩了一下兴奋之后的头发。“其实今天找你来，是想告诉你一件事情。”

夏漫轻松了片刻的心情在听到这句话时，又变得忐忑起来。静静的等待着老鹰的话。

“你觉得那次你进前五名的卷子，答得这么样？”老鹰平静的问。

“说实话，不怎么样。”

“那我也说实话吧。那个成绩是我故意给你改过的。”

这个回答不禁让夏漫一惊，这更像是种理性的惊讶。她并没对自己的分数产生多少怀疑，更多的是对老鹰的举动。“为什么？”

“我之前不是说过吗？其实你的基础不错，但似乎只是缺乏自信和对学习的兴趣。我这样做就是要帮你找到自信和乐趣。因为我觉得你的英语还有很大的提升空间。这样做也不会给其他同学带来什么负面的影响，反而可以以你为榜样提高大家学习的动力。”

夏漫没有很快说什么，脑海里闪现着刚刚的 126。片刻后说：“那我这次……？”

“这次的成绩是你自己的，而且在班里也排进了前五，所以我才会以这样的心情找你谈话。你这次的成绩证明了我之前的话，希望你保持下去。”老鹰的脸上又露出了祥和的笑容。

小卖部老板又换了一本，这不知道已经是他看过的第几本武侠小说了。门外的树下，郁木，丹哥，小游，人手一包炸鸡柳认真的探讨着他们的前途。

“你这个分数能上什么啊？”丹哥撕咬着鸡柳问郁木。

“上不了什么，跟像样的学校还差 20 分呢。”郁木说得很从容，说完看了一眼小游，“你呢？”

“我也就刚刚能上个本 3 吧，而且是按去年的分算的。今年估计还要涨分，我看够呛。”

丹哥由于吃得过于猛烈不小心烫到了舌头，但仍奋勇地说着话：“这个成绩估计也没什么提高空间了，咱们也就别折腾了，再拼命也高不了多少。咱们的高四，到现在基本就已经结束了。”

“放屁！还有三个月呢，我就不信还提高不了 20 分。”郁木使劲地咬着嘴里的肉。

“还是折腾折腾吧。要不然我这本科就悬了。”小游的语气中流露出了几分革命者流亡时的惶恐。

“你的分都快能上本 1 了吧？”郁木严肃地看着丹哥。

“还差一点，还得努力。”丹哥说得也很严肃。

后面好像有人，三人同时转过了头。眼前的夏漫冲他们笑了笑，手里托着一包刚出锅的鸡柳。

（16）

春天来了。

万物复苏的迹象似乎也在这个教室里得到了些许印证。每个战士都在想方设法地使自己精神焕发，努力在夏天来临前使自己变得无比强悍。

最近学校里流行起了一种叫做 GS 的东西。这是一种最新的药剂，梅红色的药水装在玻璃小瓶里，使用时用注射器注入体内。据说它的功效是可以最大程度地提高考生的记忆力、注意力和体力。电视里也全是关于 GS 的广告，这更加提高了它在学生们心中的威望。

每到课间的时候战士们也都有了新的娱乐项目，掏出针头，撸起袖子，灌进药水，轻推快拔。整套动作一气呵成，飘逸委婉。

还没来得及揉揉胳膊上的针眼，小游便被丹哥叫了过去。

“你帮我打吧，我晕针。”丹哥把针管举向小游。

“晕针就别打了呗，别再打出什么副作用来。”

“那哪行啊！你们都进步，不让我进步啊？”丹哥的眼神镇定得有些慌乱。“少废话，快打。”

郁木依旧在用他的方式度过着这个课间，课间里出现的新事物似乎并不能打扰他自行调理身体机能的习惯。旁边的夏漫耳朵里塞着耳机，看着桌子上的歌词本不时微微晃动着额头。外外已经回来好几天了，此时他正坐在小游的座位上，和向雯说着什么。

“哎哟你轻点，注意力能不能集中点啊！”丹哥咧着嘴冲小游喊着。

“瞎叫唤什么，这就完了。”推干净最后一点药水，小游草草的拔出了针管，向自己座位瞟了一眼后，从后门出了教室。

用嘴吹了吹针眼，丹哥把被抽空了的玻璃瓶扔了出去，此时它已经毫无价值了。小瓶在空中经历了翻腾、转体等动作后，经一道抛物线落入了垃圾桶内，伴随着清脆的“咣啷”声，顷刻间粉身碎骨。它是砸在众多同伴的残骸上死掉的，在这里堆放着满满一桶像它一样的残骸，本着莫名其妙的理想主义，在这里胜利集结了。还没来得及认领自己的胳膊和腿，便又被一个从天而降的新同志砸昏了过去。

你一针我一针的壮观场面还在继续着，教室里弥漫着一股特殊的芬芳。

“你怎么不用 GS 啊？”向雯问外外。

“我用不用都一样，反正结果已经这样了。”外外摆弄着向雯桌子上的红色药水说。

“别这么说啊，你不是还过了好多别的学校吗。”

“那不还是和去年一样？”

“我觉得最后你爸肯定会帮你的。”

“那还不如不帮呢！”

回来后的几天，外外和大家说了他专业考试的结果，至于过程他并没有多说什么，大家也没再多问什么，仿佛努力地让一切都在平淡中渐渐遗忘。他本想去找桑爷问个清楚，可是始终都找不到让自己满意的台词，拖了几天后，似乎将要作罢了。妈妈已经知道了他考试的情况，可他还是迟迟不敢告诉爸爸。

一个刚刚注射过 GS 的男生抱着语文书兴匆匆地跑到了讲台上，大声朗诵起一篇古文。慷慨激昂，古香古色。从他的眼神中分明能感受到一种穿越历史的深度，这种纵深感直接跨越了清、明、元、宋、唐，以至上溯 N 多朝代，直达母系社会伟大的原始部落。满眼的血丝告诉人们，他似乎是个日理万机的部落首领。但从他手舞足蹈的肢体动作上来看，却更像是个萨满法师，虽然曼妙的姿态还有几分撩人，但无奈声音过于恐怖，终于被几个男生强行驱赶到了教室外面。

向雯把一本英语书递到了外外手里。“考考我 U25，今天刚背的。我得看看这药水到底管不管用。”

仔细的排查了几行之后，外外显然有些无辜：“我连音标都拼不准，你还是去找夏漫吧。”

手机里收到一条短信，是佳佳发来的。呆呆地看了看，便按了返回键。

丹哥今天换了一件新的西服，坐在前排的位置和几个女生谈笑风生。他似乎是在教她们如何正确地使用注射器或者某种无痛的注射方法，以此来消除这些女生恐针的心理。这一幕使外外看得分外陶醉。上课铃声响起，他起身把座位让给了小游。

老头拿着一摞教案慢悠悠地走进了教室，几个坐在前排的好学生抢在这个时机争相昂头挺胸地往胳膊里打针，似乎是想在班主任面前表现一下自己是多么有上进心，从而进一步巩固自己重点培养对象的地位。吸引老头视线的比赛也在这短短的几秒内展开了。可能是由于竞争过于激烈，其中一位心理素质不好的战士一时间用力过猛，嗷的一声叫了起来，红色的药水溅满了大半个胳膊。他赢了，老头终于将目光落在了他的身上。片刻后老头慌张说：“怎么那么多血啊！快送医务室。”

自从百日誓师大会之后，体育课就已经从课程表里驾崩了。学校为了体现人性化关怀，每周给毕业班在自习课的时候安排了一节课外活动，实际上就是一节不用集合和跑圈的体育课，自由活动，爱咋咋地。

没有了纳纳之后，郁木、丹哥还有小游有些无所适从了。他们已经习惯了靠在篮球架底下看他打球，并时不时地给上几声尖叫或倒彩什么的。这下他们开始怀念起纳纳了。

自从月初开始纳纳便不来学校了，每天都在他所谓的“队里”搞着集中训练，前几天打来电话说这几天要去参加某某体院的单招了。

“他们打得也太臭了吧！”小游看着球场上跑着往返的孩子们不屑地说。

“我觉得也是，投十个也进不了一个。篮球都打成足球的比分了。”丹哥很快表示了赞同。

“注意素质，注意素质。”郁木挑了挑嘴角。

这个下午实在是太没劲了，即便这大半年来的下午都同样的没劲，但这个下午却显得更加分外。

“你们也运动运动啊！”外外不知道什么时候凑了过来，旁边站着的还有向雯。

丹哥整了整西服的垫肩说：“都老胳膊老腿了，还运动什么啊！留点体力高考吧。”

“我得锻炼锻炼去了，身体是革命的本钱。”说着小游便扎进了抢球的人堆里。

今天是个艳阳天。经过一个冬季，操场解冻的状况看起来很好，上面有一帮人在踢足球。由于没有判断好球弹起的高度，一个战士一脚抡空，随着强大的惯性翻倒在了地上。不过他很快便站了起来，似乎没有任何受伤的迹象，拍拍了屁股上的斑驳，略带蹒跚地重新投入了战斗。一切都很有朝气，泥土松软了……

之所以说这个下午着实没劲，是因为晚自习的时候政治老师会来补课。此时有人便提到了这个问题。

“晚上是不是政治老师来补课啊？”外外问。

“嗯，太没劲了。自己背呗，有什么可补的啊！”丹哥其实对任何的补课都有强烈的不满。“我看他应该向生物老师补补课了，了解一下反胃是从哪个腺体里分泌出来的。”

“咱们晚上翘课吧！”向雯瞪着大眼睛冒出了一句。

几个人都以一种伪镇定的表情看着她，似乎像在进行着某些辩证。

“去哪啊？”郁木问。

“去网吧吧，我带你们玩圣痕！”丹哥顿时抖擞了精神。

这个建议很快便在其余 3 人的嘘声中化为泡影了。

“去唱歌吧。我知道一家新开的 KTV。”向雯踩着丹哥的失落，眉飞色舞地说道。“大家有不同意见吗？”

男生们都没说话，大眼瞪小眼地互相观望着。

“那就是没意见了？”向雯看上去很高兴。“OK，那就这么定了。”

太阳已经开始匀速下降了，再过几分钟课外活动就要宣告结束。

“夏漫呢？”向雯问道。

“应该在教室里翻腾她的歌词本呢吧！”郁木说。

“那我去叫她，你们一会叫上小游。”说着便向教室的方向去了。

学校大门附近稀稀拉拉地流窜着一些貌似在散步的学生，他们几个也混在其中。

“怎么出去啊？”丹哥问。

这似乎成了个棘手的问题，此时还没到他们的出笼时间。向雯却似乎早有准备，从背包里掏出了些什么，奔着传达室的方向去了。大家都不知道她要搞些什么名堂，只是站在原地呆呆地看着。没过多久向雯便从传达室里出来了，透过窗户还隐约能看到王姨满脸的微笑和一副隐晦的感激之情。站在大门前向雯向他们做了个手势后，大家便纷纷小心翼翼地跟着出去了。

“怎么搞定的？”郁木问。

“我早就运筹帷幄了，托我爸从国外带回来了一套限量版的毛线针和几种国内没有的线。更重要的是一套武林秘笈，那是老外最新研究出来的针法，国内没几个人会……”向雯兴奋地向大家讲着王姨的脸上如何从开花到结果的过程。“王姨现在估计已经乐疯了，以后咱们出入校门应该方便很多了。”

大家一时间都有点听傻了，对向雯的崇敬油然而生。“才！这就是才。智慧，这就是智慧。啥也不说了。”郁木做着拭泪状。

“你这水平还用得着考大学？放到英国那就是 007，放到美国那就是碟中谍，外交部怎么没考虑特招你呢？顺便还能拉动点国际贸易呢。”丹哥咧着嘴笑着。

夏漫没说话，直接冲向雯挑起了大拇指。引得外外情不自禁地亲了向雯一口。

那家 KTV 似乎离学不远，这是向雯说的。所以大家也就选择了悠闲的步行，顺便呼吸一下校外的新鲜空气。

外外和向雯手拉着手走在了最前面，不时咬着耳朵说着悄悄话。郁木和夏漫走在他们后面，从背后看，两人似乎也在聊着什么。走在最后的是丹哥和小游，他们的组合是声音最大的，不过这些声音都是由丹哥一个人发出的，他在声情并茂地为小游介绍他在‘圣痕’里的英勇。从他嘴里说出的除了装备就是任务，偶尔还会有些虚拟的儿女情长。小游强打精神听着这些并不想听的话题，目视前方机械地前进。

天已经黑了，几人在五光十色的路灯下，以固定的队形悠然地向目的地前行着，不知用了多长时间，他们终于到了。

这的确是一家新开的店，从里面的装修程度不难看出。更重要的是刚刚开业的服务态度，迎宾小姐和女服务员们统一穿着高开叉的低胸旗袍展示着婀娜的美感，以极诱惑的微笑为他们解答问题、引领方向。丹哥是男生中反应最强烈的，为了能更全面地欣赏美，他在 20 分钟之内分别和 8 个迎宾小姐交谈过——“小姐你好，请问洗手间在哪？”

他们的包房叫做“夏日冰霜”，几个人都认为应该改为“夏日冰爽”比较好。包房内的氛围也很别致，到处弥漫着醉人的灯光。走了那么半天，大家都靠在沙发上进行着短暂的闭目养神，只有丹哥还是坚定不移地凝视着妖艳的女服务员。

经过了几首歌的热身，大家也都进入了状态。郁木唱了两首窦唯的老歌后，话筒便被向雯抢了去。她和外外连点了若干首对唱的情歌，唤起了大家一阵又一阵的尖叫和起哄。在第 5 首的时候，丹哥又去洗手间了。

夏漫一直还没碰过麦克，所有人似乎都不能忍了。纷纷要求夏漫诠释一下。一支话筒塞到了夏漫旁边，“夏漫唱一个，快让我们崇拜一下。”向雯说。

夏漫看上去也没有什么扭捏，只是对于大家的期待不好意思地笑了笑。向雯点了几首她歌词本里的歌，紧接着音乐就响起了。夏漫发出声音的时候，整个包厢都安静了，像是感受天籁的洗礼一般。当唱到第三句时，大家便做出了各种夸张的动作。小游用手堵着耳朵，张着大嘴喊着“关原声，关原声。”丹哥拿着个可乐罐满屋子晃着脑袋乱转。郁木窝到沙发里闭着眼睛聆听。外外和向雯此起彼伏地尖叫着。这些夸张的举止持续了片刻后便随着夏漫的笑场而恢复了常态。这的确是令人激动的声音，大家的热情也随之继续高涨。分外无聊的下午过去了，晚上的时光终于有了点转机。

膨胀的情绪总会使时间过得很快，一转眼的功夫时间已经用去三分之二了。不过大家似乎并没有感到任何的疲劳和懈怠，欢乐还在继续。郁木边和夏漫碰撞着可乐瓶边向她请教那几句英文歌词的正确唱法。外外和向雯靠在沙发的尽头嬉戏、亲吻。丹哥随着音乐的节拍晃动着肥壮的腰身，并不断按下服务铃。一切都是那么和谐、有序地进行着。不知是不是GS的作用，小游此时似乎更加了兴奋了。他霸占着麦克迟迟不肯放手，虽然激情饱满，但旋律却不知已经飞到哪了，可他依然努力地拼嚎着。郁木和向雯曾试图从他手中夺回主动权，但最后都以失败告终了。小游依然投入地唱着，像是在进行着漫长的呐喊和倾诉。不论大家如何起哄和调侃，始终自我陶醉着。

丹哥又从洗手间回来了，乐此不疲地向男生们讲述他刚刚目睹过的美腿。大家都纷纷让他献歌一首，来表达自己愉悦的心情。丹哥也大方地接受了，翻来覆去挑了半天最后点了一个《因为爱情》。前奏响起了，大家都报以热烈的掌声。唯独小游还是攥着话筒不肯放手。

“把话筒给丹哥吧，他都来来回回跑了20多趟厕所了，让人家也摸摸话筒。”外外冲小游说。

“不给。我还没唱痛快呢！”小游看了一眼外外。

大家都有点不知所措，顿时冷却了嘈杂。丹哥也笑着喝了口可乐坐到了沙发上“你唱吧，你唱吧，调太高，我唱不上去。”

小游面无表情地唱着屏幕上打出来的歌词“因为爱情，不会轻易悲伤，所以一切都是幸福的模样”。眼神中丝毫没有注视大家的意思。外外似乎有点看不过去了“你让人家丹哥唱几句，歌是人家点的。”小游又看了外外一眼，“不让！”

这种场合下其余的几个人都不知道该说些什么了，似乎都觉得这是小游在和大家开玩笑而已。

“你他妈今天怎么了？”外外的声音大了起来。

“你他妈管不着。”小游把视线移向了外外。

“再犯浑，我可抽你。”外外指着小游的脸。

“有本事你抽啊！”小游把话筒扔到了地上，“我他妈还想抽你呢！”

旁边的几个人都被这突如其来的情景震住了，纷纷上去拉劝两人。

两人的对峙很快便有了实质上的升级，小游随手把一罐开了口的可乐砍了过去，砸到了墙上，黑色的气泡溅了外外一身。外外也很快还击了一罐可乐，小游抬臂一挡，被翘起的铝环在胳膊上划了一个口子，血很快便挂满了胳膊。事端进一步扩大了，桌子上的可乐罐来回来去地飞行在两人之间，偶尔还会误伤到拉架的几个人。墙壁、地面、沙发、桌子上都沾满了黑色的液体，各种声音混杂在这个封闭的空间内，整个房间都陷入了浑浊。

今天的太阳分外的足，这可能是导致睡意的借口。一觉醒来，正好是打上课铃的时间。用凉水洗了把脸后，郁木把被子晒到了阳台上，还颇有兴致地在上面洒了几滴花露水。把中午带回来的英语书夹在胳膊下面，悠然地奔赴学校了。

正午的阳光暴晒得人有些干渴，他后悔自己没有在出门前喝上一杯凉白开。学校门口如往常般安静，大门紧闭着。

“拿瓶可乐。”郁木边说边从冰柜里抽出一支。

“自己拿吧，把钱放到桌子底下第二个抽屉里。”小老板翘着脚躺在躺椅上，手里攥着一本卷了边的武侠小说，不时地用盖在肚子上的蒲扇抵挡着顽强的苍蝇。

一口气把一瓶可乐全部灌进了肚子，爽，真爽。郁木把空瓶放进了塑料格子里，站在原地打了个嗝。

“你说乔峰怎么就死了呢？”小老板气急败坏地说。

“他怎么就不能死啊？书里死的人多了。”郁木说。

“我以后就写一本，不死人的武侠小说。那才叫武侠呢!”

郁木的大拇指在思考了片刻后伸了过去，“牛逼！”

顺利地钻进了校门，既没批条也没登记，一个求助的手势外加一个感谢的微笑便搞定了，这完全归功于向雯之前出色的公关。这个便利使他们几个人从此进出校门如闲庭信步般畅快。

历史老师的眼镜已经滑到了鼻子尖上，投入地挖苦着日本鬼子的高级将领们。郁木侧身进入后门悄悄坐下的动作，已经完全被历史老师的义愤填膺和视线上方镜片没有覆盖的盲区所忽略了。

坐到座位上，在书包里翻腾了半天也没找到自己的历史书，这让他有点纳闷。紧接着又开始翻腾起了桌斗。

“别找了，二八铁驴拿走了。”夏漫说着便把她的书推到了两人中间。

“没人性的。他拿走了我还怎么用啊！”

“他看你打了上课铃还没来，以为你不来了，就拿走了。”

郁木郁闷地吐了口气。“讲哪了？”

夏漫密密麻麻的在课本的留白处做着笔记。“美国快扔原子弹了。”

视线穿过密密麻麻的脑袋们，小游正在往自己的胳膊里打 GS。他最近好像是拼了，天天扎在书堆里，谁拽都拽不出来。自从那次从 KTV 回来之后他和外外就再也没有主动和对方说过话了。旁边的向雯，还是会在下课的时候来找夏漫，这段时间她和外外似乎愈发甜蜜了，经常抛开他们几个独自行动。

下课铃打得格外的快，郁木半天才反应过来。丹哥又掏出了针管，递到郁木面前。“帮我打一针。”郁木接过来，驾轻就熟地扎进了丹哥布满小红点的胳膊。

“你三天两头不上课，打这玩意干什么啊？”郁木拔出针头还给了丹哥。

“我得补充记忆力、注意力和体力啊！离高考就那么几天了，当然要加倍努力了。”

“我靠！我听错了吧。”郁木的眼睛睁得比他的嘴都大。

丹哥起身朝小游的方向去了，他仿佛是要去找小游请教关于学习的问题，又仿佛想挑战一把，看看自己是否有实力把小游从书堆里拽出来。不管怎样，丹哥的态度都前所未有的积极和正面。

不过据小游日后回忆其实情况是这样的，丹哥之所以注射 GS 完全是因为他至爱的‘圣痕’，那段时间他似乎处于事业的上升期，所以经常夜以继日的钻研，白天在学校研究攻略，晚上就奔赴网吧通宵奋战，当然要大量的补充记忆力、注意力和体力了。别说 GS 药水，就连滴眼液在那段时间也被他用了不知多少，视力也是要跟上的。至于丹哥来找他的目的，就更加与学习无关了。他那几天要带领他的弟兄们去攻打别人的城，他是领袖，自然要身先士卒承担起主攻手的任务，所以为了保全自身安危，他需要在作战时身边有个牧师帮他补血。虽然他的手下中有这样的职业，但是毕竟距离太远，无法交流，不能达到瞬时默契，所以他想到了小游这个牧师。

丹哥去找小游了，向雯又过来和夏漫讨论“英哥累死”了，外外独自坐在靠墙的座位上偷偷注视着这一切，一言不发拿着本数学书假模假式地背着 sin 和 cos 的关系。郁木的课间觉似乎又睡不成了，这样的情况已经连续好多天了。为了保持大家的和谐，他总是会在这样情况下，去找形单影只的外外有一搭没一搭地聊些乱七八糟的话题。从前几次的经验中他发现刻意准备的关于美术方面的话题，外外却异常没有兴趣。但凡牵扯到小游的事情也被自己提前否定了。他和向雯的私生活又不是自己所喜好的。靠！这真是个难以驾驭的差事。只有上课铃的及时赶到，才让郁木体会到了些听觉上的快感。

向雯又来找自己请教语法问题了，这让夏漫感到有些力不从心。她今天的心情很不好，从表情上似乎看不出什么。

她的心情是在昨天晚上糟下来的。她照常在自己的卧室里顶着台灯的频闪努力奋斗着。房门被轻轻地推开了 45 度，爸爸把一杯热牛奶，悄悄地放到了她的桌子上。她觉得这是爸爸又一次地向她示好，可又觉得有些矛盾。到底该如何理解呢？这太复杂了。爸爸问她最近复习得怎么样，她说还行。爸爸问她最近想吃什么，她说不知道。爸爸说学习累了就歇会，她说哦了。爸爸摸了摸她的头，她没说话。

她抬头看了看爸爸，一口气喝下了大半杯。

擦了擦嘴角的奶渍，意外地给了爸爸一个久违的微笑。这也许让她之后的几秒钟觉得自己太不矜持了，但一切却流露得那么自然，不能自已。爸爸似乎也被她突如其来的微笑刺激得无比的动情和欣慰，他坐到了夏漫旁边，握住夏漫的手说：“漫漫，你是爸爸的宝贝，爸爸现在所做的一切也都是为了你。我现在年纪也越来越大了，事业和生活也已经定型了，所以爸爸把所有的期望都寄托在了你的身上，你一定要考上一个好大学，别辜负爸爸的所有期望。你要是考不上个像样的学校，我会比你还要难过的。你一定要好好努力，这是爸爸对你最大的期望。”

夏漫从来没有听爸爸这样和自己说过话，她自己都觉得有点肉麻了。可她却感受到了一种莫名的温暖，脑海里闪回着爸爸一如既往对她的种种关爱，她打心眼里认同和接受了爸爸刚才的话。她觉得爸爸似乎又回到了过去，变成了那个每天放学都叫一声“爸爸，妈妈”的爸爸。这种感觉真好！或许只是幻觉罢，但这种莫名的温暖还在持续，她想和爸爸就这样以这种温暖的力量一直生活下去，直至终生。

爸爸轻轻地起身走出了房门，夏漫看得出他是不想影响她的学习，不想给她增加过大的压力。喝完了杯子里剩余的牛奶，夏漫带着那种莫名的温暖继续奋斗起来。

有人敲门，夏漫没去理会，因为她现在最主要的任务就是学习，这也是这个家庭现在最主要的任务，一切事情都要为此让路。她无需为其他事情而分心，爸爸会处理好一切的。

敲门声逐渐急促起来，可爸爸却似乎并没有什么要处理这个事情的迹象，从外屋传来的声音判断，他点了一根烟。门的声音渐渐的由急促上升为强烈，敲也渐变成了砸。夏漫心里有些烦躁了，不知道爸爸为什么还没有动静。但她始终没有说话，更没有去开门，努力地使自己保持一种气定神闲的心境，优雅地在书堆中继续奋战。

声音越来越大，爸爸有点坐不住了，疾步过去打开了门，和门外的人在门外说起了什么。夏漫不知是谁，但她的心情却突然复杂起来，一种不安的情绪急速滋生，很快便布满了整个房间。她想走出房间，看看外面到底发生了什么，却又始终不想破坏刚才那种莫名的温暖。究竟该怎么办呢？

外面的说话声越来越大，她能清楚的听到那个人的叫喊声。操，又是那个女人。

那个女人推开了爸爸的阻拦，闯进了她的家门，爸爸也紧接着跟了进来。他们的言语更加激烈了，夏漫听不出来他们是为何事而争吵。爸爸从外面关紧了夏漫的房门，把那女人推到了自己的房间里。但激烈争吵的声音却依然穿过门窗和墙壁汹涌地灌进夏漫的耳朵。那女人的嘴里始终在抱怨和指责，话语中提到最多的是爸爸的责任和她自己的肚子。这些争吵的话语如同巨石般从天而降砸在了夏漫的身体上,击碎了她之前种种乐观的推断和自己努力编织的梦境。她很想哭，但却怎么也哭不出来，她努力地使自己保持乐观和从容。

纵身站起，她走出了自己的房间。

推开爸爸卧室门的时候，那女人正好一巴掌打在爸爸脸上。这让三人顿时都有点始料不及，愤怒和尴尬燃烧着房间内仅有的一点氧气。那一秒钟爸爸的眼睛呆呆地看着夏漫，平静的眼神中流露出莫大的彷徨。也许是由于某种力场的作用，他很快又使劲还击了那个女人一巴掌，把女人打倒在了床上。那女人哭着扑向了爸爸，两人在叫喊和咒骂中厮打了起来。

夏漫静静地站在爸爸房间的门口，以一种淡定和茫然的心情欣赏着这场快意的对决。在爸爸掐住女人脖子、女人揪住爸爸的头发的时候，夏漫冷静地嘶吼了一声“滚——”

今天真热，热得有些诡异。战士们都有点猝不及防，纷纷在教室内进行着有节制的宽衣解带。丹哥似乎早有预见，穿了一件新买的长袖 T 恤，白色的，是那种叫冰丝之类的面料。摸上去轻薄、透气。

老激是要风度更要温度的主，大热天的穿的那叫一个笔挺，西服、衬衣、花领带，迈着官步走进了教室。

“下午自习课的时候，大家准时到广场集合，不能迟到……”他的脸上已经被捂出了一浪高过一浪的汗珠，眼镜不由自主地总是向下滑。

小游还在书堆里扎着呢。他最近似乎有些异常，特别爱出虚汗，而且情绪还很不稳定，烦躁，不安，有时候别人的一句玩笑他都会当场翻脸。就像颗嘀嘀嗒嗒的定时炸弹一样，不知何时就可能引爆。

“小游最近是怎么回事啊？看着怎么不太对劲啊？”丹哥对郁木说。

“学习学的呗。一般能达到这种境界的,就基本离重点大学不远了。”郁木说。

“那依你这说法，大学里全是精神病人。那还是什么学校啊？不成了精神病院吗？”

“国家都给安排好了，放假干什么用的？就是给大伙治病的时间，出院之后就直接拿着通知书报到去了。”

“那不会落下什么后遗症吧？”

“这个问题就复杂了。多多少少总会有点。但是整个国家都这样，也就不明显了。”

夏漫在一旁忍不住笑了起来：“你们真贫。”

“那你说。”郁木看了看夏漫。

“我看他是被情所困了吧。”夏漫用眼神瞟了一下小游旁边的向雯。

“他也真够笨的，还不如外外一个半路转来的呢。”丹哥说。

“现在搞对象都是瞎扯淡，再过俩月就该各奔东西了。”郁木说着趴到了桌子上。

夏漫低下了头，把眼神拉到了课本上。过了片刻她才又说话：“不过我听向雯跟我说，她爸好像要送她出国。”

“去哪啊？”丹哥问。

“不知道，她没说。”

外外走过来的时候，他们顿时停止了这个话题。

学校小广场上的横幅早就拉好了，几个学生正忙着在水泥台子上搭话筒、摆桌子。

全校的师生们，在这一时间全部奉命被赶了出来，走廊和楼梯挤满了移动的人。一楼大厅一面大镜子，上面贴着一组拗口的校训。每次外外从这里经过时都会刻意停留，略微打理一下自己的秀发，今天他却没有这样做。-1 班的“端庄”已经先一步占领了这里，此时她正对着镜子偷偷地往脸上补粉呢。

没多久，广场上的一个个方格子便出现了。

“这是干什么啊？”郁木问外外。

外外摇了摇头，“不知道。”

郁木又问小游，小游指了指远处主席台上的横幅，上面写着“优秀教师颁奖大会”的字样。

“我靠！老师得奖叫咱们来干什么？”丹哥迷茫地看着前面人群。“他们是不是还有获奖感言和粉丝后援团呢？”

主抓教学的副校长第一个上去讲话了“这个颁奖大会是为了奖励在过去的一个学年里教学成绩最优秀的老师，没有他们也就没有学生优良的成绩，没有他们也就没有我们学校良好的社会声誉。为了感谢和鼓励这些老师，所以我们要办这个颁奖典礼，这个颁奖典礼就相当于我们学校的奥斯卡……”

“他好莱坞大片看多了吧，还奥斯卡呢！”外外说。

“长得就跟从侏罗纪公园里出来的似的。”郁木随手擦了下脖子上的汗。

副校长的讲话使丹哥渐渐成为了被羡慕的对象。周围的人们纷纷向丹哥投去了羡慕的目光，不时还会有人抚摸一下他的后背。

讲话的内容与丹哥丝毫没有任何关系。之所以这样，完全是因为丹哥的那件轻薄舒爽的 T 恤衫。看着旁边汗流浃背的人们丹哥不禁露出了得意的笑。副校长这次还算手下留情，在半个小时的时间内搞定了他那份最多 5 分钟的演讲内容。

接下来就是颁奖了，这是这次活动的重头戏，当一个个奖项被颁出之后，最后一个大奖“年度最佳班主任”即将出炉了。当－1 班的班主任端庄地走上台的时候，大家都并不感到意外，她的脸果然比刚才光彩了很多，化妆品的力量真大！她面带微笑地向全校师生做着获奖感言，那种从容的姿态看上去像是早有练习过的。

阳光依旧那么犀利，战士们似乎有点熬不住了，纷纷交头接耳地开起小会来，这种状态一直持续到台上的人端庄地拿着奖状下去为止。整个典礼在副校长半个小时简短的结束语中散场了。

夏漫最近心情不好，郁木从她这几天的表情就能看出。

“你这几天怎么了？”郁木问她。

“没什么。”

“哦。”

“放学陪我去买点东西吧。”

“买什么？”

“CD。”

天黑的晚了。太阳虽然已经下山，但折射出来的光还是能够照亮东半球的某个区域。

放学的人群熙熙攘攘地从学校大门穿来过往着，郁木和夏漫也在里面。郁木问夏漫去哪买，夏漫让他跟她走。

在小卖部对面不远的地方，他们看到了二八铁驴。“他在干什么？”夏漫有点费解地问郁木。“像是在刷漆呢吧！”

二八铁驴蹲在马路牙子上，手里的刷子上粘满了鲜红色的油漆，漆珠不时的滴到地上，使他周围闪耀着一颗颗红色的斑点。他的搭档安静地站在他的旁边，默默地被他刷成了红色。身上的漆还没有干，隐约流淌在它身体的每一个角落。这使它看上去更加鲜艳，热烈。

郁木和夏漫谁都没有和二八铁驴打招呼，静静地从他的身边走过。

跳下第二辆公车后，他们来到了一个相对繁华的地方。这里有一家影像店，郁木后来才知道，夏漫的所有CD都是在这里买的。

跟着夏漫的步伐，郁木漫无目的地游走在一个个货架之间。穿过货架的间隔和CD盒的空隙，夏漫的刘海、睫毛和那不经意游离的眼神，进入了郁木的视线。这并不是刻意的窥视，而是一种躲闪不及的温柔。

不一会的工夫，夏漫的胸前便摞满了高高的一层。“走吧。”她向郁木打了个招呼，语气很平静，并没有满载而归的快感，说着便朝着收款台的方向去了。

“买这么多！”郁木说。

“想听就听，不想听就放着。”夏漫边说边往包里塞着那堆刚刚付完钱的CD。

“现在去哪？”

“陪我吃点东西去吧，我不想回家吃饭了。”

从音响店里出来的时候，天已经黑了。

城市的绿地在这个时间总是显得那么落寞，这是下班的高峰期，街上过往的车流中绝大多数都是要回家的。草坪和街虽然如此临近，但却又那么壁垒分明。色彩区分了它们不同的态度——金黄色和暗绿色。

夏漫和郁木坐在草坪上，不远处便是热闹的街。这里很安静，仿佛像在城市边缘般惬意、从容。草地上铺了一张报纸，上面放着 KFC 的全家桶。

“今天的测验你考得怎么样？” 郁木叼着可乐管问夏漫。

“凑合吧！”

“时间过得真快，一转眼又快高考了。你想上哪啊？”

“不知道，看分数吧。”夏漫拿着一根薯条在手中玩着。“你呢？”

郁木使劲地喝了一大口，“本科估计够呛了，上个好一点大专吧。”

草坪上偶尔会跑过几个学龄前的孩子，追逐打闹，后面是他们的爸爸妈妈。他们应该是吃完晚饭出来遛弯的。小孩一不小心摔倒在了草地上，还没等爸爸妈妈来扶他，便又一摇一晃地站起来继续向前跑。他们笑得那么开心，摇晃的步伐中带着一份勇敢。

“你放学不回家。你爸不问你吗？” 郁木问。

“他比我回去的还晚。”

“我发现你很少提起你爸。”

夏漫没有说话，若有所思地望着远处的街。手里的那根薯条不知什么时候已经掉到了地上。很快便被蚂蚁们搬运走了。

片刻后她才说话：“我妈没有了之后，我就不喜欢他了。”

郁木喝了一口可乐。“为什么？”

夏漫把视线投到了郁木的脸上：“你想听吗？”

郁木没说话，轻轻地点了点头。

用吸管把一块冰拨到了嘴里，夏漫抬头向天空望去。“我妈有心脏病，先天的。记得小时候我经常惹我妈生气，还和她吵架。每次吵完之后都会看到她自己偷偷地去吃药。后来慢慢长大了，妈妈的病也似乎更加严重了。我开始越来越能感受到她对我的爱，从那时开始我不再惹妈妈生气了。我不知道这算不算是成熟了。但我爸很快就代替了我的位置，那时正好是他事业的转折期，单位想让他去分公司做总经理。从此他脑子天天里全是工作，完全顾不上我跟我妈，在家的时间也越来越少了。家里的事情都是妈妈一个人照料，她和我爸的争吵也开始多了起来。我 16 岁生日那天晚上，妈妈做了好多菜。可是我爸却迟迟没有回来，妈妈和我一个劲地给他打电话，可始终打不通。我妈气得满屋子乱转，后来我爸打来了电话说他单位有事，晚点回家。他们在电话里又吵了起来。厨房里的燃气灶一直开着，我们都想等我爸回来一起吃饭。吵架使妈妈变得非常烦躁，她的表情看上去有些痛苦了，她让我去里屋给她拿药，她自己满头大汗地蹲在了厨房外面。不知道是煤气的原因还是高压锅的问题，突然的一声巨响，我吓傻了。当我急忙从里屋跑了出来的时候妈妈已经躺在了地上。我不知所措地对妈妈采取着各种措施，但似乎并没有起到任何效果。就这么一个空档，我永远地失去了妈妈。因为离厨房还有一定的距离，妈妈的身体并没有受伤，这也许是我唯一感到欣慰的。我爸几乎是和救护车同时进来的。他好像很坚强，一滴眼泪都没有掉。大夫连抢救都没做就走了，只留下了一句‘心脏猝死，已经没有心跳了’。老天就这样用一个干脆到不容商量的方式带走了我妈。就那么‘砰’的一下，一切都变了……”

郁木听了夏漫这么长的叙述之后，并没有发表什么感想，只是一个劲地低头吃着那个全家桶。他吃得很快，似乎有点机械了。夏漫看了看郁木，喝了口可乐，微微地笑了笑。街上越来越热闹了，便道上的夜市也陆续出来了摆摊的。他们的草坪却依旧如此安静，暗绿得格外幽寂。

两人安静地坐在彼此的位置，谁也没有说话。那几只拖走薯条的蚂蚁又回来了，而且还带来了他们的兄弟，像发现新大陆似的，纷纷争抢着那些散落的面包渣。

“你看那是流星吗？”郁木将手指向天空中一个闪亮着移动的东西。

“飞机。”

最近小游的身体似乎不太好，他自己也说不清到底是为什么。总是感到头晕，有时还会有轻微的恶心。他个人对此有 3 种解答：一，作为一个考生来说这也许是他修成正果的前兆；二，这似乎跟心理情绪有些关系，心理因素直接反应到生理上便造成了这种状态，这种心理情绪上的失衡也许和那一丁点所谓的爱情有关；三，紧张的神经，这和心理情绪没多大关系，主要是一种精神上的压力。这种压力太正常了，谁让高考马上就要来了呢！所有的战士此时应该都会这样。

在这四年的高中里，小游唯一总结出来的真理就是——“没有吃不了的苦，只有做不完的卷子”。不大的写字台上摆满了长期以来积累的纸制品，它们是他的武器也是他的敌人。小游想把他们全部武装到自己的身上，也想把他们统统消灭。这看上去有些矛盾，但又势在必行。人格分裂往往是精神分裂的最终结果，唯一能解决的办法就是挣扎。

妈妈又送水果进来了，这成了她每天的工作，而最近她又增加了新的项目，那就是叮嘱小游在疲劳的时候注射GS。粉红色的液体进入小游体内的时候，他毅然地又投入到了新的一轮战斗之中。

可能是由于笔尖点击桌面的震动太过频繁和强烈，一张格瓦拉同志的海报从墙上脱落了下来。小游对此的理解是，他是个革命家他需要自由。不过他很快便又把它贴回了原处，并用圆珠笔在上面题几个字作为共勉“革命尚未成功，同志应需努力”。

下意识地回头看了一下窗外的天空，小游看到了一个闪亮着移动的东西。他觉得那像流星，可又觉得自己不会那么幸运。直到那个发光的东西消失在了更远处的天空，他才重新地回到了自己的座位上。

自己最近很少和其他几个人厮混了，这让小游有些空虚。这不是自己的风格啊!也许自己最近的确有点那个吧。他想为此做出一些改变，至少不会让他过早地脱离组织，因为一个革命家是需要有自己的组织的。郁木前几天说想找他借一本复习资料，他却一直没有接他的茬，这是个不错的通话话题。拿起电话，小游拨通了郁木的号码。

“干嘛呢？”

“刚从外面回来。”

“这么晚才回？”

“夏漫让我陪她去买了点东西。”

“吃饭了吗。”

“吃了。”

“还自己在家呢？”

“没有，我爸我妈也过来住了，他们说不放心我，快考试了要照顾好我的生活。弄得我也很不适应的。”

“呵呵，同情。对了！你那天说的那书还要吗？”

“要啊。”

“行，那我明天给你带过去。”

“OK。”

……

……

（17）

今天学校里发生了两件事。一件是大事，一件没有那么大。

在路口等了半个小时后，外外孤身来到了学校。他以为自己已经迟到了，连学校门口的豆浆都没喝上一碗就飞奔进了教学楼。推开教室的门，里面的情景却并不是他想象中的样子。教室里充满了一种矛盾的气氛——混乱、寂静。

班里的很多战士都趴在了桌子上，从他们痛苦的表情上来看，他们似乎是集体遭遇到了伏击。这种神秘的敌人是他们从没遇见过的。结果是在 1 个小时之后揭晓的，这是“生化武器”。

战士们负伤的程度并不一样，有的严重得甚至出现了短暂休克的现象，有的轻微的只是会在局部的肌肉组织上产生麻木和阵痛。在这个区间内，各种程度的伤情都分别伴随各种惨烈的症状。他们几人中只有小游负伤了，所幸他还没有达到痛不欲生的地步。此时几个人都围在他身边关怀着。向雯并没有来到学校，丹哥坐在她的座位上给小游按摩着胳膊。郁木坐在小游的桌子上，一个劲地让小游吐舌头，非要看他的舌苔。坐在向雯桌子上的是纳纳，他是昨天回来的，回来的第二天学校就出事了。

这种情况不光出现在他们班，全校的各个年级和班级都出现了相同的症状，特别是以备战高考的毕业班最为严重。

大家第一次看到了老头也有火急火燎的时候，跑前跑后地询问着每个伤兵的情况，他现在最重要的职责就是不能让这些伤兵升华为烈士。

很快学校门口便传来了救护车的声音。而且还是排着队的好几辆。从窗户向校门外望去，尽是身穿白衣手提白箱的家伙急匆匆地往校园里跑。训练有素，蜂拥而至。很快便冲进了每一个伤员集中的教室，他们的教室也不例外。抢救的抢救，抬走的抬走，输液的输液，吃药的吃药。

半个小时之后专家们才对这次惨剧给出了答案。估计这位专家原来应该在国际奥委会干过，说话的口气都是那么圣洁和郑重："这是让我们所有人感到遗憾的一天，在这一天里，所有的公平和神圣都被很大比例的一部分人所亵渎。这是我们每个人所不愿看到的。但事情还是不可避免地发生了。现在我要遗憾地说，这次事故的直接原因是……特大规模的集体性地使用兴奋剂所造成的……"

大家此时都仿佛顿悟了，没错！就是GS。

这个值得信赖的亲密战友，今天却用这种方式来进行了一次彻底的反戈一击。

几天后所有人才知道，由于GS的短期效果显著导致无比畅销，厂商不顾质量过度生产，导致药品质量严重变异。而厂商还在盲目诱导消费者大量服用，从而引起战士们的身体机能紊乱，造成大面积的恶性反应。

白衣天使们就是专业，不一会教室里的气氛就舒缓了很多。班里还剩下三分之一的人，那三分之二的同志已经伴随着救护车银铃般的声音，被安全地转移到了他们应该去的地方。

战士们吃过药，输过液之后老激走进了班里，估计他是代表学校来抚慰学生们的。不过外外却没有心情听他说那些耽误时间的废话。掏出手机，他给向雯发了一条短信："你怎么没来学校？是不是身体不舒服？"

等了半天，他才接到了向雯的回复，"家里有点事，下午见。"

今天的事情让小游着实出了好几身的冷汗，直到漂亮的护士姐姐把输液的针管插入了他的体内时，他才略微地平静了下来。原来英雄也不是那么好当的，格瓦拉更应该算是个幸运儿，像他那样潇洒地跑在丛林中的战士，不知道有多少是稀里糊涂地被发情的野猪撞死的。

自己应该也是幸运的，他庆幸自己的健忘，使他很多次都没有按说明书按时按量地服用GS。这曾让要求进步的他懊恼不已，不过现在却为自己的健忘而暗自欢喜了。他也是幸福的，因为身边还有那几个够意思的战友，这是他十几分钟之前所体会到的：丹哥按摩的技术着实不怎么样，但从他的认真程度上来看，已经不亚于他在圣痕里的专注了。小游纳闷为什么丹哥会没事，丹哥的回答是他晕针，早已经改喝红牛了；郁木一个劲的让小游吐舌头，也不知道他是真会看还是装会看，而且还要使劲吐，害得他连小舌头都快吐出来了，舌根子差点让下牙磨掉了；外外从远处走过来了，和其他三人简单地打了个招呼之后，便坐到了自己的座位上，他和他已经好些日子没有说话了。

向雯今天没有来，小游不知道是什么原因。也许因为 GS，也许是因为别的。他不自觉地猜测着这些，但又强制自己停止这种无意义的行为。

下午上课前，学校召开了一次全校性的广播大会，这次会议是一个主抓学生心理教育的副校长主持的。不知道是为了安抚战士们受伤的身心，还是鼓舞他们的继续奋战的斗志，反正这次广播大会莫名其妙地召开了。会议的主要内容是表扬和嘉奖那些因为过度服用“兴奋剂”而身负重伤的战士们。越是伤得严重的，就越是重点表扬，因为他们比一般人更有进取心，更有顽强拼搏、不畏强手、勇攀高峰的意志品质。副校长还重点点名表扬了一些同学，满含深情地汇报了他们的先进事迹，此时此刻他们正顽强地奋战在某某医院的重病监护室里，与“兴奋剂”的副作用进行着殊死搏斗，但仍不忘在病榻前复习着考试的重点。学校还特意为他们制作了奖状，由班主任下班后到传达室代领。

听了他们的事迹小游眼眶都浮肿了，赶紧滴了两滴眼药水。太感人了！后悔自己还是用得太少了，差距，这就是差距。瞳孔上游离的眼药水似乎使他的余光扩大了面积，向雯的身影就在这个面积的边缘。她正从前门进来，快步地走向自己的座位并匆匆坐下。似乎是教室里的情形让她有点茫然了。

“这是干什么呢？”向雯问小游。

“开会。”

“什么会？”

“追悼会。”

“臭贫！”

“你上午怎么没来啊？我还以为你壮烈牺牲了呢！”

“家里有点事。”向雯的表情比以往要淡定了很多，过了一会她问，“你和外外还不说话呢？”

小游没说话。向雯也没再问。

第二件事是下午第二节课的大课间发生的。小游和郁木从厕所回来的时候教室里正上演着一出激烈的事情。向雯的爸爸正暴躁地训斥着外外，他的言语和表情十分严肃且强硬。还没等小游他们听出什么端倪，便很快结束了。之后她爸便带着向雯离开了学校。

小游本想问丹哥和夏漫是怎么回事，但从他们的表情中看出他们也很茫然，没人知道这是怎么回事。郁木和丹哥试图向外外了解情况，但外外却无辜地坐在那里一言不发。

小游此时的感觉像是被真空紧紧地包围着，大脑皮层瞬间膨胀，无数种假定的情景出现在脑海之中，他分明有些异样了。控制，他努力地控制着自己的情绪，使自己尽量地置之度外，不去探究那些与自己丝毫没有关系的事情。

从那天起向雯就再也没有来过学校，她和外外也分手了。小游后来偷偷看过外外的那个记录心情的本子，想从里面得到些答案，但他却并没有得到什么有价值的答案，唯一吸引他注意的就是一只长着翅膀的狗和一个站在冰天雪地里的婴儿。

郁木已经有一个多月没在学校吃晚饭了，在爸爸和妈妈的强烈要求下他们终于如愿过来陪他一起住了。他们要在这有限的时间内照顾好他的生活。郁木现在是家里的重点保护对象，吃完晚饭后，便钻进了自己的房间。

纸制品已经几乎摆满了整个桌子，地上还散落着些不知道什么时候坠落的，郁木并没有救援它们的想法，他只想让它们和自己一样随其自然，听天由命吧。

四月底五月初的天气是郁木最喜欢的，尤其是晚上，清爽中略带浮躁，透彻中偶有浑浊。这个破台灯已经伴随了他不知是第几个年头了，就在半个月前出现严重的频闪现象，不过郁木并没有要换掉它的意思，还有一个多月，一眨眼就过去了。

每天都要这样从吃完晚饭一直坐到深夜，对任何人的腰间盘来说都是一个很大的挑战，郁木也不例外。难得站起来活动活动，却又有人来打搅了。手机响的太不是时候了。

“干什么呢？”这是丹哥。

“你觉得我这个时间还能干点什么呢？”郁木扭动着自己的腰说。

“我靠，你天天这么玩命是奔着北大去的吧？”

“嗯，北郊秧歌大队。”

“不跟你扯了，借我点钱吧。”

“干什么？”

“我刚在网上和人谈好一个极品装备，所以得赶紧买下来，机会难得，过了这村就没这店了。这个东西特稀有，我打了好长时间都没打出来，要不是……”

郁木听得有点发毛，赶紧打断了丹哥的话，“要多少？”

“200。”

“明天上学给你。”

丹哥心怀感激的挂掉电话的同时，郁木也结束了他的腰部运动。

今天的状况真不好，体育频道居然在黄金时间转播开了马拉松，外外感到完全是在浪费大好的时间，连手里的泡面都没有了往日的味道。爸妈又去应酬了，他们的生命似乎因为应酬才更加充实。点了一根烟，外外进入了自己的房间。墙上的那些画已经在之前的某个晚上被他统一销毁了，但书桌上凌乱的书本纸卷却没有一丝整理的意思，他觉得这样看起来会更像个努力的人。随意地拿起一本书简单地翻了几下，他觉得自己已经没有任何斗志了，一个多月的时间不可能使他蜕变成另外一个样子了，这也许只是毫无意义并很快过去的一段时间罢了。

丹哥的电话就在这个时候打来了，他那边似乎颇为充实，每天都有新的惊喜，每天都有新的期待，每天都在为胜利而打拼着。

当自己已经慢慢松懈而朋友还在努力进取的时候，外外能做的当然是尽可能的给予朋友最大的帮助。所以他毫不犹豫地就贡献出了自己的200元钱。

烟还没抽完，爸妈就回来了，他听见了楼道里他们的声音。是应该在这里继续装下去，还是潇洒地去面对些别的?

小游的身体已经完全康复了，他现在终于可以以一个健康的体魄来面对任何他能搞定或者搞不定的困难了。妈妈似乎倒成了惊弓之鸟，在给小游吃每一样东西之前都要进行严格的洗涮消毒，并且要让爸爸先吃，确定无误后才会送到小游的面前。

最近的状态不错，他觉得自己已经有能力完成预期的考学目标了。但值得焦虑的是他的情绪，他最近越来越容易冲动，什么原因都能使他暴躁。他也在努力地控制和调节着，但效果似乎并不明显。一只苍蝇此时便成了不幸的牺牲品，因为它飞行时过大的噪音，影响了小游的思路，被小游一掌拍成了壁画。墙壁瞬间的震颤使空调上的灰都漂浮了下来。不知道谁将会是下一个不幸的家伙!

200 块钱对现在的小游来说的确是个大数字，因为他已经发誓不再找家里要零花钱了。他向来都是以苦行僧的行为规范来要求自己的，在这个问题上他已经坚持了 7 个月了。妈妈答应他在高考完成目标后会给他一大笔奖励，可他此时经济状况却已到了山穷水尽的地步。丹哥此时的电话打来的显然太不是时候了，经过了长达 5 分钟的磨磨叽叽后小游终于婉转地表达了歉意。

敏感是一种与生俱来的气质，当它发作时就会变成一种不可阻挡的力量。最近夏漫又开始被这种力量所控制了。闹钟里的时针在嗒嗒地不停奔跑，距离最后时刻只有一个月的时间了。对时间的敏感也许对于他们来说是最麻烦的，昨天她用邻居家装修没有用完的涂料把卧室整个涂成了红色。这并没有什么科学的解释，只是敏感导致的冲动罢了。坐在写字台前，她觉得全世界都应该和她一样孤独且勇敢。笔尖上的圆珠掉了，这使她暗自欢心，终于不用为自己是不是该偷懒休息一会而挣扎了。

向雯已经有一段时间没来学校了。上次她们通电话的时候她告诉夏漫自己不参加高考了，夏漫向她表示了祝贺和由衷的羡慕。不过之后向雯还是会偶尔给夏漫打电话向她请教关于英语的问题。此时电话又响起了。

夏漫有些意外，这么晚了，怎么会是丹哥。欧买嘎！

五一假期里，唯独让他们感到舒适的可能就是学校不像平时那么吵了。假是不会放的，有个清静的环境也是好的。往常学校太嘈杂，安静下来真奢侈。

今天天气格外晴朗，太阳喜气洋洋地飘在空中，几片稀松的云彩像没弹开的棉花一样挂在淡蓝的天上。学校里短暂几天的安静终于截止了，今天是假期之后的第一天。大中小号的学生们，都意犹未尽地被赶回了学校。

一大清早，操场上就传来了悦耳且雄壮的进行曲，这给冷清了一周的校园平添了些喜庆的气氛。根据往年的经验，这样的气氛将会持续一天半。人们有秩序地拿着小板凳向操场集合，每个人的脸上都有不同的表情。运动会要开始了！

教学楼基本上已经空了，孩子们都统统地奔出了教室，投身到最基层的奥林匹克运动当中。运动员、裁判员、拉拉队、志愿者、检录处、播音台，一切景象都是那么生龙活虎、热闹非凡。

既然说基本上已经空了，那就说明肯定不是全部。他们是复读班的战士，空空的教学楼依然是由他们镇守着。大家似乎没有任何斗志，窗外的进行曲越来越澎湃了，领导的讲话也是那么慷慨激昂，没人能够抵挡这样的干扰，只有历史老师还在硬着头皮为人师表着。

郁木和夏漫共享着一副耳机，分头复习着英语和地理。（这种边听音乐边学习的方法，虽然常常被一些家长所诟病，但此时却能在寓教于乐的同时抵挡住窗外的杂音。未经专业训练请勿模仿！）

小游也许是历史老师最不喜欢的学生，因为他总爱在历史课上说出一些不符合教材主旋律的历史真相。这让老师有点为难，因为他知道他说的都对，但他也知道这是不便给与肯定的。所以历史老师在一个月前允许小游在他的课上干别的事情。

外外现在上课睡觉的时候比醒着的时候多，这种状态已经持续了好长时间了，似乎是从冬天结束后就开始了。但他总是能用最逼真的姿势，让老师不会发现墙边上还睡着一个。

郁木、小游、外外和纳纳同时收到了一条短信，这是丹哥群发的：快来操场，晚了就没戏了。

几个人似乎感到情况的紧急，相视了一下之后，实施了方案。郁木在夏漫耳边说了点什么之后，咣地一声趴在了桌子上。夏漫边举手边站了起来慌张的说："老师郁木晕过去了。""怎么回事？""不知道，可以是昨天晚上熬夜背近代史，今天早晨又没吃东西……""赶紧送医务室，快！"听到这个命令小游、外外和纳纳迅速起身，第一时间把郁木搭出了教室。

热闹的操场上人头攒动着，丹哥正在弯道附近向他们打招呼。这里有树荫且人少，比起那些在太阳底下暴晒的方阵来说要舒适很多。

"你那么着急叫我们过来干什么啊？"小游问。

"靠！亏了你还是男生？"丹哥不紧不慢地说着。

"什么意思啊？"

"方块队马上就要入场了。"

这也许是男生们在中学时代较美好的集体回忆了。比赛正式开始之前方块队入场的仪式是必不可少的，每个班为了体现本班的整体风貌和精神文明都会在服装和口号等环节上大做文章。不过这些似乎都是班主任所要关心的。男生们关注的目光总会是那些举牌的女生们。

"开始了，开始了。"丹哥精神抖擞地嚷嚷起来。其余几个人也顺着他视线的方向望了过去。

随着雄壮的音乐，方块队开始入场了。男生们的目光也开始整齐划一起来。

"这个不错。"小游刚发表了个人看法，便被纳纳驳回了："不错什么啊？要胸没胸要屁股没屁股。"

"我说脸。"小游辩解道。

"观察任何事物都要全面，应该上升到哲学的角度来看待。"

"靠！"

"这个还行。"外外指着正向他们走来的一个举引导牌的女孩。

丹哥对外外的话表示了肯定，但郁木却好像不以为然："不就是裙子短嘛！

等她卸了妆你再看看。”

男生对女生们的评判总是那么苛刻，尤其是在这种吃不着葡萄说葡萄酸的心境下。他们的眼中充满不屑，但却又津津有味的欣赏着眼前走过的一幅幅画面。快意的讨论还在进行着。

“我靠，他们班没女人了吧。这么粗的腿也举牌！”

……

“这女的长得还行，就是黑了点。”

……

“这个太高了，想亲个嘴都困难。不打篮球可惜了。

……

“看那个，看那个。”丹哥的样子比刚才更加兴奋了。大家也都随着他的指引看了过去。

“那个就是高二5班那个刘什么琦，号称是学校的校花。学校里的男生都知道她……”丹哥兴致勃勃地讲解着。

“长得还不错。”郁木说。

“身材挺好。”纳纳说。

“皮肤挺白。”小游说。

“你是不是看上人家了？”外外问丹哥。

“靠！我马上就毕业了。”丹哥一本正经地说。

“那怕什么了，毕业了也可以交往啊。”郁木紧接着说。

“那倒是。”丹哥目不转睛地说完紧接着便是一个很专业的口哨。

这个举动使旁边的几个人顿时来了精神，纷纷大笑着怂恿丹哥再来一个。在热闹的人群并不注意的弯道处，口哨声接连响了起来。

“这小狐狸裙子够短的。”郁木笑着对丹哥说。

“玩性感呗。现在的女生都喜欢玩性感。”

当刘什么琦带着她的方块队走到他们面前时，外外推了推丹哥说：“躺下。”

“干什么？”丹哥问。

“看看什么颜色的。”

“靠，变态。”

小游此时又变得异常沉默了，就像晴空万里中的一片乌云一样诡异，没人知道这又是为什么。不过身边的其他人还是继续无聊地欢愉着。

“嘿！美女，我们这有个帅哥看上你了。”郁木朝刘什么琦喊了一声。那女孩似乎听见了，朝这边看了一眼，大家统一指向了丹哥。丹哥一时手足无措了起来，不好意思地向女孩挥了挥手。这让其他几个人顿时笑得前仰后合。

很快女孩便尴尬地举着牌子从他们面前走过了，随着浩荡的队伍站到了他们班指定的位置。

“你刚才怎么没问个电话啊？”纳纳边笑边对丹哥说。

“靠！你们想玩死我啊。”

身后有几个穿着校服的男生走了过来，齐刷刷地站到了他们身边。他们不知道他们是干什么的，继续意犹未尽的谈论着正在进行的话题。

“你们是哪的？”一个穿校服的男生问。

“有事吗？”郁木问。

“问你们是哪的。”那个男生的语气低沉带着锐气。

这让几个人顿时感到了些不和谐的气氛，一个个地从悠闲的坐姿中站了起来。“有事吗？”郁木又问了一遍。

那个男生向前跨了一步说：“刚才你们臭不要脸我都看见了。她是我媳妇儿，你们最好老实点。”

“有结婚证吗？”外外不屑地笑了笑。

“你们别找不自在。”

“现在的小孩都太牛逼了，动不动就装黑社会。跟哥哥们说话客气点！”纳纳耷拉着眼皮看着那个比自己矮了将近一头的小子。

“别他妈在我面前充大辈，告诉你们以后谁要敢骚扰她我就办谁。”

“滚蛋！”郁木不耐烦地把视线甩到了一边，“别他妈烦我们，要不现在就办你！”

这句话使那小子更加冲动了，他一步迈到郁木跟前，满脸凶气地刚要说些什么就一下被纳纳的大手用力地推到了一边。

双方的火药味开始增加了，两拨人马开始不断地推搡。操场上各个班级已经集结完毕，领导慷慨激昂地开始讲话，很少有人注意到弯道角落里的这团激烈的情绪。

不知道是谁一脚把丹哥踹倒在了地上，拳头和脚迅速地在两拨人中穿梭，每个人身上都挂上了鞋印。大家似乎都不知该如何停止了，但又不希望是从自己的手中停止。这个是艰苦的过程，每个人都在攻守中等待着对方的示弱。

随着咣的一声，这场速战终于结束了。那个把丹哥踹倒在地的小子满头血迹的躺在了地上。所有的人都顿时停下了正在进行的动作，眼巴巴地看着小游。

擦了一把头上的汗，小游扔掉了手里沾有污渍的板砖，气喘吁吁地环视着周围安静的人们和那个已经躺在地上的小孩。

方块队退场之后，在拉拉队热烈的呐喊声中比赛也正式开始了。

第二天学校对他们进行了通报批评。因为是复读生的身份，他们并没有受到什么实质性地处分，反倒是那几个应届生被记了过。但这并没有让他们感到事件的平息，因为那个被板砖拍了脑袋的男孩已经进了医院。

小游当然不想让他爸在这个节骨眼上去派出所领人，私了是最好的方法。而那小子和他的哥们们也很快同意了。事后才知道那小子之前因为打架在派出所留过案底，所以即便去了派出所也不会得到什么舒服的结果。距离高考还有一个月了，谁都希望尽快摆平这个烂事。双方达成了一致，两千块钱。包括医药费、住院费和一些所谓精神补偿费之类的讹人费。期限一周，如不能按时解决，公了起来麻烦就大了。

以小游目前的经济状况这无疑是个大数字。相当于丹哥前些天向他借钱的10 倍。200 块钱他都无力支援，现在他就更是满目忧怨了。放学后的教室里，几个人围坐在安静的空间内，讨论着钱的问题。临近考试的日子大家似乎个个都是穷光蛋，没有人能一时拿出这么多钱。丹哥仿佛有些自责，他觉得这事情是由他引起的，但却又似乎无能为力，连他自己借的钱还没有还。郁木和纳纳倒是答应凑些钱，但又不知道具体的数字能到多少，能肯定的是不会是什么理想的数字。外外坐在一旁始终没有说话，因为他现在也是身无分文，有限的钱全部支援给丹哥了，更何况他也不清楚他将以一种什么态度帮小游的忙。毕竟他们已经很长时间没有说过话了，这种情形让他很尴尬。此时他的手机响了，外外接通了电话，之后便以有事的名义离开了这个尴尬的环境。

星期天的傍晚，小游带着 700 块钱来到了他们之前约定的饭馆，今天是一周期限的最后一天了，大家决定今天在这里把各自凑来的钱汇总。之前的三四天，小游用尽了所有理论上合理的借口从舅舅、奶奶和表妹那里以各种不同方式弄到了这 700 块钱，虽然只有三分之一但对于他来说也已经用尽全力了。

小游到的时候，郁木、丹哥和纳纳已经在那里了。在小游坐下的同时，郁木掏出了 300 多块钱。“我把我那破手机卖了，还有这个月剩下的一点生活费就这么多了。”郁木有些不好意思地说着。小游拍了拍郁木的肩膀接过了他手里的钱。

“钱有点少只有 200 多块钱，我把我的限量版球鞋卖了，时间太紧没能卖个好价。”纳纳边说边递到了小游手里。

“这是我的，300。”丹哥一脸严肃地把钱放到了桌子上。

“你又把什么卖了？”小游刻意地笑了笑。

“没什么，游戏里的一个装备。”

“心疼吧？”小游问。

“身外之物，江湖救急。”丹哥的笑容似乎像在被割肉。

“一共有多少了？”郁木问。

小游点了点手里的钱，“刚 1500。”

“不知道外外那小子会不会来？”丹哥嘟囔着。

小游没说话，主观地保持着冷静。

“给他打个电话问问！”纳纳说着便掏出了电话。

“别打了。”小游的表情和语气都显得不那么自然。“剩下的钱我自己想办法吧。”

虽然大家的经济都很拮据，但是一盘土豆丝、一碟花生米和几瓶啤酒还是可以搞定的。小游的脸色比刚才更加青绿了，不停地往嘴里塞着花生豆。丹哥和纳纳边喝酒边讨论着些无聊的骗钱方法。郁木点了一根烟，低头看着丹哥的皮鞋。气氛一下变得沉闷起来。

“你们谁能在从家里要点，就说是给同学买生日礼物之类的。”小游说。

“为了泡网吧，我这个月都送了6次生日礼物了，你说我妈还能信我吗？要不我之前还至于找你们借钱。”丹哥说。

“操，那就没点别的办法了？”小游喝了口酒。

“实在不行，你就找你爸妈要点吧？”郁木说。

“绝对没可能，我早就发誓不找他们要钱了。”小游的语气中又显现出革命者的坚韧了。

几个人谁都不说话了，似乎都在等待着其中一个人能有什么好的主意。气氛再次沉默，就好像几片带着不同电荷的乌云始终不能碰撞出闪电一般。

一个身影走到了他们面前，还没等他们做出什么反应，便在桌子上按了500块钱。“只能弄到这些了，不知道够不够。”外外一脸疲惫的站在几人的面前。

“够了够了，刚刚好。”丹哥兴奋地站起来拍着外外的肩膀。

“是吗，那就好，我还以为会不够呢。”外外点了根烟如释重负地坐了下来。

“我还以为你小子不来了呢！”郁木说。

“靠！骂我呢？”

“你钱哪来的？”纳纳问。

“找我爸要的。”外外说得很潇洒。

后来小游才知道，这些钱根本不是外外找他爸要的。他爸知道他专业考试失败后就再没给过他零花钱，确切的说是他从那之后就再没找他爸要过钱。那天放学后在教室里外外接到了一个电话。那是他的朋友佳佳打来的，说外外一幅叫《怒放的青春》的画在他的画廊里，被人200块钱买走了，让他去拿钱。外外这才知道自己的画原来也是可以卖出去的，于是便几天没睡觉画了几幅画进给了佳佳……

外外掐灭了烟头，把钱递给了小游。小游没有说话，扫了一眼外外的黑眼圈后接过了他手中的钱。点了点，还富裕出了点零头。小游把服务员叫了过来。“把菜单拿来，再加两个菜。”

钱的问题解决之后，大家的酒喝得也有劲了。各种各样不靠谱的扯淡也随着他们的笑声重新出现在他们的嘴里。小游又打开了一瓶啤酒，给外外倒了满满一杯，端起自己的杯子说“谢了”。这是他们这么长时间来的第一句话。两人都一饮而尽，之后就像什么都没有发生过一样重新亲兄热弟起来。

不知道聊到了什么时候，小游看着外外的脸问：“你和向雯是不是那个了？”

外外看着小游的脸说：“没有。”

“真的没有？”

“真的没有。”

嘈杂的饭馆里谁也没有注意到他们的对话，就连他们俩自己仿佛都没有注意到。郁木和丹哥争抢起了盘子里的最后一粒花生米，火爆的气氛使其他三人也迅速加入了战局。筷子的激烈碰撞很快升级为肢体的肉搏，挤来挤去中一瓶啤酒倒在了桌子上，不偏不倚地洒了丹哥一裤子。

“我靠！梦特娇的。”丹哥气急败坏地喊着。

（18）

距离高考只有半个月时间了，确切的说还有 16 天。有过毕业班经验的人都知道，想要靠这么几天提高成绩完全是扯淡。老师也基本已经不讲课了，主要以调整状态和自由复习为主。只有良好的状态才能保证在考试中正常发挥或者超常发挥。

第二次模拟开始了。这是高考前的最后一次正规考试，谁都知道这个成绩基本等同于高考成绩。再做无谓的挣扎也只是徒劳了。

郁木早上 5 点就起来了，拿着一堆复习材料，开始了疯狂的晨练。昨天的科目考得还算正常，并没有什么意外但也没什么惊喜。今天的科目对于他来说是个考验，总成绩如何就要看今天的了，拭目以待吧。

爸爸和妈妈昨天一起到外地出差了，说是 5 天后回来，临走时给他留下了 200 块钱，好久没花过红色的钱了。终于又可以迎来短暂的独居生活了，这的确有利于调整目前的状态。调整！调整！

为了让战士们能够身临其境地感受高考的气氛，考场被布置成了高考时的样子，各种严格的程序一应俱全，连准考证都是模拟高考准考证的样子印的。监考也换成了他们不认识的面孔，3 个刻意板着脸的老女人，来回来去在考场里转着圈，那表情比兵马俑还瘆人呢。要说这些考生们都是交了钱才参加高考的，怎么说也算消费者了。这帮监考怎么就不能实行点微笑服务呢！只有在一个轻松的环境里考生才会取得好成绩，不知道这帮天天搞教育的人是不是知道？

铃声响起后，白色的卷子像铺地砖一样迅速地铺满了整个教室。神圣、肃穆。上面的题似乎出得并不让郁木满意，他感到有些惶恐。他认为自己从没对考试如此敏感过，可今天他却无法控制自己。也许是他想对自己这一年来的奋斗做一次证明或是来一次了结，拿起武器，他开始了奋战。

时间对于考生来说就像看不见摸不着的氧气，当氧气没有时他们就会升入极乐世界。此时氧气就在一点点地减少着。监考径直地向郁木走来，这让郁木莫名地感到紧张，虽然他什么都没干，但这种气氛依旧使他不那么自在。脚步在郁木前面的座位停了下来，监考把手伸了出来，坐在他前面的同学很快心领神会地把压在卷子底下的纸条递到了她的手里。监考拿走了他的卷子，他也收拾了东西很快离开了考场。这个一系列动作完成得极为迅速，像是演练过的一般。郁木看得有些陶醉，他不知道那个同学现在的心情到底如何。他也许只是想提前体会一把阵亡的感觉，这或许应该叫壮烈牺牲。从数学理论的角度上来讲，这次的失败可能意味着高考作弊成功的可能性大大提升。毕竟被抓卷只是一个概率问题。

从陶醉间猛然醒来，郁木看着自己的卷子，这张卷子仿佛更加皎洁了。手中的笔被他握得很紧，就像是努力握着生还的可能。氧气已经不多了，他继续着殊死的搏斗。一滴汗珠落在了卷子上，把刚写好的字迹渲染成了一片黑色。

二模后的两天小游哪也没去。他觉得自己发挥得还不错，所以安心地在家补充元气。期间丹哥曾叫他一起去网吧活动活动筋骨，但考虑再三后他还是没有前往。因为那是很耗费体力的，剩下的几天他唯一要做的事情就是保存体力、保存精力、保存战斗力。不过这两天他还干了些别的事情，这多少损耗了他一些体力、精力和战斗力。向雯换了手机号，这是他两天内的第 10 个电话之后承认的观点。他之后给夏漫打过电话，他觉得她可能会知道，但结果却不是那样的。

今天是要去学校的日子，因为在过去的两天里，老师们已经夜以继日地判完了卷子。坐在自己的座位上，小游显得有些紧张。说他像是等待着判决的犯人显然有些消极了，现在的他更像是攥着仅有的一张彩票，守着电视等待着最终号码的那种。

他感到自己的屁股都开始震动了，并且以一定的节奏持续进行着。直到他从屁股兜里掏出了手机，这种感觉才戛然而止。

“喂？什么事。”

“帮我把卷子拿回来吧，我今天不去学校了。这几天我正带着弟兄们打终极BOSS呢，干掉了他我就能彻底成为国王了，到那时候……”

“行了行了，知道了，别废话了！老师正发卷子呢。拜拜。”

丹哥可真是个有进取心的人，和他形成鲜明反差的就是外外了。他根本没有参加考试，今天当然也没有来，不知道那小子在想些什么，可能早他妈的爱咋咋地了吧。郁木和夏漫安静地坐在后面谁也没跟谁说话，就像他们刚刚来到这里时那样。一切仿佛都像是一个轮回，压抑，解放，解放，压抑。

总分终于出来了，小游核对了5遍之后才如释重负地靠在椅子上喘了一口气。他的成绩刚刚好过了线，超了3分。这不禁使他无比欢喜，但他并不想过分地喜形于色。依然努力地保持着面部的平和，尽可能享受着天道酬勤的结果。

郁木离他有5.8米的直线距离，但此时的心情却有着天壤之别。

沉默，坚持沉默。这就是郁木现在的表情。他觉得自己本该会获得好结果的，可那些都仿佛是无聊的幻想罢了，只有励志片看多了的人才会这么不理智，可自己根本不爱看电影。乱了，全乱了。

郁木又一次把脸贴到了桌子上，他想安静地睡会。就像之前的每一个课间那样安逸。闭上眼的那个瞬间，窗外开始下雨了。劈里啪啦的声音侵入了他的情绪，他能感到硕大的雨滴一颗一颗滴进他的皮肤，膨胀、炙热。周围的人们都在讨论着关于分数的问题，像是无数只苍蝇般盘旋、嗡鸣，这让他难以入睡。坚持了许久后，他猛然抬起了头。

夏漫正用她那双安静的眼睛注视着他，这种目光像是在努力地求解着一道立体几何。

“你怎么了？”夏漫问。

“没事。”郁木说。

“成绩怎么样？”

“还行！”郁木回答的非常果断，但他的内心却在进行着一场突如其来的自我找寻，他不知道自己为什么会说谎，一直以来他都对成绩那么地从容洒脱，可此时此刻他却没能一如既往。他觉得自己并没有任何虚荣，只不过是还保留着对未来的一丝希望罢了。

“你是不是有点不舒服？”

“是。”

发完卷子后，老头在讲台上说了一些关于之后几天自由复习的方法和要求。这些内容对他们来说似乎并没什么吸引力，一年前他们就已经分别在不同的学校听过了。老头似乎也悟到了这点，之后便宣布了放学。

雨似乎有些停的迹象了，但却又不那么彻底。乌云，漫天的乌云。轰鸣的雷声叫嚣着没完，似乎要把灰色的天空撕裂跳出来一样。零星的小雨充斥在空气中，使呼吸都有些粘稠了。毛毛雨是无需打伞的，身体的温度会很快蒸发它们。雷声却仿佛越来越大了。

简单的道别后，小游便拿着丹哥的卷子奔赴网吧了，剩下郁木和夏漫两人一同回家。一路上郁木都显得很沉闷，这是夏漫以前不曾看到过的样子。以夏漫的敏感她几乎已经猜到了是什么原因，只是她不知道此时该不该问他罢了，以她对郁木的了解她觉得这不应该是什么问题。她还是开口了。

“是不是没考好？”

郁木看了看她，迟疑了片刻后干净地回答“是”。他对自己之前的回答感到有些可笑，他开始严重地鄙视那个瞬间，他觉得那才是真正迷失的开始，经过了短暂地自我讽刺之后他努力地开始复原：“刚才我扯淡呢，我的分根本就没过线。”

一年的邻桌时光让夏漫真切地感觉到郁木的努力，即使他表面有时会表现得不屑一顾，但内心却始终向着自己的目标奋勇前进着。这个结果看起来显然有些残忍了。她能体会郁木现在的心情，但却又不知应该和他说点什么。

几个穿着校服的学生，嬉笑调侃着从他们身后超了过去。对他们来说盼望假期也许是现在最美好的事情了。他们又换上了白色的衬衣，在灰色的水雾中显得明亮、快乐。夏漫和郁木并没有丝毫的羡慕，因为他们的假期要比这些白色的孩子们更早的来到，他们或许更应该感到高兴，不过这个假期之后他们不知道还会不会再有盼望假期的心情了。

两个人依旧沉默地在这个灰色的街上缓慢地行走着。“没关系的。”夏漫说。“我没事。”郁木说。

不经意的瞬间夏漫一把拉住了郁木，给了他一个大大的拥抱。

“没关系的。”夏漫拍了拍郁木的头。

“我没事。”郁木从容地笑了笑。

推开家门，爸爸还没有回来。夏漫径直钻进了自己的房间，放下书包，一个仰身躺在了床上。这是她最喜欢的姿势，安全感和松弛感并存。她的成绩还算令自己满意，虽然并没有达到多么可喜的地步，但至少比起郁木来说已经算是够活了。她依旧没有达到满意分数，这个分数只能上个烂学校，不错的烂学校而已。比起刚刚来复读的时候，这已经不算什么目标了，只要能离开这个城市她就心满意足了。把脚习惯性地架到墙上，还是躺着最舒服。

向雯此时打来的电话更像是个意外的惊喜，她们已经有一段时间没有联系了，这是她的新号码。

“Hello!”向雯的声音还是那么清晰爽朗。“知道我是谁吗？”

“呵呵，化成灰都知道。你最近干什么呢？怎么也不和我们联系了？”

向雯告诉夏漫她要出国了，她爸已经为她办好了去澳洲的手续。现在有个英语家教每天会来她家给她恶补英语……女生之间的电话粥总是没完没了，不知在什么时候聊起了小游。夏漫告诉向雯小游最近一直在找她，向雯没说什么只是像往常一样笑了笑。很快向雯便把话题转向了她的爸爸。

“我最近才发现我爸真的对我很好。为了帮我办出国，他天天拉着脸陪各种人吃饭应酬，这些都是他原来怎么想也不可能做到的。想想我以前的表现实在是太对不住他了。”向雯边笑边说着，但语气中分明能听得出一丝内疚的伤感。“昨天我看了好多我爸年轻时的照片，真的挺帅，像木村拓哉一样。所以他才能生出我这么漂亮的女儿，嘻嘻。可是看到他现在渐渐苍老的样子，我真的觉得……呵呵，没什么了。”

夏漫此时不知道应该跟她说点什么，也随着向雯的声音笑了笑。

“其实我觉得你爸对你真的够好了。”向雯认真地说。“也许只是你不太想接受罢了。有时间你也看看你爸爸年轻时的照片，看看你爸爸像我们那么大时是什么样子的，那样会对你们父女之间的关系很有帮助的。就像我现在一样。”

夏漫始终没有说什么，静静地躺在床上看着屋顶与墙壁的每一个阴暗或光明的交界面。

“不说了，我的英语家教该来了。有时间再聊。Byebye!”

“Byebye！”

45 分钟的通话，刚好是一节课的时间。她似乎比刚才快乐了一些，毕竟又听到向雯的笑声了。她觉得向雯似乎更加快乐，而那种快乐则是对未来美好期待的产物。继续在床上迟疑了片刻后，夏漫再次拿起了电话……

嘈杂的网吧内，想找到丹哥似乎并不是那么容易。小游里里外外环顾了好几遍之后，才在最里面的一个角落里找到了丹哥。远远望去那像是一个被云雾所笼罩的神秘之地，一股强大的气场始终盘旋着，显得格外邪恶而伟大。这是一种一般的生物都不敢靠近的力量。

带着革命者的果敢与勇气小游走了过去，拨开云雾，他看到了一张满眼血丝的脸。

“外面下雨了？”丹哥问。

“嗯，你这是抽了多少烟啊？”小游边咳嗽边驱散着周围的烟雾。

丹哥聚精会神地蹂躏着键盘和鼠标，三分钟后才把视线从显示器里拔了出来。“搞定，终于能歇会了。”他伸了个懒腰用力地向后仰了仰背部。“你刚才说什么？烟？”

“你这排量都快赶上一个炼钢厂了，网管没拿灭火器喷你啊？”小游继续驱赶着身边的浓烟。

“提神！提神你懂吗？要不然我这两天两夜怎么扛过来的啊。”

“光靠抽烟就能盯住两天两夜？”

“那倒也不是，当然还有别的方法？”

“什么方法？”

“看 A 片呗。”丹哥指了一下鼠标旁边的一个光盘包。

“太专业了。”小游的语气中全是钦佩。

小游并没有以一种道貌岸然的姿态鄙视丹哥的这种提神方式，他觉得自己和丹哥最大的差距在于他似乎还不敢于在公共场合欣赏这样的影视作品。不知是哪根神经忽然错乱，此时他的脑海里闪回的全是自己在家拉上窗帘关好门窗独自观看的画面。每次看完后，他都会略感失落地洗个澡，然后把成打的光盘摆放整齐用袋子装好，放到衣橱第二层靠左边的格子里用衣服压好。这更像是种仪式，虽然每个人的观看习惯不同，但毋庸置疑的是，这些光盘在每个男生十八九岁的时候都会起到不可取代的作用。

“你愣什么神呢？”丹哥拍了一下小游的屁股。

“没，没有。总看这个多没劲啊！来真的才带劲呢？”小游看着丹哥疲惫的脸说。“你还是处男吗？”

丹哥迟疑了一下后马上说道：“不是啊！高 3 的时候就不是了。”

小游不知道丹哥说的到底是真的假的，反正他的表情正在极力地证明自己说的是真的。

“你呢？”丹哥问他。

“我？”小游也同样遇到了这个棘手的问题。“我也不是了。”

“真的假的？”丹哥有些不相信。

“有必要骗你吗？”小游的表情做得比丹哥还要夸张，但此时的他内心却极度挣扎。这似乎不应该是两个即将高考的人谈论的话题，但似乎却又是两个半生不熟的男青年应该谈论的话题。天都不知道小游什么时候不是处男了，但这种情形下他似乎并不愿意承认这个事实。好像这个时代每个男生都觉得处男是个很丢脸的事。靠，这是什么时代啊！

“知道水街吗？”丹哥说的这个地方是这座城市有名的红灯区，那里聚集着很多小发廊。和那些高档酒店不同，这里多是条件一般的外来妹和收入不高的打工仔。

“当然知道。”小游不屑地说。

“高考完了一起去？”丹哥的坏笑分明有些玩笑的意味。

“靠！你档次真低！”小游笑得更加荒诞。

伟大的革命者似乎都有着浪漫风流的情史，他的偶像格瓦拉算是其中的楷模了。小游觉得在这个环节上自己做的还很不够，难不成这是成为一名传奇人物的必备素质？也许通往胜利之门的路永远都不是为处男所开放的。他顿时觉得自己的思想不那么单纯了，也许交个女朋友似乎更加现实一些。

一个巨大的雷声使他顿时清醒过来，窗外还是灰蒙蒙的，这让他的心情开始莫名地忧郁起来。丹哥又点了一根烟，优雅地靠在椅背上，浓雾从他的指尖慢慢向上流淌，在鼻尖的位置和被呼出来的烟气汇聚融合。

“你这游戏玩到什么时候是个头啊？”

“不是跟你说了吗？现在还剩一个终极 BOSS。再有一个星期我就可以光荣隐退，成为江湖上的一个传奇了。”

两个初中模样的小孩走了过来，簇拥着丹哥说：“带我们做个任务吧。”“嗯，一会。回去等着我吧。”丹哥的语气中显然一副大哥的派头。小游似乎更加恍惚了，他不知道自己是否影响了丹哥的正事。把卷子交给丹哥后他转身离开。电话就在这时响起了，是夏漫打来的。

回家的路上小游始终兴奋不已，夏漫刚刚打来电话告诉了他向雯的新号码。灰色的天空依旧绵绵地落着细雨，这仿佛让他感到了一丝清凉和畅快，连轰鸣的雷声都像是在为他鼓舞。路上的人们都在飞快的疾行着，只有小游还在慢条斯理地组织着他的语言。直到他走到自己家的楼下，他才终于拨通电话。向雯的声音是那么地熟悉而亲切，此刻她的脸仿佛就在他的面前。他们之间的交谈依旧那么清新自然，就像以前上课时偷偷说话那样。不知道寒暄了多长时间，小游终于说要约向雯出来见面。他能感觉出来向雯有些犹豫，但很快便痛快地答应了。

“什么时候？”向雯问。

“明天。”

从二模那天开始到现在，外外一直没有去过学校。他也始终没有和其他人联系过，他们现在应该都很忙吧！家成了他唯一的阵地。可能是不知道应该干点什么，所以他想换一种方式生活。国足几天前又输了，从那天起他开始不再看体育频道了，看电影成了他的新乐趣。这也许就是新生活的开始吧！爸爸是个成功人士，以他敏锐的判断力和洞察力，在这仅有的日子里他已经不再督促外外的学习了。这种意外的舒适使外外有些不自然，如同死囚临终前的大餐一样。

自从小游的那个事情过去之后，他就再也没有画过画了。抽屉里散放着一些二流学校的专业合格证，里面却没有他最想要的那张。连他自己也弄不清楚他的未来应该是个什么样的，或者自己还是否有未来。爸爸最近的应酬似乎更多了，有时也会带他一起去，说是要让他和那些叔叔们增进感情。外外自己也不知道有什么应该增进的必要，但还是按着爸爸的要求做了，毕竟爸爸是个成功人士，拥有着敏锐的判断力和洞察力。

今天下雨了，他们应该都拿到二模的成绩了吧。不知道他们现在各自的心情如何，总之自己却已经用不上心情这个词了。他现在觉得自己似乎已经没有了“心情”，这并不是形容心情不好的意思，而是彻彻底底的丧失了“心情”这种状态。这真令人可怕。拿出那个记录心情的小本子，他快速地在上面画了起来，铁塔、鲜花、龙卷风、毛毛虫、闪电……

一声霹雳之后，他突然想去学校了。这种欲望的来源用他自己后来的分析就是，想再最后享受几天他的中学时代。

靠！雷声真大。

一夜竟是如此之快。郁木还没搞清楚此时到底应该算今天还是明天的时候，天就这样微微的亮了。雨下了一夜，在凌晨1点的时候由小变大。彻夜难眠这个词似乎显得有些矫情和脆弱，通俗地讲就是他到现在还没有睡着。独自躺在床上，如果除去舒适那么就只剩孤独了，这种孤独伴随了他整整一夜。身边仿佛没有任何同命相连的人，他此时觉得自己像是被这个世界所遗弃了。一年的时间就这样过去了，他并不认为自己有任何地虚度，叫白费似乎更加恰当。经过刻骨的努力最后实现自己的梦想，也许是那些看惯了励志片的傻子才会完全相信。时间有时会告诉你，那不过是一种娱乐理想的无聊扯淡罢了。睁着眼睛，垂直向上看，天花板仿佛在有节奏地呼吸，他能清楚地听到它的心跳声。窗外又打雷了，绵绵的细雨还在下着。

他已没有了困意，但又不想起床。两个耳膜开始嗡嗡作响，他感到胸口的憋闷。天花板还在用力喘息着，也许用不了多久就会爆裂、塌陷。这是一种彻底的迷茫，比痛苦还要痛苦。嘴角半开微微抽搐，他觉得自己应该是渴了。起身，下床，把水龙头打到最大，他把嘴接了过去。强烈的水流在他的口腔内冲撞翻滚，不知道有多少真正地进入了体内，又有多少顺着牙缝或嘴角从嘴里溢出。没过多久他便坚持不住了，看着镜子中的自己，失落和无助占据了镜框内的所有面积。

应该找点什么事情做，以此来占据自己的所有注意力，从而置换出这令人绝望的情绪。打开电视机，翻出所有能够找到的杂志，听 CD，观赏楼下雨中的情侣，做俯卧撑，钻到厕所最阴暗的角落看蜘蛛如何结网。但这似乎并没起到什么作用，绝望和忧伤继续在这个房间内燃烧着，火势越来越大。

妈妈此时发来了一条短信，嘱咐他一定要吃好饭，早点千万不能不吃，晚上睡觉前要喝点牛奶，这样才能有个好状态。僵硬了片刻后，他回复了妈妈的短信："我知道了，别操心了。我现在的状态很好：)" 发送成功的那一瞬间，他发现自己的手指里渗出了几滴眼泪。"靠！别这样，太不像个男子汉了。" 他对它们说。很快他便擦干了那些液体。

电话又响了，这次变成了夏漫。他调整了一下呼吸和嗓音后接通了电话。

"喂？"

"你在家吗？"

"在，有事吗？"

"我现在可以去你家吗？"

"可以，你怎么了？"

"没什么，那我现在就过去了。"

"好的。用我接你吗？"

"不用，我认识。"

"那好。一会见。"

"一会见。"

今天街上的人不多，即便这里是闹市区也不过如此，也许是由于天气的缘故吧！小游站在一家蛋糕店门口左顾右盼着，时而看表，时而看天。他今天有一个光荣而艰巨的任务，那就是要向向雯表白。作为一个立志要成为英雄的人来说，连这点勇气都没有的话，那似乎就没有什么再混下去的必要了。所以今天，他终于下定决心了。

雷声越来越大了，这让他有些不安。“她还会来吗？”调整了一下情绪后，很快他便肯定了自己的判断，他觉得她一定会来的，还把这种判断牵强地归为了直觉。果真，向雯没过多久就出现在了他的视线里。

“不好意思，我迟到了。”向雯的笑容依旧是那样灿烂，在小游的眼里这仿佛就像穿透乌云的阳光一般耀眼夺目。

“我也刚来。”小游刻意地保持着平静。

“二模考得怎么样？”向雯关切地问。

“凑合吧，过线了。”小游的表情说明他已经很满意了。

“不错嘛。”向雯拍了拍小游的头。

“你怎么不来学校了？”小游问。

“我不想高考了。”

小游其实已经料到这个答案了，但此刻听上去却还是不免有些感伤。“那你有什么打算？”

向雯想了想之后说：“嗯……还没有。考虑考虑再说吧。”

“哦。”小游的表情异常严肃，“向雯我想跟你说个事。”

“呵呵，看你那表情就不是什么好事。”向雯笑眯眯地看着他。

犹豫了片刻小游说：“咱们去哪？”

“随便。”

湿漉漉的街上两个人愉快地穿梭于每一个店铺和商场。冰淇淋、大头贴、手机链、机器猫，这一切都似乎把他们烘托得更像一对情侣了。在一个商场门口一个花童向他们奔了过来。“哥哥给姐姐买朵花吧。”这让小游不禁悸动了起来，内心顿时百转千回。如果买了他就已经向成功迈进了一大步，可现在又似乎有些唐突会让两人处于尴尬的境地。如果不买他就将会失去一个千载难逢的好机会。这可怎么办呢？思维的紧张与焦虑瞬间膨胀了整个大脑皮层。继续站在原地，但又并没有任何行动。这让那个小女孩都有点着急了：“哥哥给姐姐买朵花吧。”小游转头看了一眼向雯，他似乎想征求一下她的意见，还没等开口，向雯便说话了。

“呵呵！哥哥今天没带钱，下一次吧。”向雯对那个小女孩笑了笑，之后一把拉起小游的胳膊，“快撤，快撤。”

整条街都快被他们转完了。小游还是始终没有机会说出口，这让他有些着急了。向雯的爸爸打来了电话，连续说了几个“知道了”之后向雯便匆忙地挂掉了。

“我爸爸找我有事，我该回家了。”向雯对小游说。

小游对此似乎有些措不及防，他知道这是最后的机会了。汗液顺着他的掌纹渗出皮肤，浸透了整个手掌。他不知道应该以一种什么样的姿态说出这句话。冷静或是热情，刻意或是随意。靠！他脑门上的青筋都快爆了。他妈的不想那么多了！

“我喜欢你。”他说了。

向雯的表情顿时变得有些惶恐，她似乎有所预料但却又毫无防备。僵硬地笑了笑之后说：“你又开始贫了。”

“我没有贫！我知道你和外外分手了。我想和你好，一直都想。”小游真的严肃起来了。“你和外外在一起的时候，我心里特不痛快。不过现在什么事都没了。其实我知道你对我也有好感，那就给我一次机会吧!虽然我……”小游连珠炮似的一口气说出了积压在心底的所有话，之后便用等待宣判的眼神死死地盯着向雯。

“我觉得你可能有点误会了，我对你真的没有那种感觉。只是把你当成一个好朋友，和夏漫一样。你突然说这个，让我都不知道说什么好了。”向雯此时的表情是小游从未见过的，一种少有的顿涩。

“我是认真的。”小游说。

“我也是。”向雯说。

“没有一点可能吗？”

向雯微皱着眉头，轻轻地点了点头。

灰色的雨雾中两人无语地对视着。小游此刻的心情正在经历着一场绝望的洗礼。一天前的兴奋此时已经片甲不留。他感觉像是被一颗子弹击中了胸膛，距离心脏只有半公分。他还不会瞬间死去，对于一个英雄来说这并不足以致命。但他此刻却无法取出子弹，这让他疼痛无比。疼痛，一种最真实的疼痛。

强忍疼痛，调整呼吸，他刻意地让自己保持镇静。放松了10秒钟之后，他说：“呵呵，你要是有事就先走吧，一会雨该大了。”

向雯此刻似乎也在调整，很快她便又露出了那标志性的可爱笑容。“嗯，那我先回去了，高考完记得再找我玩啊！”说完她便拦住了一辆出租车。转身冲小游挥了挥手之后，钻进了车里。

向雯走后的5分钟，小游始终呆呆地站在原地。眼前晃过不同男人或女人的脸，每张脸都有不同的表情，有的注视他，有的无视他。他觉得自己似乎有点可笑，错乱得不知道此时应该摆出怎样的表情。子弹在他的体内仿佛正在和血液发生氧化，这可能会危及到他的心脏，他感到一种绝望的悲哀。这种情绪太不像一个英雄应有的，他产生了一种强烈的冲动，这种冲动使他不能自已——他需要一个医生。

一觉醒来天还是那么阴沉。在床上舒展地伸了个懒腰之后，夏漫开始了新的一天。爸爸去上班了，整个屋子都属于她一个人。坐在写字台前翻了几眼书之后，书被扔在了一旁。她今天真的不想学习了！昨天的成绩还算令她满意，她知道这个成绩从理论上来讲基本已经被定格了。老师和那些成天跑讲座的专家们都说现在最需要做的就是调整状态，嗯！听他们的。

一张CD被放进了录音机里，是她最爱的摇滚。“PLAY”之后整个房间便充满了活跃的气氛。从冰箱里拿出一根奶油冰棍，她边吃边唱着。

趴在窗台上凝视窗外，几只不知道是什么鸟在低空盘旋着；保安在搀扶老太太上台阶的时候被风吹掉了帽子；一对情侣正在吵架，女生转身离去的时候不小心撞到了一对正在交配的小狗。每个生命都在忙着他们各自的事情，似乎只有她此刻不知道该干些什么。

打开电视，每个台都是一样的雪花。打电话给物业后被告知小区天线被雷劈坏了，正在抢修。吃干净了冰箱里所有可以当作零食的东西后，她慵懒地蜷缩到了沙发上。茶几上放了些钱和一张纸条“漫漫，如果今天不去学校的话，中午就自己买点饭吃，千万不能将就。父”拿着纸条翻来覆去的看了几遍后，夏漫机械地笑了笑。她好像发觉到了什么，嗯！原来他的字还是不错的嘛。

外面的雷声还是响个没完，真不知道电视天线还能不能抢修好了。好在CD机里的音乐还在努力抵挡着这暴躁的雷声。躺在沙发上，她突然想起了向雯昨天的话，“有时间你也看看你爸爸年轻时的照片，看看你爸爸像我们那么大时是什么样子的，那样会对你们父女之间的关系很有帮助的。就像我现在一样。”这似乎是个不错的主意，至少可以缓解当前的无聊。

她记得从前曾经看过一本相册，里面全是爸爸妈妈年轻时和小时候的照片。那时自己还小，并没有什么感觉，只是觉得黑白照片的颜色真是太单调了。自从妈妈去世后，她就再也没有见过那本相册，她觉得应该是爸爸把它放起来了。他会放到了哪呢？

来到爸爸的房间，她打开了衣柜的抽屉，爸爸习惯把东西放在这里。里面散乱地堆放着各种物品。电话本，名片夹，金属烟盒，各色的文件，钥匙，废弃的手机，钱，户口簿。却始终没有那本相册的踪迹。夏漫开始搜查开整个衣柜，她期待能够在某个角落里的衣服夹层中发现它。事与愿违，除了一条已经被压得很褶皱的领带之外，并没有再发现什么可疑的东西。电视柜和床头柜也被她扫荡了一番，结果依然一无所获。她感到有些失望，随着音乐的节奏松弛地坐到地板上，她想借此来缓解一下这种失落的情绪。不经意地一瞥她似乎看到了些什么，衣柜底下好像有东西。她赶忙趴下身子，伸长胳膊，奋力地把它掏了出来。那是一个包裹得很严实的塑料袋。倒出里面的东西她一眼便看到那个相册。这令她顿时感到欣喜。

她兴奋地打开了它，里面的爸爸每一张看上去都青涩极了，没有迷茫，没有愤怒，眼神中充满了对未来的向往，那是他们那个年代标准的表情。她不由地笑了起来，恍然中她觉得向雯的话似乎有些道理。当她准备翻页的时候，余光却开始情不自禁地好奇起来。穿过两张存折、三份合同和一些证件之后，她的余光停留在了一个印有国徽的小红本上。她好奇地拿起了它，上面醒目地写着“结婚证”三个字。这让她感到非同寻常的惊讶，之前的十几年她还从没见过爸爸妈妈的结婚证呢！这的确是件令人振奋的事，她小心翼翼地打开了这个红色的小本。一秒钟之后，她的目光渐渐呆滞起来，身体也开始变得僵硬了。手和嘴角以同样的频率微微地颤抖，头皮的麻木使发丝都开始膨胀了。录音机里的歌曲此时达到了高潮，激烈的震动充满了整个房间。她的耳边出现了幻听，仿佛所有声音都瞬间抽离了。她不敢相信自己的眼睛和眼前所看见的这一幕——他的爸爸和那个女人结婚了，时间就在两个月之前。

她又一次坐到了地板上，而这一次是以瘫倒完成的。外面的雷声似乎越来越大了，仿佛能够直接钻进她的耳膜，她感到一种钻心的疼。不知道是不是雷击的原因，录音机里的音乐此时突然停止了。整个世界都仿佛陷入了一片死寂。巨大的无助使她的眼泪不停的向外涌出，“没什么的。”她对自己说。她很想找人说说话，来摆脱自己现在的心情。拿起电话他拨通了郁木的号码。

水街在这个时间并不那么热闹。发廊女们大多刚刚起床，梳妆打扮后，睡眼迷离地坐在玻璃拉门前。街上零零散散游荡的男人们似乎都是目标明确的，小游此时便混在他们的行列中。他以前从未真正的来过这里，偶尔路过也只是不由地瞟上几眼后正义地离开。可现在他却因为一种不能自已的冲动来到了这里。

他并不熟悉这场交易应该如何开始，只是本能的在这条街上走着。“不用紧张，这不会比高考困难的。”他对自己说。没有情史的革命家是不会成为传奇的，他此刻就是这么想的。雨还是下得那么拖沓，绵软无力地浇灌着他的身体，不过他并不担心，体内的火焰已经如野马脱缰般从他全身的毛孔中奔腾而出，蒸发着所有的潮湿。远远望去，他就像一团暴烈的火焰，炙热、绝望。

在一个橱窗前，一个女人叫住了他。她看上去三十来岁，披肩的波浪卷发，五官画得很鲜艳，吊带的蕾丝连衣裙微微遮盖着胸部和大腿，似乎显得风情万种。小游像是被她的声音牵引了过去，走到了她的跟前。

“进来玩玩吗？”那女人对小游暧昧地笑着。

小游呆呆的站在那里，脑海里不断流动着向雯刚才的话和那些英雄传记里的风流故事。这让他的神经超负荷地旋转，他感到头疼。看了看头顶上空的乌云，他回应了那个女人。

“玩！”托着满身的火焰，他走进了那个发廊。

雷声真他妈的烦！难道太阳就不能在此时做点什么吗？躺在床上，郁木依旧陷于极度的失意中。他现在真的不想见人，但却又没能成功的拒绝，这令他心烦。好在是夏漫，也许她固有的冷静会帮助他缓解这种苦闷。

天花板还在剧烈地喘息着，渐渐地蔓延到了墙壁，整个房间都在拼命地呼吸。氧气似乎越来越少了，这使郁木无助的情绪更加强烈。这太不像从前的他了，他瞬间发觉分数的威力原来是如此的致命。他觉得可笑，也感到悲哀，这些全是对自己此时的评价。不知道是什么力量的驱使，他使足全力扇了自己一巴掌。这让他感到了一阵清凉，不错的感觉。

门铃响了，他慌忙洗了把脸之后便跑去开门。夏漫此时的样子让他感到意外，头发湿漉漉的，身上也充满了雨水浸染过的潮气。不大的房子里，狭小的客厅似乎没有什么落脚的地方，他把她带到了自己的房间里，递给了她一条毛巾。

“怎么出门也不带把伞？”郁木看着似乎有些落魄的夏漫。

夏漫没有说话，使劲地用毛巾擦拭着自己的头发。

“你怎么了？看起来不太高兴。”郁木问。

夏漫还是没有说话，把头转向了窗外。

郁木似乎仍然能够听见天花板和墙壁喘息的声音，这种声音变得更加刺耳了，他感到一种莫名的烦躁，但仍极力地控制着自己的情绪。“怎么了？和我说说。”他对夏漫笑了笑。

“没怎么。”夏漫把毛巾扔给了他，平静的声音中夹杂着微弱的哽咽。

他能看到她的眼圈有些泛红。“你来找我一定有什么心事，到底怎么了？”

夏漫的脸平静得有些异常，一滴眼泪从眼角不情愿地滑了下来。

看着夏漫的样子，郁木似乎更加彷徨和无助了，他本以为会从她那里获取些许安慰的。耳边的声音更加巨大了，伴随着一片一片撕裂的声音，天花板上的墙皮开始向下脱落了。氧气也似乎越来越少了，他渐渐感到了呼吸的困难。“快他妈说话！”他向夏漫大吼了一声。

夏漫的语气依旧那么平静，“我爸结婚了。”盯着咆哮的郁木，夏漫的泪水开始不停地涌了出来。

此刻的郁木不知道该说点什么，他轻轻地握住了夏漫的手，还给她了一个大大的拥抱。夏漫把脸贴到了她的肩头，泪水顺着鼻梁和嘴角流到了郁木的肩膀上。郁木轻轻地拍了拍她的背，紧紧地搂住了她。从夏漫的发丝中郁木闻到了一股清爽，这使他的头仿佛不那么疼痛了。不知道是有意还是无意，他在夏漫的脸颊上亲了一下。夏漫抬头看了他一眼，两人的嘴唇开始无限的接近。

天花板开始坍塌了，大快的水泥夹杂着尘埃落到了他们身旁，烟雾也开始弥漫了起来。郁木一把捧起了夏漫的脸，深深地在她的嘴唇上吻了起来。夏漫并没有反抗，反而开始了主动进攻。窗外的雨越来越大了，雷声也更加肆无忌惮了起来。地上散乱地扔着两人的衣服，整个房间已经彻底地塌陷了……

穿好衣服，小游从口袋里掏出了钱包。付过钱之后，那个女人冲小游笑了笑“你是大学生吧？”小游看了她一眼，也冲她笑了笑，“有可能。”

整间房子似乎又恢复了原貌，一切都完好无恙。天花板和墙壁也都停止了呼吸，或者它们原本就不曾拥有过呼吸，凝固得毫无生机。

郁木和夏漫赤裸地躺在床铺的两端，他们此刻都没有说话。雨声是这里唯一的声响。用被裹住身体，夏漫靠着床头坐了起来。不知过了多久，夏漫说了第一句话。

“我们这算什么？”

“不知道。”

（19）

阴雨的天气已经持续十天有余了，昨天的天气预报说，今天将会多云转晴。

离高考还有三天的时间，今天他们被通知要来学校领取准考证。教室里又出现了人满为患的场面，聊天和开玩笑的景象布满了每个角落。大家看上去都很轻松，不知道是真的还是假的。

老头拖着厚厚的一摞准考证走进了教室，面带微笑，举重若轻。他很清楚手里这些纸片的分量，不过几分钟后这些分量便会分摊到在座的每个战士的肩上。班长和学习委员的动作总是那么敏捷，很快这些卡片便被逐一地发了下去。

外外时隔N天后终于来到了学校。看着准考证上的照片，他觉得好像把自己拍得过于乖巧了，艺术家不应该是这种表情的。一时间他对别人的照片产生了好奇，第一个想到的人便是丹哥。他的照片上应该会是一个 40 多岁的男人吧？他招呼了丹哥几声，可却没有得到回应。仔细观察了一下丹哥，他的脸色此时很难看。不知是什么原因，总之还是不打扰他的好。转过头去，他又招呼起了小游。

天还是阴沉沉的，偶尔伴随着闷雷，这就像丹哥现在的心情。刚刚发下来的准考证被他扔到了一边，他并没有心情浏览这张标榜着决定命运的卡片。命真是太不好了！这是他此时对自己的评价。

发完准考证后，老头的表情似乎轻松多了。此时的他更像是一个和蔼地邻家老大爷，清了清嗓子，老头开始说话了。“同学们！还有不到三天大家就要迎来高考了。对于高考大家可能并不陌生，毕竟都是有过经历的。所以我希望大家放松心态，发挥出应有的水平，我相信大家都能够取得理想的成绩。一年的时间过得真快！还记得大家刚刚进入这个班的时候……”

老头的话似乎开始伤感了，这让郁木不由地也开始感怀起来。不过比起这些，他觉得眼前的丹哥此时似乎更加伤感。从早上到现在，他一句话都没说，只是呆呆的坐在座位上，双目无神，面色苍白。这和往常的他太不一样了，他到底怎么了？他用手推推丹哥，试图获取点什么线索。可是丹哥却始终一动不动，像尊雕像一般沉寂。

“……好了，太多的话我也不多说了。最近天气不太好，大家多注意点，千万别在临考前感冒。最后预祝大家在高考中取得好成绩。”说完了这一句，老头结束了他最后的工作。不过很快他又补充了一句。“大家先休息一下，一会主任要过来讲话。”

老头刚走几个人便都围到了丹哥的跟前，大家都看出了他的异样，却都不知道其中的原因。

“怎么了你？”小游推了一把丹哥的肩膀。

“没事。”丹哥低着头说。

“那怎么这个德性的？”小游接着说。

“我挺好啊！”丹哥抬起头冲大家僵硬地笑了笑。

“不是失恋了吧？”外外说。

丹哥一头扎在了桌子上，看得出来他痛苦极了。

郁木一把把他拽了起来，死死地盯着他的眼睛：“跟哥几个说说到底怎么了，大家都能帮你。”

丹哥环视了一下几双注视他的眼睛后，哀莫大于心死地叹了一口气。“我的游戏账号被盗了。”

“圣痕”似乎终于体现出了他的力量，如此荒诞地给了丹哥致命一击。以神圣的名义在精神和肉体上赐予了一道黑色的疤痕。一个闷雷劈了下来，其余的几个人互相对视了一下，仿佛都不知道此时该说点什么好了。

老激迈着官步走进了教室，战士们也都赶紧各就各位。用精神抖擞、壮志满怀形容此刻的老激太合适不过了，他仿佛才更应该参加三天后的考试。

“同学们！我是代表学校来为大家壮行的。首先，我要祝贺大家终于度过了这艰苦而又充实的高四生活。三天后大家就要迎来高考的检验了，这是大家人生中最重要的一个转折点。我相信通过这一年在我校的学习，大家的未来将是前途无量的。我校往年的复读班在高考中取得的优异成绩我想也不用我多说了，所以学校非常重视我们这届复读班在高考中的表现。这不仅是我校的荣誉，也是你们自己和你们父母的荣誉……”

老激又开始了，也许他是不想放过这最后一次的讲演。这实在太恐怖了，真希望此时的画面可以快进。窗外小广场上的人开始多了起来，不知道是为什么。他们持着各种表情统一地向上观望着。紧张，惊讶，木讷，嬉笑。这样阴暗的天空有什么好看的呢？难道，是外星人来解救他们了？

全班的战士似乎都发现了窗外的异样，纷纷向外张望着。只有讲台上的老激还在自我陶醉中，他的确是个尽职尽责的老师。一个女教员惊慌的跑了进来，在老激的耳边说了些什么。这让老激慌张地结束了他的讲演：“我就说这么多吧，祝大家取得好成绩。”之后便急匆匆地跑出了教室。大家都觉得有些意外，也许外星人真的来了。

小广场上的人越聚越多了，似乎真的出了什么事情。教室里的战士们纷纷向外涌去，大家都想看看到底发生了什么。当郁木他们来到小广场时，才感觉到此时的天空仿佛比之前更加阴沉了。天气预报真不可信！

“我靠！二八铁驴！”小游指着钟楼的楼顶，吃惊地喊了一声。大家顿时向上看去。此时的二八铁驴正站在楼顶上，旁边立着他的那辆已经变成红色的自行车。

“他疯了吧？”夏漫似乎被这场面惊呆了。

“他就没正常过。”外外说。

端庄的班主任拿着喇叭在向他喊着话，她此时的话语体现了她一贯的责任感，每一句都说得那么煽情，那么人本主义。她真是一个模范班主任，此时眼泪都快流出来了。但她的话似乎并没有起到什么作用，二八铁驴用呆滞的眼神看了看她之后向前走了两步，坐到了楼沿上。

警车和救护车也出现了，隔着学校大门传来了那种熟悉而又瘆人的声音。警察很快接替了端庄班主任的工作，医生和护士们也全副武装随时待命起来。

天空中的乌云在二八铁驴的头上漂流地更加快速了，每个人都担心一阵强风会把他瞬间吹落下来。但他依然呆呆地坐在那里。人群中不知什么时候混进来了几个举着摄像机的人，老激见状立刻面带微笑地过去和他们交谈了起来。那个主管行政的副校长也从办公楼里赶忙跑了出来，和老激一起和那些人说着什么。他的脸上摆满了和蔼和慈祥，这是战士们之前所从未看到的景象。没过一会，那几个拿着摄像机的人便被他请进了办公楼，之后就再没出来过。

不论警察怎样使出浑身解数，二八铁驴却依然没有丝毫反应，小广场上的声音开始变得嘈杂了，这些正直的学生似乎在认为二八铁驴在耽误他们宝贵的学习时间，有人开始退场了。就在这时，二八铁驴站了起来。他一步跨上了那辆鲜红的自行车。顿时引来了底下人的一阵惊呼。

“他要干嘛？”纳纳的声音有些发紧了。

每个人似乎都不敢考虑这个问题，只是静静地看着上面正在发生的事情。

警方还在小心谨慎地布置着营救方案，已经有两名警察偷偷地从后墙向上爬了。小广场上的人们此时都屏住了呼吸。二八铁驴抬头向天上看了看，阴暗的云依然飞流着。他把车子向后倒了几步。底下的警察还在不肯放弃地焦急劝导着，此时的二八铁驴却似乎超脱了，依然静静地看着天空。忽然，他猛然收回了视线，把自行车使劲向前蹬了起来。在众人的惊叹和尖叫声中，飞出了楼顶，和他那辆鲜红的自行车完成了完美的一跃。

在两声沉重的响声之后，天空渐渐地放晴了。久未露面的太阳耀眼地出现在了天空，阴沉的空气被阳光层层刺透。一切仿佛都归于了美好。抬头看了看刺眼的阳光，郁木觉得自己似乎有点不适应了。

“大家一起吃个饭吧。”他说。

高考前的最后一次聚餐之后，几个人来到了学校附近的那个铁道边。绿油油的草地沿着铁路线拉开了很长的距离。几个人东倒西歪的躺在草地上，充分享受着生活的美好。阳光很灿烂，把这片绿色上覆盖了一层金黄。

“考完试你们最想干什么？”夏漫问。

“游泳！”小游第一个说。

之后是郁木，“游泳。”

“你怎么跟我学啊？”小游做出不悦的样子。

“谁跟你学了！我本来就想游泳。”郁木懒懒地说。

“我也是游泳。”“我也是。”“一样。”外外、丹哥和纳纳也接二连三地给出了他们的答案。

小游一个挺身坐了起来，“你们这帮没主见的人，怎么都跟我学啊？”

很快他便被四面袭来的小石子打趴下了。“许你游，就不许我们游？”

“你呢？”外外问夏漫。

夏漫思考了一下之后说：“其实我也是。”

听到这个答案，几个男生一起做了一个晕倒状。

“那大家都说说为什么想去游泳？”夏漫紧接着问。

“‘烤’完了之后身上一定特烧得慌，用凉水激一下也许会舒服点。”这次是郁木先说的。

丹哥做了个仰卧起坐说：“我的主要目的是锻炼身体，就照着菲尔普斯那身材练，省得你们总说我身材像中年人。”

“我靠！太虚伪了，你是想去泳池里看比基尼吧。”外外的话顿时引来一片认同。

“庸俗！”丹哥冲外外做了个鄙视的手势问，“那你是为什么？”

“写写生，为以后画人体做点准备。水是生命之源，作为一个艺术家，我觉得有必要研究一下生命的起源……”外外说得很闷骚。

“我靠！太恶心了！”大家集体举起了鄙视的手势。

也许是加强了对知识产权的保护，这次小游是最后一个说的。“我的理由很简单。辛苦一年了，感觉实在是太疲惫了。我就想找一个特大号的浴缸，好好地泡个澡。”

这个答案引来了大家一致的好评，郁木鼓了鼓掌说：“别忘了带搓澡巾和沐浴露。”

夏漫也说出了她的理由：“四年的高中时光告诉我生活总是需要挑战的，不管结果如何，我只希望能够战胜自己！”

“太深奥了！到底什么意思啊？”丹哥问。

夏漫故弄玄虚地地看了看大家：“我还不会游泳呢。”

男生们又一次集体晕倒在了地上。

远处隐约传来了轰鸣声，几个人同时向那边望去。一列崭新的火车由远及近地驶了过来，通体洁白，一尘不染。

“这就是高铁吧！”外外说。

“嗯，看上去很美。”丹哥随声附和道。

“谁敢往上面扔石头？”郁木看了看大家。

“新车都不放过啊？”小游迟疑地说。

“车是新的，人还是旧的。”郁木说。

的确，当你击中这个崭新的外壳时，火车还是不会感到疼痛，烦躁的只有那些旅途中的人们。这些人或许早已经厌烦了被闷在车厢里的感觉，只是列车还在毫无知觉地行驶着，他们谁都无法使它停止。窗外的撞击会使他们顿时暴烈，失去秩序。

当火车驶到他们面前的时候，一个石子铿锵有力地砸了过去，郁木第一个出手了。大家惊讶地看了看他后开始了集体的舞动。一颗颗石子如同散弹般射向了这辆崭新的火车，伴随着笑声碰撞出悦耳的声响。这辆车的速度明显要比以前的快，没等他们尽兴便飞快地从他们面前划过了。如同一颗流星般带着长长的尾巴转瞬即逝，优雅且不可复制。车厢内的人似乎并没有什么反应，这有些出乎他们几个人的预料。车上的人此时可能都已经舒适地在座位上睡着了，或是被耳机里优美的音乐所陶醉，再或者就是正在发呆。丝毫没有觉察到窗外这激烈的震荡。他们能做的，只是以他们乐意的方式消磨着这旅途上的时光。

火车在视线中消失的瞬间郁木似乎看到了些什么，盯着天空，他喊了一声“快看！飞碟！”

大家的目光立即汇聚了过去，共同观赏着这他们从未见过的景象。一个银灰色的飞碟在天边缓缓地漂浮着。

“不会真是外星人吧！”小游兴奋地说。

谁都没说话，每个人都瞪大了眼睛静静地看着。飞碟此时停住了，一道巨大的光束照到了他们身上。他们似乎并没有慌张，面带微笑地等待着将要发生的什么。突然那道光束不见了，飞碟也在摇晃了几下后消失了。

“我靠！幻觉吧。”丹哥掐了掐自己的脸。大家也都各自掐了掐自己的脸。每个人的眼神中似乎都有一丝失望。他们都清楚地记得刚才发生过的一幕，但又想很快忘记那个令他们失望的瞬间。

阳光依旧灿烂着，把天上的云浸染得很鲜艳。草地绿得有些奢侈了，这样的日子对于他们来说的确值得怀念。相互进行了简单的祝福和鼓励之后，大家就此告别。

（20）

高考就这样结束了！带着每个人的期待和理想瞬间地来又瞬间地走了。似乎大家都觉得这有点太突然了，可时光通常就是这样。

短暂的考试之后便迎来了忙碌或者无聊的暑假，而郁木的这个夏天必将又是闲暇和炙热的。这个假期里他有一件值得兴奋的事，也有一件非常遗憾的事。兴奋的是他的高考成绩侥幸地达到了自己预期的分数线，遗憾的是由于考生人数的急剧增加今年的分数线又提高了。

前几天以前的女朋友约他出去，他委婉地拒绝了。守着电视的日子已经很多天了，他始终也没从新闻里看到有关二八铁驴和那个学校的报道，不过电视里也的确出现了让他意想不到的事，主角是那个小卖部的老板，他出版了自己的第一本武侠小说，而他本人也摇身一变成了最炙手可热的新锐作家。有些事情总是疯狂得那么合理！连他自己也是这样。如预料的一样，他终究还是没有达到今年的录取分数线。纠结到现在他已经很平静了，从考试完了的当天他就搬回了家。接下来的打算他还没有想好，爸爸妈妈似乎也有意地保持了沉默。这个假期才刚刚过去三分之一，还有些时间让他慢慢思考关于未来的事情。

之前的几天外外的心情一直很矛盾，在沉默了数天之后，他终于放弃了进入那所特牛逼的美院的愿望。他不想再继续复读下去了，这和他高考之前的想法有所不同。没有原因，也许是时间带给一个人巨大的撞击吧。

抱着一堆没什么兴趣的专业合格证，他感到郁闷。郁闷的原因并不是因为他只能上这些学校了，而是他根本连这些学校都上不了，他的文化课分数实在太低了。一时间他突然觉得手里的这些学校原来都是那么好的学校，毕竟它们也都是本科。他后悔不该在那个下雪的夜晚彻底地放弃了文化课，这让此时的他懊恼不已。

这期间佳佳曾给他打过电话，向他约画，听得出画廊的生意很好。表示了一番感谢之后他说自己现在很忙。从佳佳那里他得知桑爷举办了自己的个人画展，虽然在业内反响一般，但还是拼命地挤进了艺术家的行列。从今年开始他不再办班了。

爸爸最近似乎更忙了，每天都会不停地和各种人来往、应酬。他似乎知道爸爸在想些什么，爸爸也似乎知道他在想些什么，考试过后两人就再没有过什么交流。直到报志愿的前一天，爸爸才如释重负的对他说了一句："学校的事我已经找人给你弄好了，你自己报志愿吧。"

就连外外本人也无法判断此时心情，或许应该兴奋又或许应该痛苦。总之，在一个局长爸爸的帮助下，他莫名其妙地考上了大学。

这段时间最失落的无疑应该是小游了，二模之后的兴奋感觉现在早已消耗一空了。由于今年的分数线提高了，他并没有如愿以偿地考上本科，富有戏剧性的是这次恰恰差了 3 分。妈妈好像比他还要失落，天天愁眉不展的。他本想安慰安慰妈妈，可又始终觉得自己没什么颜面和能力办好这件事情。幸好还有爸爸，他是个乐观且会做思想工作的人。虽然能看出来他也有几分遗憾，但他这几天说的最多的话就是"这个大专不错，努力学习以后升本，然后再考研，最后上博士……"这些话让小游听得着实有些冒冷汗，不过他还是欣然地表示了同意。

放假的日子里每个人似乎都有事干，小游给丹哥打过几个电话，始终无人接听。他想可能是丹哥承受不了账号被盗的巨大悲痛，看破红尘出家了吧！不过数天后这种猜想便作废了。丹哥主动打来了电话，说他前一阵去外地了。电话里丹哥告诉小游他已经创业了，和他爸一起开了个饭店。刚开张，生意很好，最近比较忙。他向丹哥表示了由衷的钦佩和祝贺，丹哥也邀请他和另外几个人有时间来捧场。

郁木、外外、夏漫、向雯、纳纳他们的情况，他都是从电话里了解的。他们此时应该有着各自别样的心情吧？相比来看自己也就算是过得去了，毕竟在这个夏天即将结束的时候，他会成为一个优秀的大专生。

他突然觉得爸爸的话还是有道理的，“这个大专不错，努力学习以后升本，然后再考研，最后上博士……”

这个暑假，夏漫始终是在平静中度过的。她的结果并没有因为这一年的时间有什么大的飞跃，和去年一样依然只是一个专科。值得庆幸的是她终于可以去南方了，因为她的英语成绩突出，被南方一个知名的民办大学特招录取了。这个结果似乎并没有使她像想象中的兴奋，恍然间觉得好像什么都没有改变，唯一的变化是她又老了一岁。

那天的事情她和爸爸谁也没有主动开口和对方说些什么，也许两个人都没有勇气或者觉得那只是一种徒劳罢了。自从夏漫拿到准考证的那天起爸爸每天都会按时回家了，做饭、喝茶、看电视成为了他上班时间以外的全部生活。他看上去比以前轻松多了，和那个女人也似乎再没有了联系。不过就在建军节的前夕，他的生活里又多了一些麻烦的事情。喂奶、喂饭、洗尿布开始占据了大量的时间，一个三个月大的小孩被带到了他们的家里。

这个小孩叫夏生，夏漫的夏，生活的生，也许是因为他是在夏天出生的缘故吧！这个名可真俗，但这并不影响他成为夏漫弟弟这个事实了。他的父亲无疑是她的爸爸，母亲也应该是那个女人。夏漫后来才知道，她弟弟出生后两个月他的父母就离婚了。

假期里，夏漫偶尔还是会去某个酒吧听某个乐队的某首歌，偶尔也会被朋友拉到台上唱几首，对于她来说这些仿佛都那么自然。电视里的新歌榜单上，她无意间看到了大卡和他的卡拉乐队，他们被一个公司看中了，出了第一张专辑。主打歌很好听，是那首她曾经唱过的《二手生活》，听着这个熟悉的旋律，她感觉生活突然不可捉摸起来。

向雯终于出国了，临行前她们见了一面。她祝她在国外早日找到布拉德·皮特和裘德洛的合体版，她祝她早日找到好归宿。她祝她一路顺风，她祝她万事如意。

明天是一个值得中国人民纪念的日子，电视里不停地放着抗日题材的老电影。每个电影里都会有一个英雄人物，体现着英勇不屈、奋勇向前的伟大精神。这样的人才最值得我们钦佩，是我们的好榜样。就在夏漫看得激情澎湃时，小游打来了电话。

“明天去游泳吗？大家都去。”小游说。

“呵呵，你们记性真好。几点？哪里？”

“下午两点，学校门口。”

“好的。”

“不见不散。”

“不见不散。”

今天是个星期六，去游泳的人应该很多吧！翻遍了整个房间夏漫也没有找到她以前的那件游泳衣，上次游泳已经是两年多以前的事情了。看了看表，好像已经迟到了。满头大汗之后，她决定买一件新的，算是给自己一个新的开始。

爸爸在教弟弟说话，她走过去逗了逗弟弟。爸爸摆弄着弟弟的小手对他说“叫姐姐！”夏漫摸了摸弟弟的脸笑了笑，然后对爸爸说：“给我点钱，同学约我出去玩。”

爸爸从钱包里掏出了200递到了她的手里问“够吗？”

“够了。”

下午的阳光总是那么充足，时隔两个月后她又来到了这条很窄的马路。今天这里的人很多，汽车已经停满了马路的两侧，学生和家长占据了绝大多数的比例。这让夏漫忽然想到了一年前时的自己，那时她并没有经历这样场面，今天她终于有幸目睹了。

随着人流缓缓向学校大门的方向走去，远远地便望见了坐在小卖部门口的小游和外外。走到他们跟前时，小游似乎已经有点热得受不了了“才来啊！我们都待了半天了。”看他满脸是汗的样子，夏漫不禁笑了笑，“呵呵，不好意思。”

郁木他们还没有来，此时他们能做的依然是等待。无聊的小游开始了残杀蚂蚁的游戏，这让夏漫似乎有了些感触，发表了一段比较深奥的感想之后，小游被迫停住了手。一个熟悉的面孔出现了，那是老激。今天他又将会如一年前一样忙碌，一个新的轮回开始了。

天气的炎热和繁杂的人群使老激这样的劳模都有点扛不住了，冲出了几个家长和学生的围堵，他满脸通红地朝小卖部的方向走来。在众多的学生中他分明不会记得他们三个，在和他们擦肩而过的瞬间，露出了一丝迎宾小姐般的笑容。他看了外外一眼，外外也不小心看了他一眼，之后他便走进了小卖部，“来瓶水！”

“纳纳今天来吗？”外外问小游。

“说不准，我给他打电话时他说他这几天挺忙，要是有时间就来。”小游说。

“他最近怎么样？”夏漫问。

“被一个公司选去当模特了。”小游说。

“他不是考体育学院吗？”

“专业分和文化分都过了，但就是报完志愿没被录取。”

“那是为什么？”

“谁知道呢！”

在他们说话的过程中，一辆出租车停到了他们面前，郁木从里面出来了。他今天穿着得分外阳光，白T恤、沙滩裤、帆布鞋，脖子上挎着一个黑色的游泳镜，头发也剪短了。乍一看似乎像是另外一个人了。

小游还是那句话：“才来啊！我们都待了半天了。”

“刚下班，就赶紧打车过来了。”

“你上班了？”小游惊讶的问。

“不是。放假在家闲得慌，就在一个快餐店找了份暑期工。”郁木边说边呼扇着衣服，“热死我了！”

“吓我一跳，我以为你也不上学了呢！”

“老板来瓶可乐。”郁木向里面喊着。

“可乐杀精。”小游说。

“杀就杀吧，省得天天在我体内生不如死。”郁木接过可乐，一口就是半瓶。

"对了，丹哥和纳纳都不来了。丹哥说今天要跟他爸去海鲜城看货，让咱们玩完之后去他那，他请咱们吃饭。纳纳说他今天要参加什么培训，也来不了了。"

自从刚才和老激视线相撞之后，外外直到现在才刚刚缓过神来。看了看郁木后说："你来啦！"

郁木拍了拍他的脑袋，"傻了吧你！走神走成这样了？比上课时还严重呢！"

两个人互相递给对方一根烟。"抽完这根烟，咱们就走。"

校门口的人还是那么地多，每个人的脸上都带着不同的表情。醒目的大红条幅显得荣耀而挺拔，每个来到这的孩子们都会羡慕地看上几眼。他们似乎像是在眺望他们的未来，憧憬着自己的名字将会在一年之后跃上这条红布。横幅上面的很多人外外都认识，他们是他曾经在-1 班的同学，这些人此时都仿佛修成了正果，满面笑容地迎接着这些朝拜的目光和自己光明的前程。

"我觉得成功的人还是要比失败的人多。"外外似乎重新审视了一次之后说。

"我们这些人里你是最成功的了。"小游瞪大了眼睛对外外说，"你上的是本科。"

外外好像并不在意他的说法。"我不觉得。"

"你们有什么可多愁善感的，我才是最失败的呢。"郁木无奈地笑了笑。"现在是假期，换个话题吧。"

那个飞碟又出现了，很快便飞到了这条马路的上空。这里的所有人似乎都没有看到它，或许是他们并没有宝贵的时间和精力来观看这个跟他们没有关系的，漂浮在空中的物体。只有他们四个人仰着头，像是在期盼着什么。

飞碟在空中停了下来，从底部伸出了一个银色的探头，像是在窥视着什么。

"它干什么呢？"小游依旧满脸期待地说。

"不知道，看热闹呢吧！"外外回答。

忽然，一霎强烈的光亮，闪住了他们的眼睛，也闪住了这里的一切。如同一个笼罩在他们上空的巨大照相机按动快门的感觉。整条马路都被闪到了，瞬间之后一切又恢复了原样。

"他在照相吗？"夏漫说。

“留个纪念罢，回去给他们的家人看看地球上正在发生的如此壮烈的事情。”郁木仰着头说。

飞碟又消失了，这让大家再一次感到失望。“靠！又浪费我感情啊。”小游气愤地说。郁木和外外的烟同时抽完了，几个人不约而同地站了起身子，准备离开。

马路上依然熙熙攘攘着各种幼稚或成熟的面庞，车笛声和喧嚣声和谐地演奏着一场盛大的交响乐。顶着涌来的人流，几个人优雅地逆流而上。在路口的分叉处，夏漫下意识的回头张望了一下，像是和这里的一切告别。远远望去，那里依旧硝烟弥漫，片刻之后她淡定地转过了身，快步地赶上了前面的三个人。

夏天的空气中总是能够嗅到阳光的味道，过滤了硝烟之后，呼吸也仿佛更加惬意了。今天的阳光真好，偶尔的微风也变得柔软了……